CONTENTS

INTRODUZIONE

◆ ◆ ◆

La serie "Il Lascito" rappresenta il mio modo di concepire il fantasy nelle sue sfumature più dark, senza rinunciare a una vena ironica.

Nelle mie intenzioni questo universo si espanderà sempre di più, ho anche creato una serie di racconti prequel, la potete trovare nella sezione "Altre Opere".

Grazie per credere in questo progetto.

Ci ho messo me stesso dentro, e voi siete i primi a credere in me, non lo dimenticherò mai.

Vi auguro una buona lettura.

Sta per cambiare tutto...
Calvin

MAPPA D'OLTREMARE

◆ ◆ ◆

IL LASCITO I

La Caccia del Falco

ANTEFATTO

U n raggio di sole lo accecò attraverso gli aghi della vegetazione, Nathan si schermì con una mano. Si aggiustò sulla sella, invano, per via delle brache zuppe e delle piaghe fra le cosce.
Represse l'impulso di grattarsi.
"Beati loro che sono a piedi..." pensò guardando la colonna di uomini davanti a lui. In testa, la sagoma di Shane a cavallo si intravedeva a malapena tra la nebbia del bosco.
«Shane!» gridò Nathan. Il suo confratello alzò un pugno e fermò l'avanzata.
«Che c'è?» gridò Shane in risposta voltandosi sulla sella.
Nathan portò le mani alla bocca. «Il sole è basso! Meglio se troviamo un posto per accamparci!»
Gli sembrò che Shane annuisse. «Poco più avanti il bosco finisce, intravedo una pianura.» La sua sagoma sfocata alzò un braccio per indicare un punto più avanti. «Ci fermiamo lì? Non credo che sarà una brutta notte.»
"Che sia dannato per la mia imprudenza. Non eravamo pronti per un inseguimento così lungo."
Sospirò, mugolando di dolore.

Diede di redini, superò la dozzina di uomini appiedati e raggiunse Shane.

«Stai bene?» gli chiese il suo confratello, «sei pallido.»

Nathan annuì.

«Sono solo le dannate piaghe» rispose, poi si voltò verso gli uomini. «Sono esausti.»

«Che muovano le gambe. Sempre se vogliono ancora il resto della paga» ghignò Shane. «Si riparte!» gridò, e diede di redini partendo al passo. Nathan lo imitò.

«Questa storia non mi piace, Shane...» si separò dalla colonna per evitare il tronco di un pino. «Perché l'arswyd sta venendo qui?» continuò, riprendendo posizione. «Siamo sicuri che sia solo?» Si grattò la barba ispida.

La vegetazione si faceva più rada, l'erba della pianura comparve tra gli alberi. La nebbia ammantava l'orizzonte.

«Beh, abbiamo quei disperati apposta» disse Shane, facendo un cenno con la testa dietro.

«Non è sospetto?»

«Cosa?»

«Che l'arswyd si stia addentrando nel regno al posto di fuggire verso sud.»

«Gli si deve essere fritto il cervello, o forse pensa di arrivare alla capitale e uccidere il Lord Sacerdote!» Shane scoppiò a ridere.

Nathan non riuscì a lasciarsi andare come il compagno, si limitò a un sorriso di circostanza.

«Ci servirebbero rinforzi.»

«Nathan, guardami» disse Shane, facendosi serio. «Quel mostro ha già fatto sparire tre coppie di nostri fratelli. Non possiamo permetterci di fallire. Siamo i migliori Cacciatori, siamo noi i rinforzi, chiaro?»

«Mi ricordi Arhak quando fai così» lo schernì Nathan.
Shane si guardò le mani. «Io almeno ho ancora tutte
le dita» rispose con un sorriso. Poi alzò il pugno, facendo
fermare ancora la fila.
«Silenzio!» ordinò con tono basso.
«Cosa c'è? Hai sentito l'arswyd?» chiese Nathan,
preoccupato.
«No. Ho visto un cinghiale. Stasera si mangia...»
rispose Shane leccandosi le labbra.

Quella sera si accamparono nella prateria, a poca
distanza dal limitare della foresta.
La nebbia si era leggermente diradata, l'umidità
tuttavia rimaneva e impregnava i vestiti e le armature.
Nathan era attento a ogni movimento sospetto, non
amava gli spazi aperti: temeva che l'arswyd potesse
avere anche armi a distanza.
"Grazie agli Dèi almeno stasera non piove..." Guardò
il cielo stellato.
Legò il cavallo al palo della tenda, andò al falò dove gli
uomini stavano già scambiandosi racconti sconci che il
suo cervello non assimilò.
Il cinghiale sullo spiedo profumava di carne bruciata,
il grasso colava dalla pelle abbrustolita. Lo stomacò
brontolò.
Slacciò l'armatura leggera e la giubba sottostante, le
mise accanto al fuoco ad asciugare.
Si sedette sull'erba a gambe larghe, chiuse gli occhi.
"Sono a pezzi."
«Allora, pensi che entro domani potremmo
riscuotere la nostra ricompensa?»
Shane gli si sedette accanto, staccò un pezzo di carne
bruciacchiata dallo spiedo col coltello e se la mise in

bocca.

Nathan si avvicinò al confratello, accanto a loro gli uomini scoppiarono in una fragorosa risata.

«Penso che abbiamo arruolato dei completi idioti» sussurrò. «Questa è l'ultima volta che ascolto i tuoi consigli su dove reclutare gli uomini, i bordelli di certo non sono il luogo migliore come continui a sostenere.»

«Ti sbagli amico mio, è lì che trovi uomini affamati di denaro e fama.»

Nathan scoppiò a ridere.

«Ma queste cazzate le studi prima di dirle?»

«Alcune volte sì. Altre mi vengono naturali.»

«Idiota» disse con tono scherzoso.

Con il coltello sfibrò un pezzo di carne dalla coscia del cinghiale.

«Signore, ecco a voi!» Paul gli porse un calice ricolmo di vino, che accettò con piacere.

«Grazie.»

"A qualcosa servono, dopotutto" constatò trangugiando il corposo nettare.

«Io vado un attimo a...» Shane si alzò di corsa tenendosi la pancia con le mani e scomparve dietro un tronco. Nathan scosse la testa.

«Bene!» gridò. «Scansafatiche, stasera Shane e io monteremo la guardia per primi, poi toccherà a Tom e Grett.»

«D'accordo, signore» risposero in coro gli uomini.

Finì di mangiare il cinghiale e si lasciò andare all'indietro nell'erba soffice, i piedi al caldo verso il fuoco.

Rigirò tra le mani la miniatura su pergamena della sua famiglia: risaliva a quando era nata Laureen, un po' ingiallita e consumata, Lysa era così giovane allora.

"Quanto tempo è passato? Assurdo, non lo ricordo. Chissà quante cose sono cambiate dalla mia partenza... Lysa, se solo tu potessi sapere quanto mi manchi. Avrei dovuto farti arrivare un messaggio."

Shane si sdraiò accanto a lui interrompendo il flusso dei suoi pensieri.

«Hai finito di cagare?» gli chiese Nathan.

«Sarà stato il cinghiale, ma ne avevo da fare un chilo, dovevi vederla...»

«Ti prego non ricominciare a descrivere i particolari dei tuoi escrementi, è una cosa disgustosa.»

«Come vuoi, pensavo ti piacessero le mie descrizioni» sghignazzò Shane.

«A proposito di cagate... i nostri mercenari qui, hai visto come tremavano quando gli abbiamo detto che nel giro di un giorno o due avremmo dovuto affrontare l'arswyd?»

«Guardate che siamo a due metri da voi, idioti!» disse Grett. «Per vostra informazione tremavamo dal freddo, non dalla paura.»

«Certo, Grett, continua pure a raccontare la tua storia sugli arswyd» gli rispose Shane.

«Cacciatori, si credono eroi perché hanno quelle grandi spade nere...» Uno dei mercenari sputò per terra.

«Lasciateli perdere» disse Grett. «Dicevo... Ah sì! La battaglia dei trecento contro l'intero esercito d'Oltremare! Erano convinti che si sarebbero arresi... grave errore contro quei mostri senz'anima...»

Nathan si astrasse e rimase in silenzio ad accarezzare quella vecchia miniatura.

«Mi manca la mia famiglia. È troppo tempo ormai che non vedo Lysa e Laureen, ho paura si siano dimenticate di me. Laureen sarà una donna fatta ormai.»

«Quanti anni deve compiere?» chiese Shane.

«Diciassette.»

«Mi sa che devi rifare la miniatura, ormai la tua dolce bambina avrà già l'intero villaggio che cerca di infilarsi sotto la sua gonnella.»

«Non la vedo da anni, Shane, chissà se si ricorda di me.»

«Ma certo! Non dire sciocchezze! Sei suo padre, come fa a non ricordarsi di te!»

«Stavo pensando di farle trasferire entrambe a Città degli Dèi, in modo da averle molto più vicine, come hai fatto tu.»

«Secondo me è un'ottima idea, Marianne aiuterebbe tua moglie ad ambientarsi. Inoltre, sistemerei quell'idiota di mio figlio con la tua, gli potrebbe mettere un po' di sale in zucca.»

«Piuttosto che dare Laureen in sposa a Sven la mando in quel monastero, dove finiscono le donne dei sacerdoti che sanno troppo, com'è che si chiama...?»

Shane si portò un dito alle labbra, poi, colto da un'illuminazione, esclamò: «Si chiama: *monastero delle amanti degli ortaggi non a fette.* Mi ricordo che una volta avevo aiutato le guardie a rinchiuderci una pazza che aveva sgozzato il cane di un sacerdote a morsi.»

«Ecco. La manderei a mangiare ortaggi non a fette piuttosto che darla a Sven.»

«Secondo me non li mangiano tutti» rise. «Sei il solito esagerato, è un bravo ragazzo.»

«Sarà anche bravo, ma non riesce a tenere l'uccello a freno per più di due minuti.»

«Tutto suo padre» sghignazzò Shane.

Nathan tornò serio. «Ogni tanto mi chiedo se dovessi morire, loro sentirebbero la mia mancanza?

9

Praticamente è come se non ci fossi mai stato.»

Shane alzò gli occhi al cielo.

«Dèi, date un po' di spensieratezza a quest'uomo.»

Nathan aggrottò la fronte. «Dico davvero.»

«Non deprimerti con queste domande. Hai paura?»

«Un po'» ammise.

«Non devi! In questi tre anni abbiamo ucciso più arswyd di chiunque altro. Direi che gli Dèi ci possono anche concedere una pausa. Torneremo a Città degli Dèi con la sua testa e chiederemo un nuovo congedo, così potrai tornare dalla tua famiglia.»

Rimasero in silenzio per un po'. Grett incominciò una nuova storia: «Ragazzi, questa vi piacerà, il suo titolo è: *La moglie del Re d'Oltremare che ha avuto cinque figli da suo padre*! Ma andiamo con ordine, non vi voglio rovinare il finale...»

«Oh questa mi ispira!» commentò qualcuno di cui non riconobbe la voce.

«Ma aveva le tette grosse?» chiese un altro.

«Grossissime!» esclamò Grett spalancando le braccia, «Allora dovete sapere...»

«Quanti arswyd abbiamo ucciso in tutti questi anni, Nate?» chiese Shane.

«Venticinque, mi pare.»

«Visto? Siamo troppo forti per questi fottuti mostri. Presto torneremo a casa» disse sorridente, i capelli biondi e ricci che scintillavano nella calda luce della fiamma.

«Tornare a casa...» la mente di Nathan si perse lontano, attraversò l'intero Mar Brillante e s'immaginò a Laverne, insieme alla propria famiglia. Le palpebre gli cedevano, ma non poté concedersi il lusso di dormire. Di malavoglia, Nathan si alzò, prese la sua morfospada Crogiolo e montò la guardia dal lato nord dell'accampamento.

Si svegliò di soprassalto. Il volto butterato di un mercenario terrorizzato davanti agli occhi.

«L'ho visto! È salito in cima a quell'albero!» gridò lo zoticone dai denti storti, indicando un grande abete ai limiti della pianura, un centinaio di metri più in là.

«È vero, l'ho visto anch'io! Si muoveva rapido come una lepre!» confermò il suo compare, le mani che tremavano.

"Dèi, con chi mi tocca avere a che fare."

Indossò in fretta l'armatura leggera, prese Crogiolo e con l'altra mano la borsa con le trappole.

Lasciò l'accampamento e li seguì verso l'albero, un pino solitario, si ergeva a distanza dall'inizio del bosco, il tronco era enorme.

Le mani gli formicolarono.

Shane e gli altri mercenari, già sul posto, avevano piazzato torce tutt'intorno, la zona era illuminata a giorno dalle fiamme danzanti.

«È fregato.» Il suo confratello sorrise nel vederlo arrivare. «Bene, ora ci siamo tutti. Branco di rammolliti, voglio trappole disseminate lungo un perimetro circolare intorno a questo fottuto albero. E rimanete a distanza di sicurezza. Quei bastardi saltano come rane.»

Nathan lasciò cadere la borsa con le tagliole e i mercenari si affrettarono a prenderle.

Paul prese l'arco e incoccò una freccia, tirandola a caso fra i rami.

«Cosa fai, idiota?» chiese Nathan.

«Signore, cerco di colpire il demone.»

«Risparmia le frecce, se fosse così facile perché credi

che ci portiamo dietro queste?» gli sbatté Crogiolo davanti agli occhi.

«Io... io pensavo...»

«Non ti paghiamo per pensare. Ti paghiamo per eseguire gli ordini» disse Shane.

«Scusatemi, non ricapiterà...» L'uomo era sempre più ansioso e tremante.

«Anche perché se ricapita, sei morto» ghignò Shane, «ora prepara la trappola e levati dai piedi.»

«Sì, signore, scusatemi...» L'uomo fece un inchino sbilenco e si dileguò.

Nathan tirò un sospiro di sollievo. "Finalmente l'abbiamo in pugno. Potrò tornare dalla mia famiglia."

«Come vuoi procedere?» gli chiese Shane mentre gli uomini sistemavano le tagliole intorno all'albero.

«Diamo fuoco all'albero e facciamo scendere quel dannato arswyd. Attiriamolo nelle tagliole.»

«Così mi piaci!» disse Shane tirandogli una pacca sulla spalla.

«Tutti a tagliare legna da ardere!» gridò Nathan. «Ci sono delle asce nella sacca del mio cavallo, usate quelle. Tom, Grett, Kyle...» I tre uomini si fermarono.

«Radunate della legna sotto il tronco, io e Shane controlliamo che non vi piombi addosso» gridò Nathan, gli ordini echeggiarono nella notte.

«Ma... signore... il Cacciatore Shane aveva detto...» ribatté Grett.

«So bene cosa aveva detto» tagliò corto Nathan, «non potevamo certo proteggere dodici uomini in punti diversi, non cagatevi sotto per ogni cosa. Vi proteggiamo noi.»

«Va bene, signore» rispose Grett a denti stretti.

Gli uomini si misero al lavoro, Nathan e Shane

incominciarono la ronda sotto il tronco dell'enorme pino con le morfospade sguainate, mentre i tre mercenari accumulavano la legna.

Non c'era traccia di arswyd.

«Dev'essere nascosto verso la cima» disse Shane.

«È troppo calmo, di solito gli arswyd sono più impulsivi.» Nathan schiacciò una mosca sulla giubba.

«Questo sarà più furbo... o forse, ha paura» sghignazzò Shane.

«Che finisca in fretta, sono distrutto.»

«A Città degli Dèi avremo vino e puttane a volontà!»

«Mi basterebbe poter tornare a casa.»

«Aspetta, qualcosa si è mosso...» Shane attirò la sua attenzione verso un ramo ballerino.

«Secondo me non è lui» rispose Nathan. Prese un sasso da terra e lo lanciò verso il ramo, un gufo volò via dall'albero e defecò in testa a Grett, che stava portando la legna.

«Merda...» sbuffò il mercenario, «voglio una corona d'argento in più per questo lavoro.»

«Quando puzzerai meno, forse...» rise Shane, accompagnato da Nathan e gli altri mercenari.

Quando ebbero accumulato abbastanza legna, gli uomini si disposero intorno all'albero e Shane appiccò il fuoco alla pira. Il pino divenne una torcia gigante.

"Speriamo che l'arswyd scenda prima che faccia mattina."

Il fuoco consumava l'albero da diversi minuti e dell'arswyd ancora nessuna traccia.

«Siete sicuri fosse un arswyd?» chiese Shane.

«Beh... no...» risposero a testa bassa Paul e un altro mercenario di cui non ricordava il nome.

«Ho capito, siete degli idioti» disse Nathan. «Mi

sembrava troppo stupido per un arswyd mettersi in trappola da solo in questo modo.»

«Penso proprio che mi mangerò un uovo per colazione» disse Shane, il suo Fratello di Caccia, fece dietrofront e s'incamminò verso l'accampamento. «Voi raccogliete le tagliole, per farvi perdonare.»

«Idioti» commentò Nathan seguendolo.

«Già, tempo e fatica sprecata.»

Erano appena arrivati nei pressi dell'accampamento quando un urlo squarciò il silenzio della pianura. Nathan si girò e vide l'arswyd in piedi in mezzo al fumo, a qualche metro dall'albero, immobile.

Il suo corpo, in apparenza umano, era tradito dal suo occhio destro blu vivo, senza pupilla, che produceva uno strano alone luminoso. Il mostro indossava un'armatura di cuoio leggera e aveva un mantello sulle spalle, i lunghi e viscidi capelli castani gli ricadevano sul viso.

Due mercenari giacevano a terra ai suoi piedi, la testa tranciata in due.

Gli uomini lo accerchiarono. Lo punzecchiarono con la punta delle loro armi, mentre il mostro rimaneva fermo. Solo i suoi capelli si muovevano nel vento che si era alzato.

Nathan si innervosì, estrasse Crogiolo e corse indietro ad aiutare.

«Non fate mosse avventate!» gridò.

Grett cercò di colpire il demone eseguendo una finta e poi un affondo, ma l'arswyd parò il colpo con uno dei suoi due coltelli ricurvi e lo trafisse alla gola con l'altro.

Qualcuno dei mercenari lasciò l'arma a terra e corse via urlando. Non riuscì a riconoscerlo.

L'arswyd piantò i coltelli nel petto di due uomini, li

sollevò sopra la propria testa senza alcuna difficoltà e li schiantò a terra.

Un mercenario con la lancia avanzò, scivolò e cadde a terra. Il mostro lo pugnalò in piena fronte.

"Eccoli, i nostri soldati."

Nathan arrivò con il fiatone.

L'arswyd parò il colpo d'ascia dell'ultimo mercenario rimasto, si chinò e gli piantò un pugnale nell'inguine. Poi alzò l'arma, facendosi largo fino allo sterno.

L'uomo emise un urlo di dolore, cadde a terra all'indietro, gli occhi spalancati e il ventre da cui fuoriuscivano le budella.

«Merda...» Shane raggiunse Nathan in quel momento. Si mantenne a distanza, prese una sfera anti-arswyd dalla cintura e la lanciò verso il mostro. L'arma dei sacerdoti esplose in un lampo azzurro con un suono da far tremare la terra.

Il mezzoumano rimase impassibile.

«Che cosa sei tu? Perché non ti contorci a terra dal dolore?» tuonò Shane.

L'arswyd emise un suono simile al gracchiare di un corvo.

«Hai altre domande idiote?» disse con voce ruvida.

"È andato tutto a puttane..."

I due Fratelli partirono all'attacco.

Nathan menò un fendente da destra e Shane da sinistra, l'arswyd li parò entrambi. Scintille schizzarono dal contatto delle loro lame.

"Ha armi d'arsite..."

Il demone piegò le braccia e li spinse via con forza, Nathan fu scaraventato a terra.

Seguì Shane con lo sguardo mentre si rialzava con un balzo e piombava ancora sull'arswyd, la morfospada si trasformò in un'ascia, la lama che puntava dritta al collo del mostro.

Con un movimento fulmineo, il demone bloccò l'attacco con un pugnale e caricò con l'altro. Shane alzò il mento appena in tempo, il colpo gli sfiorò la giugulare.

Nathan si rimise in piedi, attaccò per far rifiatare Shane, la spada impugnata con entrambe le mani. L'arswyd parò e tentò di colpirlo con l'altro pugnale.

"Prevedibile."

Trasformò Crogiolo in uno scudo e deviò il colpo. In un istante fece mutare la morfospada in un martello, roteò il polso e lo abbatté verso la testa dell'arswyd, che si spostò giusto in tempo e fu colpito alla spalla.

Indietreggiò e Nathan scorse un lampo di preoccupazione nell'occhio umano della creatura.

"Hanno paura anche loro." Sorrise compiaciuto, Crogiolo tornò a essere una spada, la roteò e assunse di nuovo la posizione di guardia.

Shane si mise al suo fianco.

I due Fratelli si scambiarono un cenno d'intesa, mutarono le spade in daghe e puntarono dritto ai fianchi del demone, Nathan da sinistra e Shane da destra.

L'arswyd piroettò all'indietro e scartò.

"Merda."

Nathan mutò Crogiolo in una spada, tentò un affondo che venne prontamente parato.

L'arswyd fece una capriola indietro, si piegò sulle ginocchia e saltò in alto, sopra le loro teste.

Il demone puntò su Shane come un'aquila sulla propria preda, con i suoi coltelli simili ad artigli.

Shane trasformò la morfospada Alba in uno scudo e parò.

Entrambi finirono a terra per il contraccolpo. Nathan si avventò sull'arswyd inerme, caricò e cercò d'infilzarlo.

Il demone rotolò di lato, tornò in piedi con una piroetta e fu alle sue spalle.

"È velocissimo..."

Nathan si ritrovò indifeso, fece leva su un piede per girarsi col bacino e parare l'imminente colpo.

L'arswyd gli piantò il pugnale arcuato sotto la nuca.

Nathan ebbe un ultimo istante di consapevolezza in cui sentì qualcosa di caldo colargli sul collo giù dietro la schiena.

"Gli Dèi... Shane... Lysa... Laureen..."

Tutto smise di avere importanza.

1 - CEASER

"**C**he razza di sfiga. Come mi è venuto in mente di arrestare il fratello del re anni fa? Quel bastardo non aspettava altro che farmela pagare." Ceaser accarezzò il ronzino che avanzava lento al suo fianco lungo la strada in terra battuta, guardò davanti a sé la colonna di undici cavalieri della scorta, figli delle più importanti casate dell'est d'Oltremare, che lo precedevano nelle loro armature che sfavillavano nella luce del tramonto. "Farmi scortare la mia protetta per Il viaggio del Sacrificio... E mi tocca fare l'addetto agli approvvigionamenti, non sono neppure un membro ufficiale della scorta, non valgo veramente un cazzo."

Si voltò a guardare Eryn, la principessa che aveva giurato di proteggere, dopo gli avvenimenti dell'ultimo mese era diventata lo spettro di quella bambina gioiosa che lui aveva visto crescere e farsi donna: viso scheletrico e scavato, grandi occhiaie che spegnevano gli occhi verdi, i capelli corvini sporchi e disordinati. Indossava un mantello con cappuccio nero sopra un elegante abito bianco sgualcito e sporco.

La principessa si teneva in sella a malapena, in fondo

alla colonna, distanziata da tutti. Aveva lo sguardo perso nel vuoto e la bocca semiaperta.

"È uscita totalmente di senno."

Tornò a guardare davanti, si asciugò il sudore che gli colava dalla fronte con la manica della giubba.

"Ha perso i suoi genitori, il trono, tutto..." Ceaser sospirò. "Vorrei poterle dire qualcosa, ma cosa?"

«Ceaser, guarda dove metti i piedi! O finirai con la faccia nella merda del mio cavallo!» gridò il giovane Bran Tulwick, figlio del lord di Forte Maggiore. «Insomma, vuoi darti una svegliata?»

Ceaser si riscosse e inciampò su un sasso che sporgeva dalla strada in terra battuta, scatenando una risata generale.

"Maledetto vecchio ronzino zoppo." Guardò la propria cavalcatura arrancare, gli era stata donata dal nuovo re in persona, appositamente per quel viaggio. Il ronzino era carico di vettovaglie e riusciva a malapena a reggersi in piedi da solo, figurarsi con un cavaliere in armatura sopra. Così era stato costretto a viaggiare a piedi. Erano in viaggio da soli tre giorni e lui aveva già i piedi ricoperti da vesciche.

"Al mio ritorno, sempre se ritornerò sulle mie gambe, devo ricordarmi di porgere i miei ringraziamenti al re per questo compito." Grugnì per il dolore e la stanchezza. Erano partiti di notte, come i ladri, come vigliacchi.

"Del resto, che cos'è Berser se non un lurido vigliacco?"

Avrebbe voluto ucciderlo con le proprie mani, ma chi avrebbe badato a Eryn?

"È finita per lei, in ogni caso." La conclusione di ogni suo pensiero era quella, non avrebbe potuto far niente per salvare la sua protetta. "Potremmo fuggire... di notte, magari..." Scacciò via il pensiero, Eryn era conosciuta nel regno, e poi i cavalieri avrebbero seguito le tracce e non avevano con loro neppure una moneta di bronzo. Berser era stato furbo. "Non dureremmo nemmeno una settimana."

Mise da parte i sogni di fuga e continuò a camminare accanto al ronzino.

«Beato te...» gli sussurrò. «Almeno tu sai cosa fare. Spero che gli Dèi mi mandino un segno.»

Il ronzino in tutta risposta cominciò a liberare gli intestini, lasciandosi una scia di merda lunga un paio di metri.

Ceaser sospirò, guardò in cielo, invocando gli Dèi. «Se questo era il segno, avrei preferito non averlo.»

Si accamparono per la notte sotto un faggio in cima a un'altura.

Il ponte che portava a Virki era sotto di loro, a valle, presto si sarebbero potuti fermare in città e dormire in una locanda, con un tetto sopra la testa, in un letto vero e mangiare del vero cibo.

Gli venne l'acquolina in bocca solo a pensarci.

Ceaser si sedette tra gli steli d'erba sul versante nord dell'altura, trovando un po' di pace dal continuo chiacchiericcio dei figli dei nobili che componevano quella scorta. Si tolse gli stivali e sgranchì le dita trovando piacere nel farsi accarezzare dal fresco vento della sera. Il paesaggio era tra i più belli che avesse mai visto: verdi colline ricoperte di fiori e possenti alberi si estendevano per tutta la valle, tagliata in due dal possente fiume Sennik, gli ultimi raggi di sole coloravano ogni cosa con un caldo rosso-arancione che rendeva quella vista ancora più splendida.

"Peccato non essere qui per un motivo felice."

«È davvero bellissimo qui.» La flebile voce della principessa Eryn gli arrivò a malapena all'orecchio, non si era accorto che era seduta lì accanto, a pochi passi. Si alzò e andò a sedersi vicino a lei.

«Già, sembra davvero un posto magico» rispose con voce bassa.

"Cerchiamo di tirarla su di morale, Ceaser." Ci pensò un attimo sopra. "Cosa si può dire a una ragazza che sta per essere sacrificata agli Dèi?"

Le sue mani erano scosse da brividi, sperò che lei non se ne accorgesse.

«Mi ricorda quando andavo a Virki per la Festa della Primavera con mio padre...» Lo sguardo di Eryn era distante. La mente della ragazza vagava lontano, chissà dove, fra quelle colline.

«Era... Era un grande uomo vostro padre. Un uomo giusto, e un grande comandante.»

"Tutto qui? Davvero non mi viene in mente altro da dire?"

Lei gli rivolse un sorriso, fece per alzarsi e andarsene ma lui la afferrò per un braccio. In sottofondo le sguaiate risate dei cavalieri che accendevano un fuoco sotto l'albero li raggiunsero.

Ceaser sentì Eryn irrigidirsi nella sua stretta.

"Sto per fare una cazzata, lo sapevo."

«Principessa... Io, volevo dirvi, ecco... non siete costretta a sacrificarvi. Vostro zio, che si trovi qualcun altro da dare in pasto agli Dèi, che ci vada lui se proprio ci tiene, o ci mandi sua moglie.»

Gli occhi le divennero rossi, il labbro inferiore le tremò, lo morse. «Per cosa devo vivere, Ceaser?» La sua voce era poco più che un sussurro. «Non ho più niente, non sono più niente. Non sono più una principessa, non mi chiamare più così.» Eryn abbassò lo sguardo. «Avevo in mente di suicidarmi comunque...»

"No, ti prego, non piangere." L'abbracciò d'istinto. «Tranquilla, piccola» le sussurrò all'orecchio, «io vi proteggerò. Per quanto mi riguarda, voi siete ancora la principessa che ho giurato di servire e proteggere.»

«Grazie, Ceaser, so di essere stata una principessa insopportabile...» Eryn gli poggiò la testa sulla spalla. «Mi scuso per tutte le volte che vi ho costretto a scortarmi nel quartiere del mercato per ore.»

"Sì, eri insopportabile..." Ma questo Ceaser non lo disse. "Sembra una vecchia donna rassegnata all'idea di morire, addirittura si scusa per una cosa insignificante come quella. Chissà come le è venuta in mente poi, in un momento come questo."

«Sono io che mi scuso con voi, per non essere stato insieme a vostro padre.»

Eryn singhiozzò, Ceaser le asciugò una lacrima sullo zigomo con l'indice.

"Ma perché non dico mai la frase giusta?"

«Non avresti potuto fare nulla, saresti finito come lui tra le braccia della tempesta. Come mia madre, e il resto della guardia reale...»

«Ceaser! La ragazza deve arrivare pura a Città degli Dèi!» disse uno dei cavalieri, non riconobbe la voce. «Vedi di andarci piano! E già che ci sei, scarica la carne secca dal tuo nobile destriero, insieme alla birra!»

Un coro di risate e sghignazzamenti si alzò dagli undici intorno al fuoco.

Eryn si staccò dall'abbraccio, si rialzò e si allontanò a capo chino verso il suo cavallo, che stava brucando l'erba lungo il pendio.

«Arrivo, milord!» Ceaser raggiunse il suo ronzino, fermo a metà salita, lo tirò per le redini verso l'accampamento ma lui non voleva saperne di muoversi. "Prima o poi vi sbatterò in cella. O magari... potreste avere un incidente durante la navigazione. Cadere in mare, insieme a un barile di birra accidentalmente legato alla tua caviglia, sono cose che capitano."

«Ma sei un asino o un cavallo?» gridò, cercando di far muovere l'animale, che in tutta risposta lasciò andare una merda grande quanto la testa di un uomo.

"Dèi... ma cosa mangia questo mostro?"

«Ceaser, è quello l'effetto che fai?» chiese Argos Colvin, primogenito del cosiddetto Lord delle Pulci, scatenando l'ilarità generale.

"Ma che bel clima allegro si respira stasera!"

Ceaser lasciò le redini, non c'era verso di far muovere il ronzino. Si asciugò la fronte col dorso della mano, avrebbe dovuto portare il barile di birra sulle proprie spalle.

Fece un profondo respiro.

"Sarà un lungo viaggio..."

Eryn quella sera, come quelle prima, non mangiò. Ceaser preferì lasciarla in pace e si sedette vicino al fuoco insieme ai cavalieri.

Prese una coscia di fagiano e l'addentò ascoltando i discorsi dei signorotti. Il più giovane della compagnia, Cedric Cochrane di Ryzhima, si stava vantando delle proprie abilità seduttive: «Dovevate vederla, sembrava venire da Florea: alta, due tette ripiene e un culetto semplicemente perfetto.» Il ragazzo fece il gesto con le mani a sottolineare la forma. «Poverina, si era innamorata di me, ma io le ho detto: *Non metterti strane idee in testa, bambolina!*»

Nonostante avesse solo sedici anni, la calvizie si stava già impadronendo del suo scalpo, le sopracciglia unite sembravano un'aquila, e la barba, che lui si ostinava a far crescere, spuntava dal suo viso a chiazze. Ogni volta che lo guardava a Ceaser tornavano in mente i racconti di sua madre sugli abitanti della Foresta Antica: bassi, tozzi, con facce storte e con ciuffi di peli che crescevano a caso sulle loro guance.

«Ma smettila, che il massimo che ti puoi fare è una scrofa» gli rispose Airone, figlio bastardo prediletto del lord del Mare Interno. «Me li vedo già i tuoi figli: tanti piccoli maialini che sgambettano per Ryzhima! E chissà le tue figlie! Di certo saranno delle grandi maiale!»

Scoppiò l'ennesima risata generale e Ceaser vide il piccolo futuro lord di Ryzhima diventare paonazzo e contrarre la mascella.

"Qui si fa umorismo sottile, non c'è che dire."

Finita la cena e le storie dei futuri lord su contadinotte sempre disponibili verso di loro, Ceaser si preparò un giaciglio lontano dall'accampamento, sul pendio della collina che dava verso il fiume. Eryn si era accampata lì e voleva starle vicino, almeno il più possibile. Era una sera tiepida, il cielo terso era pieno di stelle, con la luna nuova alta nel cielo.

Da lontano arrivava il frinire dei grilli e lo scroscio dell'acqua del fiume.

I cavalieri dormivano intorno al fuoco ormai estinto, i loro cavalli legati all'albero erano silenziosi e immobili. Tutti tra le braccia della Musa, tranne Thom di Laverne, che montava di guardia.

"Chissà come fanno a starci tante cazzate in una testa piccola come quella!" Sorrise Ceaser, e si sdraiò sul fianco destro, tirando su la coperta per proteggersi dalla brezza che si era alzata.

Sbadigliò, fece per chiudere gli occhi quando intravide un'esile figura venire verso di lui.

«Eryn?» chiese, senza ricevere risposta. La figura entrò sotto le sue coperte, gli mise le braccia intorno al collo e gli poggiò la testa sul petto. Ceaser si eccitò. "Come fai a pensare a certe cose? Povera bambina."

«Grazie, Ceaser, sei l'unico che mi tratta ancora come una persona e non come una merce da consegnare» bisbigliò la principessa.

«Non vi preoccupate, piccola, ci penso io a voi.» Le accarezzò la testa, i capelli puzzavano, Ceaser non gli diede importanza. "Del resto, neanche io devo avere un buon odore."

«Ora riposate» le bisbigliò mentre le accarezzava la nuca, «domani all'alba dobbiamo rimetterci in marcia.»

Era ancora notte fonda quando un nitrito lo svegliò.

Aprì gli occhi, ma non vide movimento. Credendo di esserselo immaginato, li richiuse.

Sentì un urlo e il tipico cozzare del metallo di due spade che si incontrano.

Si alzò di scatto, cercando di mettere a fuoco, la luce della luna nuova rischiarava a malapena il loro versante della collina. Non riuscì a vedere nessuno nei paraggi.

"Siamo sotto attacco!" realizzò.

Intontito, scosse Eryn per la spalla.

«Non muovetevi, principessa, torno subito» le sussurrò.

Senza aspettare risposta, Ceaser si ributtò a

terra, indossò i suoi stivali e, cercando di essere il più silenzioso possibile, strisciò fino al limitare dell'accampamento dei cavalieri, nascondendosi nell'erba alta.

"Siamo nella merda."

Thom era accasciato accanto al fuoco, la gola aperta che zampillava sangue.

Un altro lord era morto nel proprio giaciglio: la faccia ridotta a una maschera di sangue, la testa gli era stata aperta in due con un colpo dall'alto. Gli altri cavalieri stavano combattendo contro quelli che sembravano briganti.

Notò che i briganti indossavano armature di acciaio, scintillarono colpite dalla luce del fuoco.

"Di certo non facilmente reperibili per dei banditi."

La battaglia imperversava, non riuscì a capire chi stesse vincendo, in un combattimento normale i cavalieri non avrebbero avuto problemi, ma si erano tolti le armature e stavano combattendo in calzoni, i banditi avevano il fattore sorpresa dalla loro, ed erano ben equipaggiati.

"Non possiamo vincere." Un solo pensiero gli attraversò la mente.

"Devo salvare la principessa." Tornò da Eryn correndo, sperando che nessuno lo notasse.

«Presto! Non abbiamo tempo, sellate il vostro cavallo!» le disse scuotendola per la spalla,

«Che succede?» Eryn fece un forte sbadiglio.

«Sbrigatevi!» La scoprì di colpo e la tirò per un braccio. «Siamo sotto attacco, Eryn!» La scosse ancora, per assicurarsi che fosse sveglia, la principessa barcollò qualche istante, poi annuì e corse a prendere il suo cavallo.

«Laggiù!» gridò qualcuno dall'accampamento.

"Oh Dèi!" Ceaser vide uno dei banditi indicare verso loro e partire di corsa.

"Devo guadagnare tempo, che almeno lei riesca a mettersi in salvo."

Estrasse la spada dal fodero, cercò anche lo scudo tra la roba gettata accanto alle coperte, ma nell'oscurità non riusciva a trovarlo.

Avvertì un rumore sordo, seguito da uno spostamento d'aria, si girò appena in tempo per parare con il piatto della spada l'attacco di un uomo alto e robusto.

Ceaser gli tirò un calcio allo stinco facendosi male al piede, schivò il successivo affondo scostandosi di lato, poi fece una capriola all'indietro e si preparò a parare un fendente.

"Sono senza armatura. Sono davvero fottuto."

Il nemico attaccò. Ceaser riuscì a deviare il colpo e passò al contrattacco. Eseguì una finta alla gola e poi colpì verso la spalla del nemico, questi arretrò e riuscì solo a colpirlo di striscio sul braccio.

Il suo avversario ruggì e menò un fendente dall'alto verso il basso, Ceaser parò impugnando l'arma con entrambe le mani.

Il colpo lo fece barcollare indietro.

Il nemico caricò a testa bassa.

Ceaser scartò di lato e gli fece uno sgambetto, facendolo cadere a terra.

«Fottiti!» gli sputò addosso.

Mentre il bandito si rimetteva carponi, Ceaser gli tirò un calcio in faccia, imprecò per aver colpito l'elmo con la punta dello stivale e caricò la spada dietro la testa, pronto a decapitarlo.

Un lampo di dolore alla spalla destra lo bloccò.
Lasciò cadere l'arma e fece un passo indietro.
La punta di una freccia spuntava dalla carne.
I rumori di battaglia erano cessati.
Un'altra freccia gli sfiorò l'orecchio.
«L'hai mancato, sei proprio un incapace!» esclamò
uno dei banditi.

Lo accerchiarono, mezza dozzina di torce che
oscuravano i volti dei suoi aggressori. Ceaser valutò le
possibilità di fuga mentre i nemici gli si stringevano
intorno sempre più, come un branco famelico di cani
selvaggi.

«Fermi! Ci serve vivo, dobbiamo trovare la ragazza.»

Era stata una donna a parlare, il timbro femminile era
imperioso. «Il piccoletto ci ha detto che la ragazza era
con te, dove si nasconde?»

Ceaser non riuscì a capire da chi provenisse la voce.

"Una donna in un esercito?"

«Fanculo! Ammazzatemi pure! Non vi dirò niente!»
Sputò un grumo di saliva e catarro.

«Oh parlerai, invece!» La donna si fece largo tra
gli uomini armati, sfoderò la spada e gli infilò la
punta nella spalla, proprio accanto alla freccia infilzata,
allargando la ferita con movimenti circolari. Ceaser
sentì la freccia muoversi dentro di lui, mentre la spada
scavava sempre più nella sua carne

Lanciò un urlo di dolore.

"Non parlerò mai."

Strinse i denti, guardando dritto negli occhi gialli
della donna.

"È delle Isole dei Titani?"

Rumore di zoccoli sul terreno.

La donna venne gettata a terra da un'enorme massa

scura.

Ceaser rimase un attimo immobile, confuso, cercando di capire ciò che era appena successo.

Sentì un nitrito.

«Presto sali!» gridò la principessa, gli stava tendendo la mano da sopra al cavallo.

Si riscosse dal dolore, afferrò la mano di Eryn e fece del suo meglio per salire in groppa, il cavallo partì con uno schiocco di redini. Lui era ferito ed Eryn troppo debole per issarlo, non c'era la sella o una staffa per aiutarsi a mettersi in groppa, rimase col petto sul dorso dell'animale, a gambe e braccia a penzoloni.

Il vento gelido della notte lo colpì in faccia.

Gli assalitori si stavano riorganizzando, con la coda dell'occhio, Ceaser vide l'arciere incoccare una freccia.

"È troppo lontano" cercò di convincersi.

«Non colpire la ragazza!» urlò la donna. «Scoccare!»

L'arciere scoccò, Ceaser perse la freccia nel buio della notte, la ferita alla spalla gli pulsava e gli faceva girare la testa.

«Eryn, attenta!» gridò, ma la principessa non poteva fare molto.

La freccia mancò per un soffio la gamba di Ceaser e si conficcò nella coscia del cavallo, che nitrì e s'impennò, poi riprese la corsa più veloce di prima.

Ceaser si sentì scivolare e non aveva niente a cui aggrapparsi.

Gli mancò il fiato mentre aveva la sensazione di cadere nel vuoto.

Sentì il rumore di acqua che scorre. Vide il mondo andare sottosopra. Un colpo alla nuca.

Il sapore della terra e del proprio sangue.

Buio.

Quando riaprì gli occhi vide il volto preoccupato di Eryn. Le occhiaie si erano fatte ancora più spesse. Un piccolo fuoco scoppiettava sotto un soffitto di pietra.

«C... Cosa è successo?» chiese, la bocca impastata di saliva, terra e sangue.

«Sei caduto. Per fortuna il cavallo non ti ha calpestato, era imbizzarrito, son dovuta scendere anch'io al volo. Mi son tagliata qui.» Si indicò la fronte con un dito, ma la luce le arrivava solo fino agli occhi e Ceaser non vide la ferita.

«Scusa, ma non ho la più pallida idea di come sellare un cavallo, ci ho messo un po' a salire in groppa...»

"Che idiota son stato, lei i cavalli li ha sempre trovati pronti."

«Dove siamo?» chiese.

«Quando sei caduto eravamo vicino al ponte, così ti ho portato qui sotto.»

Ceaser si sentiva le ossa a pezzi e diversi tagli sul corpo, il bruciore era ovunque, si guardò le gambe: aveva escoriazioni lungo i polpacci e il tessuto dei pantaloni era strappato in più punti.

«Direi più che mi ci hai trascinato...» Abbozzò una risata che gli si strozzò in gola.

«Scusa, non riuscivo a...» Eryn sospirò. «È una caverna lungo l'ansa destra del fiume, il passaggio per arrivarci non si nota se non si fa attenzione. L'ho scoperta un po' di tempo fa. Venivamo qua, io e mio padre, era un posto solo nostro.»

Ceaser si sforzò di sorridere, anche la mascella gli doleva. «Grazie per avermi salvato, principessa.»

«Senza di te cosa rimaneva della mia vecchia vita?» rispose lei con fare dolce.

«Devo estrarre la freccia, la ferita sta peggiorando...» Ceaser sputò un grumo di sangue. «E quella puttana mi ha distrutto la spalla ancora di più.»

"Spero solo non si sia conficcata nell'osso, o per me è davvero la fine."

«Ci penso io, ti ha trapassato. Devo prenderla dalla punta e tirarla, giusto?» La principessa si esibì in un sorriso, ma i suoi occhi mostrarono che in realtà aveva paura.

«Sì, falla uscire dall'altro lato. Poi servirebbe qualcosa per cauterizzare la ferita, dovrei avere il mio coltello alla cintola.»

«Virki non è lontana, estraiamo la freccia. Domattina, se tu non riesci a camminare, andrò a chiedere aiuto.»

Lui assentì. «Va bene.»

Eryn lo fece mettere su un fianco, poi iniziò a tirare la freccia.

Ceaser lanciò un grido di dolore.

«Scusami, Ceaser, il sangue rende la punta scivolosa.»

Percepiva le piccole dita della ragazza scavargli nella carne, ogni tentativo lo inondava di dolore. Si morse la mano e presto si dimenticò del dolore alla spalla. Il sapore del proprio sangue in bocca. Ancora.

«Ci sono! L'ho estratta per tre dita!» Eryn tirò, una, due volte, tre, quattro... la freccia abbandonò la spalla.

«Ceaser, la ferita è peggiorata! Esce molto più sangue!» esclamò la principessa.

La testa gli vorticava, non aveva neppure la forza per rispondere.

«Cau...» fu l'unica cosa che uscì dalle sue labbra.

Eryn gli tastò la cintola, in cerca del coltello.

"Se muoio ora, chi si prenderà cura di lei?" Aspettò che i capogiri finissero. Si sdraiò sulla schiena e guardò la sua protetta. Non fu il volto di Eryn che vide.

Due occhi gialli lo fissavano, il viso aveva bei lineamenti, un piccolo naso e labbra carnose. I capelli neri erano raccolti in una treccia che le ricadeva sul seno prosperoso.

"La regina Mary? Qui?"

«Dov'è la ragazza? Portala da noi, dobbiamo rimettere le cose a posto» disse la regina.

Ceaser perse i sensi.

2 - DORAN

Si svegliò lottando contro le coperte, il lenzuolo gli si era attorcigliato alla gamba. Sudato fradicio, non ricordava cosa avesse sognato, gli bruciava la gola, come se avessero tentato di strangolarlo. Il braccio destro gli faceva male e formicolava. "Devo averci dormito sopra..." Lo scosse, così da far tornare a scorrere il sangue.

Sentì il russare di Sven dalla brandina sopra.

Si alzò e andò ad aprire la finestra. La stanza fu illuminata dai primi raggi di luce della giornata, rimase ad ascoltare il cinguettare degli uccelli e sì inebriò col delicato profumo dei fiori degli alberi del cortile dell'Accademia dei Cacciatori.

Strabuzzò gli occhi e sciacquò il viso alla tinozza.

"Oggi è il grande giorno" pensò specchiandosi nell'acqua. "Kahyra, la figlia del Lord Sacerdote..." Rimase a sognare a occhi aperti per qualche istante. "Finalmente la vedrò di persona."

Si asciugò le mani nel lenzuolo e prese la miniatura di sua madre da sotto il cuscino.

"Madre, ti renderò orgogliosa di me. Questa è la mia grande occasione per far vedere a Kahyra, e a tutti gli altri, chi sono."

Diede un bacio alla miniatura e la rimise a posto, rifece la branda, un buon Cacciatore teneva le proprie cose in ordine.

"Non fallirò." Uscì dalla camera e si recò ai bagni termali, mancava ancora un'ora alla sveglia e l'Accademia era deserta.

Si lavò nella vasca principale, rimanendo a crogiolarsi nell'acqua calda per diversi minuti, immergendosi fino ai capelli. Amava stare sott'acqua, sentire il resto del mondo ovattato, distante, come se niente potesse raggiungerlo lì.

Tornò in camera che per i corridoi iniziava a diffondersi l'odore di uova fritte e pancetta.

Indossò la biancheria e la tunica rossa degli adepti, infine prese la propria armatura da Cacciatore. Indossò i gambali rinforzati e si mise le protezioni sugli avambracci da cui sporgevano tre puntoni di metallo. Prese la piastra frontale fra le mani e rimase a fissarla. All'altezza del cuore vi era marchiato a fuoco il simbolo di Città degli Dèi: la Torre d'Avorio all'interno di un sole.

"Appena si sveglia Sven me la metto. Che figurone in mensa!"

Si tagliò i capelli con il coltello, specchiandosi nella tinozza, le ciocche caddero nell'acqua e galleggiarono. Li lasciò lunghi tre dita e si rasò la poca barba che aveva.

Si guardò con più attenzione sulla superficie increspata dell'acqua e notò un particolare del proprio viso che non aveva mai colto prima.

"Mi è venuta la gobba sul naso!" pensò toccandoselo. "Da quanto tempo è che ce l'ho?" Sorrise al pensiero di quella scoperta. "Chissà se mia madre mi riconoscerebbe..."

Sentì un gelido filo toccargli la gola e una mano gli tappò la bocca.

«Sei morto, Gelsomino.»

Doran si liberò dalla presa e spinse via il compagno di stanza.

«Sven! Mi hai fatto prendere un colpo, molla quel coltello!»

«Pensa se al mio posto ci fosse stato un arswyd» rispose Sven con un sorriso sornione, «a quest'ora saresti già morto mentre perdevi tempo a vedere quanto sei bello. Sei un pivello, Gelsomino.»

«Idiota, il Lord Comandante ci ammazza se tardiamo. Spero tu ti sia divertito ieri sera con quella contadinella... perché ora, se non ti dai una mossa, ci fa il culo il vecchio Arhak.»

«Primo: fatti gli affari tuoi.» Sven alzò un dito. «Secondo: anche se oggi dovessi crepare, son sicuro di aver vissuto alla grande.» Alzò il secondo dito e lanciò a Doran un'occhiata di scherno. «A differenza tua, che fai l'uomo ligio al dovere, ma scommetto che salteresti addosso alla prima gonnella che passa.» Sven alzò un altro dito. «Terzo: non era una contadina ma una cuoca dell'Accademia, hai presente quella bassina dal visetto arrapante e i capelli lisci neri? L'abbiamo fatto dove il cuoco affetta il pane del mattino, non per vantarmi.» S'impettì.

Doran lo ignorò con espressione scocciata e anche un po' disgustata pensando che tra poco doveva andare a far colazione.

«Andiamo, Gelsomino, lasciati andare!» aggiunse Sven tirandogli una pacca sulla spalla che lo fece barcollare. «Se dobbiamo passare i prossimi anni insieme, spero che tu non sia sempre così ammosciapalle. Sai cosa ti ci vorrebbe? Una bella scopata, vedi come ti passa la storia del dovere.»

«Chiamami ancora così e te lo ficco nel culo quel coltello. Preparati, che a mezzogiorno dobbiamo essere alla porta principale del Castello Bianco.» Arricciò il naso. «E puzzi come una fogna.»

«Puzzo di fregna, vorresti dire» ghignò Sven. «Ah! Mi son dimenticato il punto quattro: ho pisciato nella tinozza, non usarla per lavarti!»

Doran gli sputò in un occhio.

«Credo di essermela meritata questa.» Sven sì pulì con il dorso della mano. «D'accordo, Gelsomino mio, vado a levare il mio olezzo dal tuo nasino delicato. Ci vediamo in mensa.»

«Non faccio colazione oggi dopo quello che mi hai detto, vado in cortile ad allenarmi.»

Sven si scatenò con una risata fragorosa. «Sei davvero un ammosciapalle, Gelsomino, saresti stato un perfetto sacerdote, altro che Cacciatore.»

Sven se ne andò dalla stanza sghignazzando.

"Gelsomino... te lo faccio vedere io..." Quel soprannome lo perseguitava per tutta l'Accademia degli adepti da quando sua madre gli aveva fatto recapitare una lettera salutandolo con: *Gelsomino mio*. Sven si era offerto di leggergliela, dato che lui non ne era capace.

E l'aveva fatto. Urlando in mensa all'ora di pranzo.

"Quanto odio quel soprannome."

Scese nel cortile d'allenamento, prese una spada a caso dalla rastrelliera delle armi e si mise a menare fendenti contro un manichino finché non sentì le braccia indolenzite.

«Vacci piano, adepto, risparmia le forze per oggi»

disse una voce alle sue spalle. Doran la conosceva bene, era il Lord Comandante Arhak in persona.

"Strano, da quando parla con gli adepti?"

S'irrigidì e si voltò sull'attenti.

«Buongiorno, mio signore, stavo solo sfogando la tensione.»

Arhak lo osservò con gli occhi grigi, era un uomo segnato dalle battaglie: gli mancava l'orecchio sinistro, la sua mano sinistra era ridotta a un moncherino e camminava zoppicando. Il viso pieno di rughe, scavato dal tempo. Gli incuteva timore reverenziale.

«Sei molto bravo con la spada, Doran» la voce era profonda, le parole fuoriuscivano lente. «Diventerai un grande Cacciatore. Mi ricordo ancora quando ti vidi per la prima volta, al torneo di Lorsgate. Feci una scommessa quando ti presi, puntai molto su di te, ricordalo bene.»

Doran sentì lo sguardo severo del Lord Comandante penetrargli l'anima.

«Mio signore, non lo dimentico mai.»

«Vedi di non deludermi. Ci vediamo davanti alla porta principale del Castello Bianco.»

«Vi ringrazio, mio signore, non vi deluderò. Vi renderò orgoglioso.»

Il Lord Comandante gli voltò le spalle e se ne andò lasciandolo solo con la spada e il manichino.

Passò il resto della mattinata in cortile, senza allenarsi, passeggiò sotto il viale alberato, rimuginò sul proprio futuro e su cosa lo avrebbe aspettato una volta che fosse riuscito a diventare un Cacciatore.

"Sempre se non muoio oggi."

Guardò la meridiana sulla torre dell'Accademia:

mancava poco a mezzogiorno e di Sven nessuna traccia.

"Ho già capito dove si è cacciato quell'idiota."

Raccolse da terra la spada d'allenamento, attraversò il cortile e si avviò per l'ala sinistra, percorse la lunga scalinata e arrivò al corridoio col fiatone, le pareti erano ornate con arazzi e quadri delle città d'Oltremare di Città Cava e Arthemys, le due più devote all'Ordine dei Sacerdoti. Sul pavimento un lungo tappeto blu attutiva i passi. Arrivò alla terza porta, quella della loro stanza, e provò ad aprirla. Era bloccata.

Accostò l'orecchio, si sentivano dei gemiti provenire dall'interno.

"Quanto sei idiota, Sven."

Impugnò l'elsa della spada d'allenamento con due mani e iniziò a menarla contro la porta.

Dopo un paio di colpi il legno si incrinò con un suono secco, aprendo uno spiraglio sulla stanza.

Doran sbirciò verso le brandine. Sven aveva sopra di sé una ragazza dai riccioli castani, i piccoli seni appuntiti che si alzavano e abbassavano a ogni gemito.

"Sono pure nel mio letto..." Sbuffò. "Ecco con chi devo passare il resto della mia vita, un puttaniere senza onore." La ragazza si inarcò, volse il viso brufoloso verso la porta, poi aprì gli occhi ed emise un urlo acuto di spavento quando incrociò lo sguardo di Doran.

«Cosa c'è?» chiese Sven, fermandosi.

La ragazza indicò la porta senza dire una parola.

«Idiota!» gridò Sven, paonazzo in viso e sudato. «Non sai chi stai disturbando, vattene via o esco di qui e ti faccio il culo!»

«Sono Doran, razza di deficiente, vestiti subito! Se sarai ancora vivo, questa sera ti spezzo una gamba, così ci pensi due volte prima di rifarlo nel mio letto» gridò in risposta.

«Oh, Doran!» tutt'un tratto il suo tono era gentile. «Fammi finire, due minuti e sono da te.»

Doran si rifiutò di guardare ancora mentre i gemiti aumentavano d'intensità. Si sedette contro il muro e aspettò rigirandosi la spada tra le mani. Poco dopo Sven uscì dalla stanza, nella sua nuova armatura.

«Visto?» commentò sornione. «Due minuti esatti!»

Si precipitarono al Castello Bianco attraversando di corsa il pendio che portava in città.

Le bancarelle del mercato erano vuote, in giro incrociarono qualche mendicante e un branco di cani randagi che lottavano per la carcassa di un piccione.

Doran si voltò verso la collina e osservò la fortezza che ospitava gli adepti per l'ultima volta.

"Sono passati così in fretta questi anni, non ho salutato nessuno degli altri, spero di aver l'occasione di rivederli in futuro."

«Corri, Gelsomino, e guarda dritto! Non vorrai mica che il tuo bel visino si rovini cadendo prima che Kahyra lo veda?» Sven lo superò ridendo.

«Risparmia il fiato, sei uno spilungone senza cervello.» Doran accelerò fino a sorpassarlo a sua volta.

Arrivarono alla porta principale del Castello Bianco sudati e ansimanti.

Le altre quattro coppie di adepti erano lì ad attenderli. Il Lord Comandante dell'Accademia, Arhak, aveva uno sguardo truce.

«Gelsomino, finalmente ci degni della tua presenza» disse con la sua solita voce profonda e scandendo bene le parole. «Benvenuto anche a te, Sven, siete in ritardo...» Inarcò un sopracciglio.

«Non perdiamo tempo. Iniziamo con il Giuramento.»
Era una giornata soleggiata, in cielo non v'era una nuvola, il cinguettio degli uccelli sugli alberi li circondava.

Doran respirò a fondo e si inginocchiò.

"Una buona giornata per l'Iniziazione."

Si levò un leggero vento che fece frusciare le fronde degli alberi.

Il Lord Comandante si schiarì la gola. «Giurate voi di servire il Lord Sacerdote e i sacerdoti di tutte le città di Gorthia e d'Oltremare?» pronunciò quelle parole con tono solenne.

«Lo giuriamo» risposero in coro gli adepti.

Doran osservò i propri compagni d'Iniziazione: i fratelli Sly e Thomas Bricker, i gemelli Paul e Carl Alwson, i fratelli Jack e John Grimson, l'ultima coppia era formata da Grev e Koj; due ragazzi appartenenti ai villaggi del nord, grossi come montagne.

"Potrebbe essere l'ultima volta che li vedo vivi."

Una morsa si strinse intorno al suo cuore.

«Giurate voi di proteggere ogni uomo, donna e qualsiasi creatura innocente, uccidendo solo quando strettamente necessario alla vostra sopravvivenza?»

«Lo giuriamo.»

«Giurate voi di difendere gli innocenti, consacrare la vostra vita agli Dèi, combattere gli Infedeli e le loro infernali creature, anche a costo della vostra stessa vita?»

«Lo giuriamo!»

«Ora alzatevi come uomini, affrontate ciò che la vita vi ha riservato.» Arhak li guardò negli occhi uno a uno.

Gli adepti si alzarono in piedi.

«Aprite!» gridò il Lord Comandante. Le pesanti porte

si aprirono con un cigolio assordante, la terra stessa tremò. Arhak varcò la soglia del Castello Bianco e fece loro cenno di seguirlo.

Doran rimase l'ultimo a entrare, si ritrovò in un corridoio illuminato da torce con pareti e soffitto in marmo, la luce riflessa sul bianco lo costrinsero a socchiudere gli occhi. Si sentiva debole e nervoso, svuotato, come se avesse già combattuto.

Camminò per minuti, la tensione gli crebbe dentro a ogni passo.

Il tempo si dilatò, il corridoio sembrava non terminare mai. Avanzò, ipnotizzato dall'incedere, fino a che la luce delle torce appese ai muri lasciò spazio a quella del sole.

L'Arena dell'Iniziazione.

Un boato li accolse.

Gli occhi di Doran ci misero un attimo ad abituarsi alla luce intensa, quello che vide lo mise ancora di più in soggezione: una gigantesca arena a cielo aperto, con decine di file di spalti e delimitata da mura di protezione alte quanto tre uomini.

Gli spalti erano gremiti.

Urla di giubilo si levavano da ogni dove, Doran si sentì piccolo e insignificante.

«Impressionante» disse Sven.

«Ora capisco perché non ci fanno vedere le altre Iniziazioni, altrimenti nemmeno morto sarei rimasto nei Cacciatori» commentò Thomas.

Doran era senza fiato. Vedere l'Arena da lì faceva paura. Le gambe gli divennero molli.

Deglutì, sentì delle fitte alla pancia.

Si costrinse ad avanzare, sperando che non si notasse che stava tremando.

Attraversò l'Arena insieme agli altri. Il vento sollevava la polvere del pavimento in terra battuta, rendendo difficile tenere gli occhi aperti. Si fermarono davanti alla tribuna d'onore riservata al Lord Sacerdote e alle cariche più elevate di Gorthia. Lui era lì, ma di Kahyra, sua figlia, neppure l'ombra.

La luce del sole lo accecava riflettendosi contro il marmo bianco degli spalti.

«Sembra che tutto il regno sia qui!»» Sven dovette urlare tanto da diventare paonazzo per farsi sentire sopra le urla della folla. «Sarà meglio fare una bella impressione!»

«Tranquillo, se non farai bella impressione, creperai qualche secondo dopo.» Sghignazzò Koj, Grev gli tirò una pacca sulla spalla in segno di approvazione.

Il Lord Comandante dell'Accademia appoggiò la mano alla parete dell'Arena ed entrò in una porta nascosta. Ricomparve un paio di minuti dopo sulla tribuna, Doran lo vide prendere il proprio posto alla destra del Lord Sacerdote, che si alzò e sollevò le braccia.

Gli adepti si inchinarono, lo sguardo fisso a terra.

L'Arena si ammutolì.

«Onorevoli adepti» il Lord Sacerdote parlò con voce potente, «è a nome degli Dèi che vi do il benvenuto alla vostra Iniziazione. Oggi siete chiamati a compiere il vostro destino: diventare Cacciatori, servire gli Dèi e l'umanità contro la minaccia degli Infedeli e delle creature che albergano nei meandri oscuri del nostro mondo. Vi siete addestrati a lungo, ma rimane un'ultima prova da superare: uccidete l'araldo ed entrerete nell'Ordine. Prendete l'arma che più vi aggrada e adempiete al vostro destino.»

Doran alzò lo sguardo, il Lord Sacerdote li congedò

con un cenno della mano e poterono alzarsi. La sedia della figlia era ancora vuota. In piedi, dietro i tre scranni imbottiti, vi erano le dieci Sorelle della Morte della scorta personale del Lord Sacerdote.

"Lord Sacerdote, passa tutto il tempo nella sua torre senza far nulla..." Doran non capiva perché fosse così rispettato, un uomo che non aveva mai combattuto in vita sua. "Il Lord Comandante Arhak, lui sì che andrebbe idolatrato."

La polvere s'infiltrava sotto l'armatura e la tunica rendendola pruriginosa. Davanti a loro si aprì una voragine nel terreno, con un ruggito e un rumore di ingranaggi emerse una rastrelliera per armi.

Una morsa gli strinse le budella.

Guardò sconsolato Sven che nel frattempo era piegato in due dalle risate insieme ai gemelli Alwson.

"Mi piacerebbe avere la sua sicurezza, sempre che sia vera."

Grev e Koj parlavano in una lingua a lui sconosciuta e sembravano molto sicuri, gli altri due rimanevano in un nervoso silenzio.

Doran si avvicinò alla rastrelliera. «Sven, che arma prendi?»

Il suo Fratello di Caccia lo raggiunse, i ricci biondi che rilucevano sotto la luce del sole. «Prendo la flamberga. Tu?»

«Il tridente.»

Sven rispose con un grugnito d'assenso. Doran prese la propria arma e se la rigirò in mano, era ben equilibrata, di buona fattura.

I gemelli Alwson scelsero arco e balestra. Sly una mazza chiodata e uno scudo, Thomas una lancia. I Grimson entrambi la spada a due mani. Gli adepti del

Nord due enormi asce da guerra.

«Gelsomino, la sai usare quella?» si sentì dire alle spalle. Era uno degli Alwson, Doran non sapeva quale, non riusciva mai a distinguerli l'uno dall'altro.

«Meglio di te» rispose. «Se avrai bisogno supplicami, forse ti darò una mano.»

«Come no!» rispose l'altro con un ghigno di scherno dipinto in faccia.

Quando tornò a guardare verso la tribuna d'onore, Doran d'istinto cercò con lo sguardo la figlia del Lord Sacerdote e la trovò seduta alla sua sinistra: lunghi capelli lisci e biondi, gli occhi dello stesso colore dell'acqua di sorgente. Aveva un'aria distaccata, come se il bagno di sangue a cui presto avrebbe assistito non le importasse. Il suo viso aveva lineamenti delicati e armoniosi, il naso a punta era proporzionato.

Stava conversando con suo padre e con il Lord Comandante e, di tanto in tanto, esibiva un sorriso splendido. Indossava un vestito bianco ornato di zaffiri e una collana con un enorme diamante pendente.

"Deve davvero discendere dagli Dèi per essere così bella..." pensò Doran. "Devo farmi notare da lei."

Guardò Sven per vedere se anche lui se la stesse facendo addosso.

«Pronto?» chiese.

«Sono nato pronto, Gelsomino, uccidiamo questo abominio della natura.»

Il Lord Sacerdote si alzò di nuovo, allargò le braccia. «L'Iniziazione può cominciare! Ricordate: se il vostro Fratello morirà non sarete più niente, sarete solo dei reietti. Siete Fratelli, dovete essere come un sol uomo. Non si lascia indietro il proprio Fratello. E ora...» Batté le mani. «Fate entrare l'Araldo dei Titani!»

Il pavimento dell'Arena tremò. Iniziò ad aprirsi dal centro, costringendo gli adepti a schiacciarsi contro il muro di protezione. La polvere si riversò all'interno dell'enorme fenditura. Le urla della folla vennero coperte prima dal rumore dei macchinari che sollevavano la piattaforma, poi da un ruggito che gli entrò nel cervello e prese a martellarlo. I peli sulla nuca gli si rizzarono, strinse le mani intorno all'impugnatura del tridente.

Cercò segni di cedimenti anche nei suoi compagni ma erano molto più bravi di lui a nasconderli.

La prima cosa che Doran vide del mostro fu la coda squamata che terminava in un'enorme falce, poi la cresta di spine sul dorso ricoperto di squame e infine il muso allungato, come quello di un enorme coccodrillo.

L'araldo dei titani, un'enorme creatura alta quanto due uomini, provvista di una doppia arcata di denti grandi quanto un avambraccio e affilati come lame. Bava fetida colava dalla lingua penzolante.

La bestia agitava la lunga coda per aria, eccitata alla vista di quello che gli doveva sembrare un appetitoso banchetto, le catene che gli bloccavano le enormi zampe tintinnavano senza sosta mentre cercava di liberarsi.

«Ahhh! Riesco a sentire il suo odore da qui.» Sven si tappò il naso.

L'araldo ruggì ancora e la folla si zittì per un momento, poi le urla ripresero, più forti di prima.

Doran si asciugò la fronte imperlata di sudore. "Non si torna indietro."

L'araldo ruggì di nuovo, inondandoli con aria puzzolente e schizzi di bava, il rumore era così forte che Doran si chiuse le orecchie con le mani.

"Nei libri dell'Accademia non sembrava così...

terrificante."

Le catene che imprigionavano le gambe del mostro cedettero, cadendo con un pesante tonfo.

Doran impugnò il tridente più forte che poté, il cuore che pompava sangue nelle vene. Sentiva le tempie pulsare, si passò la lingua sulle labbra, seccate dal sole e dalla sabbia.

"Ora si fa sul serio, vediamo di cosa sono capace."

3 - KAHYRA

S badigliò.
«Ti stai annoiando, mia cara?» Suo padre le poggiò una mano sull'avambraccio.

«Sì, padre. Già quattro morti e l'Iniziazione è appena cominciata.» Si accigliò.

«La cosa ti turba?»

«Sì... o meglio, no. Ma la folla che accoglie ogni loro dipartita con un tripudio di urla e applausi mi irrita.»

«È il popolo» le rispose con tono pacato, «sono fatti così.»

«Una massa di idioti» commentò il Lord Comandante Arhak, seduto alla destra di suo padre.

«Non essere così crudele, Arhak. Hanno solo bisogno di svago, come tutti.»

Kahyra sentì il mugugno di disapprovazione del Lord Comandante dell'Accademia.

"Questi idioti pensano che sia un gioco, nient'altro che uno stupido spettacolo."

«Figliola?» le chiese ancora suo padre. «Ti vedo pensierosa. Parlami.»

«A parte quello non ho niente da dire, padre.»

Lui sorrise increspando gli angoli degli occhi, le

rivolse una carezza.

«Sei bianca come le mura della Torre d'Avorio...» quello che le disse dopo, Kahyra non lo sentì, perché venne sovrastato da un boato della folla, si voltò verso la piazza.

«Idioti...» commentò Arhak, indicando con la mano buona due adepti con l'arco.

I due arcieri scoccarono delle frecce mirando il muso della bestia, l'araldo ne schivò una e venne colpito dall'altra alla gamba anteriore sinistra, le scaglie di cui era ricoperta spezzarono il dardo, che cadde nella polvere. Il mostro emise un ruggito, pezzi di armatura e carne umana finirono addosso al gruppetto di adepti, che si coprirono il viso con le braccia.

"Altro errore." Kahyra scosse la testa, erano dei dilettanti.

L'araldo passò all'attacco.

Con un salto divorò la distanza che c'era fra lui e gli adepti, si avventò su due di loro che ancora si stavano coprendo il viso, era troppo veloce perché potessero reagire. La bestia squarciò il corpo dei ragazzi in tre parti con una zampata, le budella si rovesciarono sul terreno e si mescolarono le une con le altre.

"Sono finiti..." Kahyra osservò gli adepti rimasti mentre cercavano di difendersi. Spostò lo sguardo verso la parte vuota dell'Arena, non voleva guardare quello che sarebbe accaduto.

In quel momento lo notò.

«Padre!» scattò in piedi e indicò verso la coda dell'araldo.

«Cosa c'è?» chiese lui, ancora concentrato sul gruppo.

«Guardate!» gridò, e suo padre si voltò.

Un adepto armato di tridente era riuscito ad

aggrapparsi alla coda dell'araldo, che prese ad agitarla per scacciarlo, ma il ragazzo conficcò l'arma nella spessa pelle e rimase appeso, sospeso a mezz'aria mentre l'araldo si divincolava furioso, cercando di scrollarselo di dosso.

L'adepto aveva fornito agli altri un attimo di pausa, l'araldo girava su se stesso e ringhiava, cercando di mordersi la coda.

«Mi piace questo ragazzo, Arhak, è intraprendente» disse suo padre. «Devo dire, però, che sono un po' deluso dagli altri...» Scoccò al Lord Comandante uno sguardo pieno di delusione. «Non avrai accelerato troppo i tempi di questa Iniziazione?»

«Mi scuso, mio lord, in Accademia questi erano gli uomini più promettenti e abili» disse Arhak con un inchino. «Senza contare il problema...»

«Non è questo il momento di parlarne.» Lo interruppe il Lord Sacerdote. «Comunque, non oso immaginare gli altri...» sospirò, «non ci sono più i Cacciatori di una volta.»

Si volse verso di lei e guardò Kahyra negli occhi. «Figlia mia, ascoltami, entra nelle Sorelle della Morte. Lì sì che si riceve un addestramento come si deve.»

"Li ho fatti i loro addestramenti, ma non ci penso nemmeno a tagliarmi i seni."

«Padre, ci sto pensando» Kahyra misurò bene le parole. «Stavo pensando di diventare una Maestra degli Dèi nell'Università della Torre, se vorrete darmi la vostra benedizione.»

«Quello che vuoi, piccola mia. Mi piacerebbe molto che entrassi nello stesso ordine in cui servì tua madre...» Un urlo della folla lo distolse da quello che stava per dire e tornò a guardare l'Arena. «Oh che colpo!

Finalmente qualcuno che sa combattere!» esclamò compiaciuto.

Due grossi adepti colpirono l'araldo alla pancia con le loro asce da guerra. Il mostro ruggiva di dolore e cercava di scrollarsi dalla coda quello armato di tridente, dal suo ventre iniziò a uscire una cascata di sangue. L'araldo schiantò la coda contro il muro di protezione e con le zampe anteriori si bilanciò per scagliarla contro i due adepti armati di ascia.

Intervenne un adepto con spada a due mani, che piantò la propria arma nella gamba posteriore della bestia, facendola cadere a terra, la sua coda schizzò verso l'alto e mancò il bersaglio.

L'araldo ruggì e colpì alla cieca dietro di sé con la zampa posteriore ancora sana. L'adepto con la spada a due mani fece una capriola indietro e rimase fermo, i riccioli biondi attaccati alla fronte. L'araldo si rialzò e tentò di mordere i due grossi adepti, uno di questi scartò di lato e lo schivò, quello accanto a lui non fu altrettanto rapido e venne inchiodato a terra con gli artigli della zampa anteriore.

L'araldo gli staccò via la testa con un morso secco.

Urla si levarono dagli spalti per la sua dipartita.

"Non entrerò mai nelle Sorelle della Morte, ma non ho intenzione di passare la vita in questa maledetta torre."

«Padre ci ho pensato molto...» esordì. Deglutì, sciogliendo il nodo che aveva in gola «Vorrei diventare una Cacciatrice.»

«Per noi sarebbe un grande onore, milady» si intromise Arhak, «ma ahimè, il nostro codice ci impedisce di avere donne nel nostro ordine.»

«Mio padre è il Lord Sacerdote, può modificare il codice come vuole. È già successo, non sarei la prima» rispose secca Kahyra.

«Smettila con queste sciocchezze!» urlò suo padre senza distogliere lo sguardo dal combattimento. «Io ti dovrei mandare in un'Accademia dove ci sono solo maschi? E poi? Vorresti passare la tua vita a vagare per tutta Gorthia o Oltremare? Non ci pensare nemmeno. Non avrò una baldracca come figlia. Se non prendi una decisione con un minimo di senno, entrerai nell'ordine di tua madre, che tu lo voglia o no. Non voglio sentire altre storie.» Era rosso di rabbia, si volse e la guardò con occhi di pietra, uno sguardo che non ammetteva repliche.

"Meglio non andare oltre..." Kahyra tornò a concentrarsi sugli adepti rimasti: quello che prima era sulla coda, ora giaceva a terra vicino al muro di protezione; quello grosso rimasto attaccò mulinando la sua ascia, mise due colpi a segno alla mandibola della bestia. Era lento, o forse stanco, e fu tranciato da un'artigliata dell'araldo.

"È finita, l'Ordine dei Cacciatori sta cadendo in basso. Se mi facessero entrare sarei molto meglio di questi inetti."

Il sole picchiava il suolo dell'Arena.

C'era odore di sangue, sudore e morte.

Le armature leggere degli adepti non scintillavano più.

La polvere continuava ad alzarsi a seconda del vento.

Uno spettacolo surreale si mostrò agli occhi del pubblico: l'adepto biondo, che si chinò a raccogliere tridente da terra, contro un gigantesco mostro che aveva sterminato tutti gli altri.

L'araldo guardò il biondo, poi distolse lo sguardo, evidentemente non lo riteneva meritevole di attenzione, sembrava aver perso la voglia di combattere e prese a mangiare i corpi dei caduti.

Kahyra lo capì in quel momento.

Nessuno sarebbe sopravvissuto a quella Iniziazione.

«Asyl, prepara le tue sorelle» disse suo padre, «voglio quella bestia morta.»

«Certamente, Lord Sacerdote.» La guardia personale si congedò con un inchino, lasciando solo due donne in tribuna come scorta.

L'adepto a terra accanto il muro di protezione mosse un braccio, aveva i capelli fradici di sangue e una gamba contorta, la tibia era rotta in due e sporgeva dalla carne.

Kahyra sussultò sullo scranno e lo indicò con l'indice.

«È ancora vivo...» sussurrò.

Il ragazzo biondo si avvicinò al compagno ferito e gli sussurrò qualcosa nell'orecchio. Poi corse a prendere l'arco e la faretra di uno dei caduti. Il mostro stava spolpando per bene ciò che restava dell'adepto decapitato.

Il ragazzo ferito a terra iniziò a urlare e la folla si ammutolì.

L'araldo continuava a divorare i cadaveri, il clangore del metallo delle armature masticate si diffondeva nell'aria.

L'adepto biondo sembrava disperato, si guardava intorno con aria confusa.

"Forse credeva di poter distrarre l'araldo con il suo compagno a terra..."

Kahyra vide il biondo contrarre la mascella e gonfiare il petto.

L'adepto impugnò il tridente come un giavellotto, prese una rincorsa, portò il braccio dietro al corpo e lanciò l'arma sfruttando la spinta del movimento. Il tridente si conficcò nella parte destra del muso della bestia, proprio sotto l'occhio.

L'araldo aprì la bocca, lasciando cadere pezzi di cadavere e armatura. Ringhiò. Si voltò verso l'adepto, che prese l'arco e incoccò la freccia, i muscoli delle braccia tesi per lo sforzo.

Le vene sulla tempia del biondo si gonfiarono, lo sguardo concentrato sul bersaglio.

L'araldo partì alla carica. L'adepto scoccò.

La freccia si conficcò nell'occhio destro della bestia. Per un attimo sembrò non aver sortito alcun effetto, ma poi l'araldo mancò l'appoggio con le gambe anteriori, crollò a terra e strascicò per diversi metri sollevando intorno a sé una nuvola di polvere.

Nell'Arena calò il silenzio.

L'adepto biondo andò a prendere una spada conficcata nella gamba del mostro. La estrasse con uno spruzzo di sangue. La bestia si lamentò, le ferite che aveva subìto erano pesanti, provò a rialzare il muso da terra, senza successo. Il suo ringhio si trasformò in un mugolio.

"Mi fa perfino pena, una bestia che ha lottato solo per difendere la propria vita, proprio come facciamo noi."

L'adepto biondo sputò sul muso dell'araldo. Impugnò la spada con entrambe le mani, con un urlo conficcò l'arma nello stesso occhio colpito dalla freccia.

L'araldo emise un ultimo ruggito, poi nulla.

E fu la folla a ruggire.

Scese con suo padre i gradini della tribuna d'onore. Dietro di loro, Arhak e le Sorelle della Morte trasportavano il forziere delle morfospade da Cacciatore. Arrivò al limite del muro di protezione, salì sulla pedana nascosta, si fece stretta mentre il forziere veniva caricato.

La piattaforma fu attivata e scese lenta con un clangore di ingranaggi, fino ad arrivare al livello dell'Arena.

La parete slittò di lato, la polvere le arrivò negli occhi, se la tolse con la punta delle dita. Seguì suo padre fino alla carcassa dell'araldo. Sorrise al ragazzo sopravvissuto che stava medicando quello ferito.

Il Lord Sacerdote guardò Arhak.

«Per fortuna mi sbagliavo. Due sono sopravvissuti, sono Fratelli Cacciatori o dobbiamo considerarli reietti?»

Il vecchio Arhak grugnì. «Sono Fratelli» rispose. «Sven, aiuta Doran a tenersi in piedi, siete Cacciatori ora.»

Kahyra notò che quello a terra aveva un grosso taglio orizzontale sulla fronte, i capelli castani sporchi di sangue gli ricadevano sul viso. La fasciatura appena applicata sulla gamba destra, ricavata da un pezzo di tunica, era già pregna di sangue. Doveva anche avere il naso rotto a giudicare da com'era piegato. L'adepto biondo invece sembrava star bene, puzzava come una fogna a causa del sangue della bestia sparpagliato addosso, ma aveva solo graffi e ferite superficiali, niente di rotto.

"Bravo, o molto fortunato."

Quando i due adepti rimasti furono in piedi, suo padre alzò le mani per zittire il pubblico.

«Questi due Fratelli hanno superato l'Iniziazione» la sua voce profonda riverberò nell'Arena. «Hanno combattuto con onore e meritano di entrare nell'ordine dei Cacciatori. Asyl, lo scrigno.»

Le Sorelle della Morte portarono lo scrigno ai piedi del Lord Sacerdote, fecero un inchino e tornarono in formazione alle sue spalle, tranne Asyl, la loro comandante, che rimase accanto a lui.

«Ora, nuovi Cacciatori, riceverete le vostre Spade degli Dèi. Inginocchiatevi.»

Asyl aprì lo scrigno e porse la spada nel fodero a Kahyra che la prese tra le sue mani, stando attenta a non toccare l'elsa.

Le spade dei Cacciatori erano tutte identiche: leggere, tanto che si potevano sollevare senza grosse difficoltà anche con una mano sola nonostante avessero la grandezza di una spada bastarda. La lama era lunga un metro e mezzo, nera, affilata da entrambi i lati. L'elsa possedeva un'impugnatura semplice, capace di adattarsi a ogni mutamento di forma dell'arma. Il pomolo, esagonale, con una gemma d'arsite nera in centro, assicurava un bilanciamento perfetto e una presa salda.

Kahyra cominciò il rito d'Iniziazione, si posizionò davanti al Cacciatore con la gamba rotta.

«Io, figlia del Lord Sacerdote e Lady Reggente degli Dèi, in vece della mia defunta madre, ti nomino Cacciatore di arswyd.»

Sorrise compiaciuta, le piaceva ascoltare il suono della propria voce risuonare nell'Arena. Sapeva che, grazie alla perfetta acustica, sarebbe arrivata anche nelle file più in alto. Sentiva il mondo ai suoi piedi.

«Ti consegno la spada che ti permetterà di adempiere il tuo destino. Alzala al cielo e grida il suo nome, affinché tutti, anche gli Dèi, possano sapere il nome della lama che agirà in loro nome.»

Senza indugiare, il Cacciatore con la gamba rotta

sfilò la spada dal fodero, la sollevò con il braccio destro, quello messo meglio. «Ddrag Du!» gridò con una smorfia di dolore.

La folla inneggiò la spada.

Ddrag Du! Ddrag Du! Ddrag Du!

Kahyra attese che le grida si acquietassero.

«Un nome insolito, cosa significa?» chiese.

«È una vecchia storia che mi raccontava mia madre, a Oltremare. I ddrag combattevano i titani, migliaia di anni fa...»

«Kahyra...» la richiamò suo padre.

Rimase affascinata da quel mito, nella sua vita c'era stato solo posto per gli Dèi e le creature degli Infedeli, non conosceva altre leggende.

«E uno di loro si chiamava Ddrag Du?» chiese al nuovo Cacciatore.

«Kahyra, non abbiamo tutto il giorno» tagliò corto suo padre.

Kahyra prese l'altra spada e si posizionò davanti all'uccisore dell'araldo.

«Io, figlia del Lord Sacerdote e Lady Reggente degli Dèi, in vece della mia defunta madre, ti nomino Cacciatore di arswyd, ti consegno la spada che ti permetterà di adempiere al tuo destino.»

Kahyra gli consegnò la spada, il ragazzo la impugnò e la sollevò senza difficoltà. «Sole!» gridò.

Sole! Sole! Sole!

La folla esplose in un tripudio di urla e applausi.

«Fratelli Cacciatori, gridate i vostri nomi» disse allora Kahyra, «così che possiate ricevere la giusta ovazione.»

«Io sono Doran!» gridò il Cacciatore ferito.

«Io Sven!» disse il biondo.

Doran e Sven! Doran e Sven! Doran e Sven!

"Altri due uomini che non arriveranno alla vecchiaia."

Il Lord Sacerdote attese con un sorriso che le urla si spensero, poi si rivolse ai due ragazzi. «Il vostro compito, d'ora in poi, sarà proteggere Warest dagli arswyd e dagli Infedeli. Che i Tredici possano essere sempre con voi.» Si voltò verso le Sorelle della Morte. «Portate i nostri nuovi Cacciatori all'infermeria, rimetteteli in sesto, li voglio nel mio studio dopo cena.»

«Sarà fatto, signore» disse Asyl. Lei e le sue Sorelle aiutarono i due Cacciatori a uscire dall'Arena, tra le ovazioni del pubblico.

Due Sorelle rimasero con loro.

«Arhak, sono deluso» disse il Lord Sacerdote a bassa voce, Kahyra lo sentì comunque, «gli adepti che porti all'Iniziazione muoiono come mosche. I nostri migliori Cacciatori son morti contro un misero arswyd. Inizio a pensare che tu stia diventando troppo vecchio per essere ancora Lord Comandante.»

«Mio signore, vi assicuro che siamo molto vicino a una svolta» sorrise Arhak. Un sorriso brutto, storto, che metteva in risalto le cicatrici sulle guance, solitamente nascoste dalle rughe.

«Lo spero. Voglio quell'arswyd morto prima della Festa del Primarca. Se non ci riuscirai, vorrà dire che hai fatto il tuo tempo. Del resto, sono molti anni che servi me e il mio predecessore, ti meriteresti una pausa.»

Arhak non rispose, Kahyra notò una scintilla d'odio nei suoi occhi scuri.

«Vieni, Kahyra, torniamo alla Torre, ne ho abbastanza di questa polvere.» Suo padre la prese sottobraccio, poi si volse ancora verso il Lord Comandante. «Arhak, fai sparire quella carcassa. E ricordati: voglio sapere dov'è finito quel dannato arswyd.»

4 - YGG'XOR

Odiava Sharuke.
La capitale delle Isole dei Titani sorgeva a Khrone, l'isola più grande dell'arcipelago, la stessa che ospitava un lago nella conca di un vulcano inattivo e che si diceva fosse la dimora di un titano. Col passare dei secoli Sharuke era cresciuta a dismisura, arrivando a essere la città più grande dei Due Continenti. Intorno alle vecchie mura di cinta erano stati eretti nuovi quartieri in modo confusionario, perlopiù baracche fatiscenti, non vi era una strada di quegli agglomerati che non puzzasse di escrementi e piscio.

"Giuro sugli Dèi che questa è l'ultima volta che metto piede qui."

Guardò la suola dello stivale, con cui aveva appena pestato una merda troppo grande per essere di cane e troppo piccola per essere di cavallo.

"Ritiro quanto mi è dovuto e ritorno finalmente alle Isole Brillanti."

Decise che per la merda non c'era niente da fare e proseguì verso il suo appuntamento nel bordello del porto principale. Arrivò che il sole stava iniziando la propria parabola discendente, sopra la porta d'ingresso scintillava il cartello: *La Vela Rossa*, appena ridipinto.

Varcò la soglia, l'intenso profumo dolciastro degli incensi era così forte che si faceva fatica a respirare, tossì un paio di volte. L'atmosfera era soffusa, con una pallida luce arancione che illuminava l'ampio salone centrale dove uomini e donne godevano dei reciproci servigi. Falco notò un vecchio usufruire dei favori di quella che era appena una ragazzina su un tavolo in fondo alla sala. Un bardo dal cappello viola vicino al camino cantava gioiose accompagnandosi col liuto e sconce ballate mentre la sala era riempita da gemiti di godimento.

E lei mi disse di fare più forteee...

"Proprio un posto che si addice a un incontro con un emissario del Re d'Oltremare."

Uomini salivano con bellissime ragazze la grande scalinata che portava alle stanze private.

"Io uccido re e nobili, ma quelle che fanno davvero la differenza nel mondo sono le puttane."

E lei mi disse che ero più grossooo...

"Tra un po' lo uccido, questo bardo dannato."

La prosperosa meretrice che lo accolse aveva un viso tondo dai lineamenti delicati, una bella chioma corvina raccolta in una treccia e occhi con l'iride gialla.

"Le bellezze locali sono sempre le migliori."

Era a seno scoperto e il suo corpo emanava un delicato profumo di violetta.

«Benvenuto nel nostro umile luogo di divertimento» disse con un gran sorriso, la sua voce era calda e suadente. «Volete uomini, donne, bambini? O forse preferite una storpia? Ho una ragazza paralizzata dalla vita in giù, praticamente è come avere una bambola!»

"Dèi, che schifo." Negò con un cenno della mano. «Qualsiasi cosa noi possiamo procurarvelo, dietro giusto pagamento...»

«Magari un'altra volta, sono qui per incontrarmi con l'emissario del Divoratore.»

"Che soprannome stupido per un re, *il Divoratore*, ma poi se l'è scelto da solo... Questo nuovo re è un completo idiota... Almeno ha ritirato l'esilio."

La meretrice si inchinò. «Scusatemi, capitan Ygg'xor, non sapevo foste voi. Siete completamente diverso dalla descrizione fornitami, la cicatrice sulla guancia destra ce l'avete sempre avuta?»

«Oh no, è stata una cosa recente.» Ygg'xor sapeva che per un uomo come lui girare per una grande città senza un travestimento equivaleva a morte certa.

«Seguitemi.» La donna lo accompagnò dietro al bancone, Falco non poté fare a meno di notare l'enorme varietà di vini e liquori nella teca dietro di esso: i più pregiati d'Oltremare, lo Shay, il costosissimo liquore del nord di Gorthia; perfino i vini delle terre di Valle del Sole, provenienti dalle Terre Lontane, con nomi scritti in caratteri per lui indecifrabili.

«Bella collezione» commentò entrando nel retrobottega dalla porta in mezzo alle teche.

«Vi ringrazio, molti mercanti si fermano qui, ma non tutti hanno i soldi per pagare, così pignoriamo le loro merci. Sempre se non vogliono tornare a casa come eunuchi...»

La meretrice prese una lanterna dal supporto in metallo e lo precedette giù, lungo una scalinata irregolare. Dalle pareti in pietra proveniva puzza di muffa e umidità.

Ygg'xor poggiò un piede male e dovette reggersi al

muro per non cadere.

«Attento a dove mettete i piedi, mio signore, l'umidità rende questi gradini molto scivolosi.»

«Grazie, me ne sono accorto...»

Continuarono a scendere, il seno di lei che sobbalzava a ogni gradino, lui che lo fissava ipnotizzato.

"Mica male la signorina, quasi quasi un pensierino, dopo che mi avranno pagato..."

La scalinata terminò davanti a una porta in legno battuto, troppo presto per suoi gusti.

La prosperosa donna bussò tre volte.

«Entrate, capitan Falco» disse una voce dall'interno.

«Mio signore, io torno ai miei affari.» La donna fece un inchino col capo.

«Grazie, ma non allontanatevi troppo. Vorrei usufruire dei vostri servigi dopo che avrò finito.»

«Come il mio signore comanda. Sarò fuori dalla porta, nella sala principale, ad aspettarvi.»

Gli scoccò uno sguardo languido e risalì le scale con la luce della lanterna che si faceva più fioca.

Rimase a fissare il culo. "Non vedo l'ora." Il solo pensiero di quei seni lo fece inturgidire.

Cercò di riprendere un minimo di contegno e di distrarsi. Spinse la maniglia in ottone ed entrò.

Un tavolo era posto al centro della cantina dal soffitto a botte, seduto c'era l'emissario del Divoratore. Una candela sciolta per metà ne illuminava il volto paffuto, i piccoli occhi blu brillarono colpiti dalla fiamma.

«Che luogo romantico, emissario, sono incantato.» disse Falco. «Mi viene quasi voglia di concedermi a voi su questo tavolo.» Prese posto. Parlare nella lingua degli Dèi era difficile per lui, abituato da molto tempo a quella delle Isole dei Titani.

L'emissario indossava un elegante farsetto color ambra, in testa portava un cappello blu con una lunga piuma bianca.

"Sicuramente darà poco nell'occhio uno vestito in questo modo a Sharuke."

«Ygg'xor, il falco pellegrino, non è un piacere rivedervi» disse l'emissario, acido.

«Lo stesso vale per me, ho perso fin troppo tempo con voi. È quasi un mese che attendo il pagamento, le casse reali forse non contengono abbastanza oro?»

«Sono cose che non vi riguardano, Ygg'xor. Ecco le cinquecento rose d'oro che vi spettano.» Gettò un sacchetto di pelle sul tavolo, a metà strada tra loro due.

«Inoltre... il vostro esilio dalle terre d'Oltremare è stato ritirato, così come tutte le vostre condanne per pirateria e omicidio.»

«Era ora. Dite al vostro re che non è carino far aspettare un sicario, specialmente se è molto quotato in assassini... regali.»

L'emissario sollevò il labbro e arricciò il naso, infastidito.

«Il mio re si scusa per il ritardo nel pagamento» disse a denti stretti, «ma ha avuto importanti impegni, come immaginate.»

«Immagino, immagino... sono rinomato per la mia immaginazione.»

Ygg'xor si sporse sul tavolo e prese il sacchetto, lo soppesò ascoltando il dolce tintinnio e lo aprì. Alla luce della candela le monete emettevano un fantastico scintillio dorato.

«E questo invece è il decreto che annuncia il suo perdono reale nei vostri confronti.»

L'emissario estrasse da sotto il tavolo una busta col

sigillo del Re d'Oltremare e ne tirò fuori un grande foglio, Ygg'xor lo prese senza aspettare che gli venisse letto e diede una rapida occhiata.

«Cosa dovrei farmene?» chiese, con espressione accigliata.

«Appendetelo sulla vostra nave! Non è da tutti ricevere la grazia totale, quello originale è nell'archivio reale di Makhan.»

"Io mi dovrei appendere una cazzata simile sulla nave?"

Falco passò l'angolo del foglio sulla candela, il pezzo di pergamena prese fuoco.

«No! Cosa fate?» L'emissario batté uno schiaffo sul tavolo. «Spegnetelo subito!»

«Zitto.» Ygg'xor estrasse il coltello dalla fodera sul petto e lo piantò tra le dita paffute della mano dell'emissario. «Voi non date ordini a me.» Lo fissò in tralice. Lasciò cadere il foglio di pergamena sul tavolo e rimase a guardarlo contorcersi e bruciare fino a divenire cenere.

L'emissario agitò le mani e scosse la testa, come se avesse le convulsioni. «Ma cosa avete fatto? Perché?»

Ygg'xor non gli rispose, prese la candela, si alzò e lo abbandonò nell'oscurità.

«Capitan...» protestò l'uomo mentre Falco si richiudeva la porta di legno alle spalle.

Uscì nella sala principale e appoggiò il lume sul bancone.

"Chissà come farà quel panzone a tornare qui ora" pensò divertito.

Lei era poco distante, con le sue grazie esposte, che lo aspettava, come promesso.

"So già come spendere la prima rosa d'oro."

«Perdonate la mia scortesia» disse Falco avvicinandosi alla donna, «ma non ricordo il vostro nome.»

«Datemi pure del tu, mio signore. Mi chiamo Sah'wa.» Accompagnò la risposta con un fantastico sorriso.

"Non deve avere più di venticinque anni, io ormai vado per i quaranta... vediamo se questa giumenta riesce a tenere testa al più grande pirata delle Isole del Mar Brillante."

«Quanto prendete per una notte?» Le passò un dito sul capezzolo inturgidito.

Sah'wa rise.

«Mio signore, per una notte chiediamo una moneta di bronzo di Gorthia o Oltremare, oppure una d'argento delle Isole dei Titani.»

Falco alzò un sopracciglio. «E con una rosa d'oro?»

«Con una rosa d'oro sarò vostra per tutta la settimana, e anche oltre, se lo desiderate.»

Le lanciò due rose d'oro.

«Andiamo nella stanza migliore che avete, e prendi uno di quei vini dai nomi strani della Valle del Sole.» Voleva festeggiare, finalmente sarebbe potuto tornare nelle sue terre d'origine.

"In fin dei conti, a parte il tanfo per le strade, Sharuke non è niente male come città."

Salirono la scalinata della sala principale, una volta giunti in cima svoltarono a sinistra ed entrarono nella prima porta. Falco non riusciva a distogliere lo sguardo dal seno di Sah'wa, lo pregustava già.

Sentiva i sensi ottenebrati, era come essere in un sogno. Aveva il naso inebriato dall'odore di incenso e dal profumo di violetta di Sah'wa.

"Se questo è l'inizio, non vedo l'ora di vedere il resto."
Lei si sedette sul letto, spalancò le gambe e si toccò le grandi labbra.

"Non porta niente sotto la gonna..." Falco si eccitò ancora di più. Chiuse la porta alle sue spalle, aprì il vino con uno schioccò e lo versò sul soffice seno, leccò i grossi capezzoli e fece scivolare la mano sul sesso già umido di lei. La stanza si riempì del delicato profumo di violetta, lui si spogliò mentre continuava a donarle piacere con le dita.

Era pronto lasciarsi andare dentro Sah'wa quando due forti colpi alla porta lo interruppero.

«Capitan Ygg'xor?»

«Andate via, se non volete che vi strappi le palle e ve le faccia ingoiare!» Falco era furioso. Odiava essere interrotto sul più bello.

«Capitano, sono il consigliere Pyr'rs. Se non uscite fuori subito sarò costretto a far entrare la guardia cittadina. Il Re Prescelto vi ha convocato immediatamente.»

"Un altro idiota dal titolo stupido."

Ygg'xor imprecò in tutte le lingue che conosceva, diede un'ultima leccata al capezzolo e si rivestì in fretta.

«Sarò ancora qui ad aspettarvi, se il mio signore lo desidera» disse Sah'wa, massaggiandosi i seni con ancora gocce di vino.

«Lo desidero, goditi il vino mentre mi aspetti.» Indossò la giacca, la lasciò aperta. «Ti voglio disinibita.»

«Lo sarò» disse lei con una risatina provocante, gli mandò un bacio.

"Prima o poi ti faccio squartare, dannato Re Prescelto."

Uscì, fuori dalla porta lo aspettavano cinque guardie armate e il consigliere, riconoscibile dalla tunica dorata, un ometto secco dai capelli ricci e neri.

«Bene, da questa parte, seguitemi» ordinò quest'ultimo.

«Immagino tu sia Pyr'rs.» Falco sbuffò, odiava quando gli davano ordini. «So come uscire da un bordello, grazie. Spero per voi che la faccenda sia importante, avrei degli affari con due grosse bocce da sbrigare, non so se mi intendete.»

«Non immaginate nemmeno di che faccenda si tratti. Andiamo al Palazzo dell'Obelisco e saprete tutto, vedrete che in confronto la vostra puttanella vi sembrerà insignificante» disse il consigliere, il suo volto era deciso, dai lineamenti marcati e con gli inconfondibili occhi gialli. Era davvero giovane, con la barba che cresceva a chiazze sul viso e qualche brufolo che faceva capolino dalla sua pelle scura, doveva essere il figlio di qualche clan importante delle isole.

Dopo vent'anni, Falco ancora non aveva capito come funzionasse la nobiltà degli occhi-gialli, non che se ne fosse poi molto interessato.

«Allora?» lo incalzò il consigliere. «Vogliamo andare incontro al vostro destino?»

"Sarà, ma io preferivo avere Sah'wa." Falco gli fece cenno di fare strada e lo seguì, incoraggiato dalla vista dalle spade d'acciaio che le guardie portavano alla cintola.

Al termine del lungo cammino per i vicoli degradati di Sharuke, dopo aver attraversato il gigantesco ponte levatoio del Palazzo dell'Obelisco e il colonnato d'ingresso, arrivarono alla sala del trono del Re

Prescelto.

La luce del sole illuminava la sala attraverso le ampie vetrate laterali.

Le pareti di pietra erano decorate con giganteschi arazzi raffiguranti epiche battaglie tra titani e uomini, avvenute secoli prima. In una vi era raffigurato il titano di pietra Khrone abbattere con un soffio un'intera roccaforte.

Proseguì sull'enorme tappeto blu decorato con venature d'argento che formavano scene di battaglia. Guardie armate rimanevano ai lati, ferme nelle armature con inciso sopra il volto del titano Ars, il re di tutti i titani, simbolo di quelle isole.

Il tappeto era lungo quanto la sala. A ogni passo, Ygg'xor ammirava un arazzo diverso: riconobbe la resistenza di Baluardo assediata dai titani. Vide anche la raffigurazione di Gyset, il titano che si era innamorato di una contadina, mentre la penetrava, squarciandola.

"Che triste storia d'amore fu quella."

Il tappeto finì e Falco si bloccò al cospetto del Re Prescelto e del suo trono in oro. Era un uomo gigantesco, pelle abbronzata e un pizzo ben regolato. Sopra i fluenti capelli neri portava la corona dei titani tempestata di zaffiri, smeraldi e rubini.

Indossava un'armatura pesante rivestita d'oro con avambracci e spalliere finemente decorati con teschi e ossa umane.

"Davvero un oggettino allegro." pensò Falco. "Spero non siano ossa vere."

Il trono era un ammasso di ossa unite da una colata d'oro, o così diceva la leggenda, i braccioli che terminavano in due teschi, Ygg'xor aveva dubbi se anche questo fosse vero o fosse una grande opera d'arte.

Sulla destra, su un trono simile ma più piccolo e senza teschi sui braccioli, sedeva la Regina Designata. Era avvolta in un vestito di seta blu e al collo portava una collana d'argento, come ciondolo un diamante grande quanto un occhio. Il suo viso doveva essere stato bellissimo, ma ora la benda che copriva le sue cavità oculari non permetteva di ammirarlo appieno.

"E poi si lamentano che li chiamano selvaggi. Un popolo di creduloni e barbari, ecco cosa sono. Certo però, che hanno delle donne mica male..."

Pyr'rs e le guardie della scorta si inchinarono e così fece anche lui.

«Pirata del Mar Brillante prima, sicario ora» parlò il Re Prescelto, la sua voce profonda riverberò per la sala, fece un ampio gesto di benvenuto. «È un piacere incontrarvi nuovamente, Ygg'xor. Sulla vostra ultima impresa stanno già componendo ballate i bardi delle Isole dei Titani, avete iniziato ad uccidere anche re?»

«Solo quelli che hanno l'abitudine di cacciarmi da casa mia...» Falco gli lanciò un'occhiata di sfida. «Spero che le ballate parlino anche della mia innata capacità con le donne, non vorrei essere ricordato come un uomo senza sentimenti. Ditemi, Re Prescelto, cosa c'è di tanto importante da farmi portare al vostro cospetto con così tanta urgenza?»

«La mia dolce consorte ha avuto una visione, i titani le hanno parlato! È ora di riunire tutte le terre sotto il loro vessillo. Dobbiamo essere pronti per la loro resurrezione spazzando via Gorthia, Oltremare e quelle demoniache spade mutaforma! I nostri sacri titani non tollereranno gli adoratori dei falsi Dèi, dobbiamo salvarli facendoli diventare parte della nostra gente, chi si opporrà, avrà la morte.»

"Oh no di nuovo la storia de *il mio dio fa il culo al tuo dio*, pensavo fossero più originali questi re delle isole."

«E io, di grazia, cosa c'entro in tutto questo, Vostra Altezza? Sono solo un umile sicario, uccido per guadagnarmi da vivere e mantenere la mia famiglia.»

«So che siete nato in quelle terre, conoscete le Isole Brillanti e il regno d'Oltremare molto bene. Grazie a voi ora il loro regno è debole, è il momento propizio. Mi avete fatto un grande favore senza saperlo. La piaga della guerra civile si sta diffondendo tra le loro città. Perciò ho deciso di premiarvi, guiderete i miei soldati d'avanguardia alla conquista di quelle terre. Dovrete arrivare fino a Baluardo. Poi attenderete il mio arrivo, per marciare insieme su Makhan.»

«Ma è un onore troppo grande, mio sire, avrete sicuramente qualche uomo più valoroso di un vecchio sicario da mandare. Qualche baldo giovane in cerca di gloria magari, e poi cosa direbbe la mia povera moglie?»

«Ygg'xor, so benissimo che non avete famiglia. Avete servito fedelmente mio padre, vi chiedo di fare la stessa cosa con me.»

"Ci ho provato."

«Stavo proprio pensando di farmene una però» insisté Falco usando il suo tono più umile, «sapete, ho conosciuto questa ragazza molto dolce e carina...»

«Non mi interessa niente delle vostre future famiglie. O guiderete i miei uomini oppure, se preferite, finirete nelle mie segrete. A voi la scelta.» Il Re Prescelto lo fissò negli occhi e Falco sostenne lo sguardo.

«Nel vostro piano la fate un po' troppo semplice. Baluardo è una roccaforte inespugnabile, ha resistito perfino a...» Si fermò prima di dire quella che veniva considerata una blasfemia in quelle isole, gli occhi del

Prescelto si illuminarono d'ira.

Falco si schiarì la voce. «All'attacco dei Cacciatori di Gorthia durante lo Scisma di molti anni fa... quanti uomini avrò? E quanto dovremo aspettarvi?»

"Basta una parola sbagliata sui loro titani e ti ritrovi impalato dal culo."

«Il resto dei miei piani di battaglia non vi riguarda. Partirete con quattromila dei miei uomini, altri cinquemila si aggiungeranno alle Isole Brillanti, che si sono unite alla nostra causa.»

"Quel figlio di puttana di Rubin ha tradito la corona?"

«Noi siamo gente cresciuta per mare» proseguì il Re Prescelto, «sarà difficile per i miei guerrieri combattere in un assedio, ma confido che li guiderete bene. Voglio Baluardo entro un anno. Il mio consigliere Pyr'rs sarà sempre al vostro fianco d'ora in poi, per aiutarvi nelle difficili decisioni che affronterete.»

"Per sorvegliarmi."

«Maestà, io non me la sento di tentare una simile impresa, sono molto vecchio e mi stanco facilmente.»

«Forse non avete inteso, capitano. Il nostro Re Prescelto ve lo sta ordinando» disse Pyr'rs con voce sibilante.

Ygg'xor si sforzò di non rispondere e si limitò a lanciargli un'occhiataccia.

La regina intervenne, una voce dolce come il miele riempì la stanza. «Ygg'xor, siete stato mandato qui dai titani. Ogni vostra azione è stata decisa da loro per farvi arrivare qui, è il vostro destino. La Stella di Ranowar illuminerà la vostra via, l'ho visto in sogno. Non potete opporvi.»

"Veramente ogni mia azione è stata guidata dall'oro, ma se lo dice lei..."

71

«Se me lo dite in questi toni, mia regina, non posso far altro che accettare» si arrese e s'inchinò.

"O ricevere un palo di legno da estremità a estremità."

«Bene, sono lieto di questa decisione.» Il Re Prescelto si rilassò sul trono e si grattò una guancia. «Partirete domani mattina sulla vostra nave, alla guida delle cinquanta della mia flotta, alla volta delle Isole Brillanti. Quasi dimenticavo, sulle armature del mio esercito si sono sette stelle con un falco al centro, l'ho fatto fare in vostro onore.»

«Grazie, Vostra Altezza» disse Falco.

«Sono un uomo generoso con chi mi aiuta, servitemi bene e io vi donerò le Isole Brillanti. Il pirata che le terrorizzava anni fa ora potrebbe diventare il loro protettore» sollevò un sopracciglio, «ironico vero?»

«Davvero molto, il destino ha trame assurde. Visto che sono di nuovo al servizio delle Isole dei Titani, devo avvisare il mio re che c'è una spia di Re Berser d'Oltremare nel retrobottega del bordello in cui mi avete gentilmente mandato a chiamare.»

«Lo sapevo già, ovviamente.»

"Merito di quell'idiota che va in giro come un buffone."

«Va', Ygg'xor» disse il Re Prescelto, «che i titani vi aiutino con la riconquista delle loro terre.»

«Vi ringrazio» rispose Falco, fece un inchino fin troppo plateale e si avviò verso l'uscita, Pyr'rs al seguito.

Una volta attraversato il ponte levatoio del Palazzo dell'Obelisco si avviarono verso il porto, Falco camminava avanti, il suo nuovo consigliere rimaneva qualche passo indietro.

"In che situazione mi sono infilato…" Arricciò il naso, il tanfo s'infilò con forza nelle sue narici. Risate sguaiate provenivano dagli angoli delle strade. Dal primo piano di una locanda un uomo volò fuori dalla finestra, seguito dai frammenti di vetro.

«Tienitela pure quella troia!» urlò rialzandosi, si asciugò il sangue che colava dal labbro con la manica, e se ne andò via verso chissà dove, zoppicante e sanguinante.

Il sole ormai era al tramonto. Pyr'rs continuava a seguirlo come una puttanella bisognosa di soldi. Falco si voltò verso di lui, il ragazzo impallidì.

«Vai alla mia nave» gli ordinò. «È la *Regina della Notte*, trova Corvo e riferisci del nostro nuovo incarico. Assicurati che sia tutto a posto e che l'equipaggio faccia scorte per il viaggio, dovrebbe essere ormeggiata al quinto molo, se quegli idioti dei miei uomini non le hanno dato fuoco. E dai da mangiare un bel coniglio al mio Uncino, avrà fame dopo essere stato tutto il giorno in gabbia nella cabina.»

Pyr'rs annuì.

"Ha la faccia da stupido" constatò Falco.

«Pyr'rs, io ritorno da quella dolce donzella che mi aspettava, chissà come sarà in pena... Non osare interrompermi di nuovo, il viaggio per le Isole Brillanti è lungo. Possono capitare molti incidenti...» Lasciò Pyr'rs in mezzo alla folla del porto, immobile con la sua faccia da ebete terrorizzata, e si avviò verso *La Vela Rossa*.

"Potrei portarmi dietro Sah'wa, dopotutto ho cinquecento monete d'oro e non so come spenderle, per colpa di questo idiota fanatico che mi ha mandato in missione suicida."

Camminò facendosi largo fra la gente che affollava le strade.

"Meglio non pensarci. Ora tutto quello che voglio è

perdermi in quei caldi e grossi seni, del resto me ne occuperò domani."

5 - DORAN

Lui e Sven erano davanti alla porta dello studio del Lord Sacerdote da diversi minuti. Soli, in quel corridoio illuminato dalle luci fredde, piccole sfere di vetro luminose incastonate nel soffitto in pietra levigata.

La gamba destra continuava a inondarlo da fitte così forti da paralizzarlo, nonostante l'intruglio che gli avevano dato nell'infermeria per placare il dolore. Gli avevano sistemato il naso ma non del tutto, oltre alla gobbetta, era rimasto leggermente storto verso destra.

"Ci mancava solo questa..."

«Cosa vorrà da noi il Lord Sacerdote?» chiese, spezzando il silenzio.

«Non lo so, forse complimentarsi ancora?» rispose Sven che sonnecchiava con la schiena appoggiata al muro e le braccia incrociate al petto.

"La logica non è il suo punto forte."

Doran si appoggiò sul bastone che gli avevano dato per camminare, guardò la fasciatura intrisa di sangue e la steccatura, la gamba era ridotta davvero male.

"Tornerà quella di prima?" Una fitta lo fece barcollare.

«Ce la fai?» Sven lo resse subito per un braccio.

«Sì, tranquillo. Grazie.» Ddrag Du nel fodero alla cintola era ogni secondo più pesante.

«Grazie a te, Fratello» rispose Sven con tono allegro. «Vivremo da re! Pensa che pacchia: aiuto-istruttori all'Accademia fin quando non potrai camminare con le tue sole forze. Fregna e pasti caldi, niente di meglio per iniziare una vita da Cacciatore, no?»

Alzò gli occhi. "Non lo sopporto." Emise un verso che poteva essere qualsiasi cosa, lasciando libera interpretazione al Fratello, non aveva voglia di discutere in quel momento.

La gamba destra mandò un'altra scarica di dolore, poggiò altro peso sul bastone che minacciò di spezzarsi. "O forse è solo una mia impressione." Le croste sulle ferite lungo il corpo tiravano la pelle e bruciavano; era merito degli elisir e degli unguenti delle Sorelle se i tagli erano già in via di guarigione. "Che si sbrighino, non ce la faccio più a stare in piedi." Si passò le dita sul taglio che aveva sulla fronte, una lunga crosta partiva dall'attaccatura dei capelli fino ad arrivare tra gli occhi.

"Potevo perdere la vista, mi è andata bene."

«Parlando seriamente» disse Sven, «sei stato bravo nell'Arena, Gelsomino.»

«Grazie. Anche tu.» Sospirò. «Non chiamarmi più così.»

«Ah!» ghignò lui. «Ti ho salvato la vita, non pensi che abbia il diritto di chiamarti come mi pare?»

«Fa' come ti pare.»

«Scusa, non riesco mai a dire la cosa giusta, vero?»

Doran lo scrutò: sotto i riccioli biondi che gli ricadevano sul viso, la sua espressione sembrava stranamente sincera.

«Non ci pensare, siamo vivi, questo conta.»

Sven annuì e gli sorrise.

"È la prima volta che non fa l'idiota, strano."

La porta si aprì sul corridoio e per poco Doran non venne colpito. Due Sorelle della Morte uscirono con passo deciso, non li degnarono di uno sguardo e svanirono dietro l'angolo del corridoio, Doran e Sven si scambiarono un'occhiata interrogativa.

"Ma cosa sta succedendo?"

In quel momento comparve sulla soglia il Lord Sacerdote con un'elegante tunica rossa ornata con cuciture d'oro. Il suo volto era rotondo e pieno, gioviale, trasmetteva un'aura di sicurezza e bontà. La testa e il viso erano glabri.

«Tu» indicò Doran, «devo parlare prima con te.»

«Va bene, mio signore.» Doran si aiutò col bastone e zoppicò dentro lo studio, il Lord Sacerdote richiuse la porta alle sue spalle. La stanza era in penombra. Al centro c'era uno scrittoio con sopra una candela e delle pergamene mezze arrotolate, una sedia imbottita era infilata sotto il tavolo e dietro di essa c'era un'enorme vetrata piombata che dava sulla città e sulla valle sottostante e attraverso cui Doran si perse ad ammirare il cielo stellato.

«Sei ancora con noi?» gli chiese il Lord Sacerdote prendendo posto sulla sedia imbottita, gli indicò la sedia di legno dall'altro lato dello scrittoio. «Accomodati, Doran.»

«S...Sì.» Annuì, distolse lo sguardo verso il fuoco scoppiettava nel camino nell'angolo destro. Le pareti erano ricoperte di arazzi bianchi e oro: i colori dei Tredici.

«Posso aiutarvi a sedere, ser?» disse una voce cavernosa.

Doran sobbalzò per lo spavento. A parlare era stata una possente figura con una benda sull'occhio destro e un mantello nero, aveva lunghi capelli castani raccolti in una coda di cavallo.

«Non vi avevo visto...» si scusò.

«Devi perdonare i modi di Cento» sorrise il Lord Sacerdote. «È un tipo particolare.»

Doran si sforzò di sorridere all'uomo con la benda sull'occhio mentre questi lo aiutava a sedersi su una sedia di legno imbottita.

«Grazie, mio signore, non dovevate...»

«Non dirlo neanche per scherzo, con tutto quello che hai passato oggi è il minimo che possiamo fare per te» disse il Lord Sacerdote, il suo scranno di legno aveva i braccioli, a differenza di quello di Doran.

"Quanto fa male la maledetta gamba..." Strinse i denti e si sforzò di non pensarci.

«Qualcosa da bere?» chiese il Lord Sacerdote.

«No grazie, io...»

«Niente no...» Batté le mani. «Forza, Cento, versaci due coppe.»

«Stai esagerando, Keyran...»

L'uomo che portava la benda sull'occhio destro riempì le coppe sul tavolo. Doran osservò che aveva le mani coperte da calli, ferite e tagli.

"Strano. Si permette di chiamare il Lord Sacerdote per nome?"

Cento gli porse la coppa. Doran la prese, esitò, poi la avvicinò alla bocca e sentì il delicato profumo dell'uva.

«Questo viene dalle Terre Lontane, precisamente dal vigneto di un piccolo principato chiamato Rodopia... senti che aroma particolare.» Il Lord Sacerdote si portò la coppa al naso e l'annusò.

Doran si fece coraggio, non aveva mai bevuto vino, temeva non gli piacesse.

"Non posso dire di no a una sua offerta." Si costrinse a bere, per non arrecare offesa al suo signore. Non era poi così male, leggermente acidulo.

«Gli Dèi hanno piani che noi umani non possiamo comprendere...» esordì il Lord Sacerdote. «Certe volte, il destino che loro scelgono per noi ci può sembrare crudele, beffardo, sembra quasi che si prendano gioco di noi. Ma io ti posso assicurare che il loro disegno è sempre giusto, tutto accade per una ragione.»

«Signore, io... non capisco...» Doran era spiazzato, bevve un piccolo sorso.

«Immagina come mi sono sentito» continuò il Lord Sacerdote, «quando ho scoperto che uno dei due ragazzi che ha passato l'Iniziazione di oggi, è il figlio del grande Shane Berevert, uno dei migliori Cacciatori del nostro tempo.»

«Ha preso molto dal padre...» provò a dire Doran.

«Immagina come mi sono sentito» il Lord Sacerdote alzò il tono, sovrastando la sua voce, «quando mi è stato riferito che il padre e suo Fratello, sono stati ritrovati morti, uccisi da un arswyd. Come posso dire una cosa del genere a un ragazzo che ha appena visto morire otto ragazzi con cui è cresciuto, e che ha sfiorato lui stesso la morte?»

"Il padre di Sven... morto?"

«Volete che glielo dica io...» dedusse Doran, che rimase immobile con lo sguardo nel vuoto, con la coppa di vino in mano. «Come ha potuto un solo arswyd uccidere i Figli della Battaglia?» pensò ad alta voce.

«E non solo loro, abbiamo perso altre cinque coppie di Fratelli, questo arswyd ha fatto la sua comparsa due cicli di luna fa a Gorthia, ed è iniziata una strage. Villaggi distrutti, Fratelli scomparsi, uccisi... è una catastrofe.»

«Signore, io non avevo idea che...»

«Come hai già capito» lo interruppe il Lord Sacerdote, «voglio che tu dica a Sven di suo padre, è meglio se lo viene a sapere da te.»

«Va bene, signore.» Doran posò la coppa sullo scrittoio, fece leva sul bastone e cercò di mettersi in piedi.

«Ancora una cosa.»

«Ditemi, signore.» Doran si bloccò, indeciso tra il risedersi e l'alzarsi.

Il Lord Sacerdote guardò l'uomo con la benda sull'occhio, poi spostò di nuovo gli occhi su Doran. «Ciò che sto per dirti, non deve uscire da questa stanza.» L'aria divenne pesante, il fuoco nel camino sembrava meno vivo, Doran sentì freddo e le croste che aveva sul corpo bruciarono dopo che era riuscito a scordarsi di loro per qualche minuto.

«L'Ordine dei Cacciatori...» il Lord Sacerdote parlò a voce bassa, si sporse sul tavolo. «Arhak è strano, non è più quello di un tempo. L'Ordine non è più quello di un tempo. I migliori Cacciatori, i più fedeli agli Dèi, sono stati sterminati da un arswyd. I miei Cacciatori più fidati. Capisci dove voglio arrivare?»

«Signore, il Comandante...»

«Arhak» sospirò il Lord Sacerdote, «voglio che ti avvicini a lui, voglio che tu diventi le mie orecchie e i miei occhi, che mi faccia rapporto settimanalmente. Lo farai per il tuo regno? Per i tuoi Dèi?»

Doran rimase in silenzio.

"Tradire il mio Ordine e i miei Fratelli... per il regno...

per gli Dèi..." Era stanco, troppo stanco per prendere una decisione in quel momento. "Arhak è un bravo Lord Comandante. È Lord Comandante da prima che nascessi, chi sono io per spiarlo?"

«Signore, io non posso decidere ora.»

Il Lord Sacerdote lo guardò torvo e serrò la mascella. «Temo che i miei modi troppo accomodanti ti abbiano portato a fraintendere, non te lo sto chiedendo. Mi serve qualcuno di cui Arhak non nutra sospetti e per cui abbia stima. Ti ha scelto personalmente e hai diritto a un periodo di riposo. Ti assegnerò a lui come attendente, finché non potrai tornare a combattere, voglio sapere ogni cosa che lo riguarda. Anche quante volte va in bagno.»

«Signore, io... il mio Ordine...»

«Sei fedele al tuo Ordine, o ai tuoi Dèi?» Il Lord Sacerdote aveva perso quell'aspetto cordiale che aveva all'inizio, ne aveva assunto uno minaccioso. Gli occhi fuori dalle orbite.

«Sì, signore» Doran deglutì, «sarò i vostri occhi e le vostre orecchie.»

«Bravo, ragazzo.» L'espressione del Lord Sacerdote si distese e tornò quella gioviale che lo aveva accolto. «Il nemico in questo momento non sono gli arswyd, ma qualcosa di ben peggiore, saprai tutto a tempo deb...» Allungò la mano per prendere la propria coppa di vino.

Vetri infranti.

Una punta nera comparve in mezzo al collo del Lord Sacerdote, che emise un rantolo soffocato, il sangue gli iniziò a colare lungo la gola. Guardò Doran con uno sguardo perso e vuoto, poi cadde con la testa sul tavolo, la coppa a qualche centimetro dalle dita.

Doran osservò il suo corpo senza vita con gli occhi

sbarrati, incredulo.

Altri vetri infranti, due ombre sgusciarono dentro la stanza dalla vetrata. Cento lasciò la caraffa a terra ed estrasse due pugnali ricurvi dalla cintura, avventandosi sulle figure.

Fu l'ultima cosa che Doran vide. Un vento glaciale spense il fuoco, lasciando la stanza nell'oscurità.

Cercò di alzarsi, ma le gambe gli facevano troppo male.

"Non riesco a combattere..."

Estrasse Ddrag Du dal fodero, il rumore dello scontro aveva riempito la stanza.

Sentì il cozzare di spade. Colse delle piccole luci blu danzare a mezz'aria.

"Arswyd? Qui a Città degli Dèi?"

Rimase seduto, la spada in pugno, inutile come un fantoccio d'addestramento.

«Cosa sta succedendo? Lilith, abbatti la porta!» gridò qualcuno dal corridoio.

"Devo fare qualcosa!" si disse. Fece forza sul bastone tenendo Ddrag Du nell'altra mano, si mise in piedi con un grugnito.

Menò un fendente verso una luce blu, l'unica cosa che colpì fu l'aria. Strinse i denti e caricò un nuovo colpo verso la luce.

"Prima o poi dovrò colpire questi dannati mostri."

Eseguì un attacco dall'alto verso il basso con tutta la sua forza, il rumore di acciaio contro acciaio. L'arswyd aveva parato il colpo, Doran trasformò la spada in una daga e colpì all'altezza del ventre, sentì la lama farsi breccia nei tessuti e nella pancia della creatura.

«Muori!»

Girò e rigirò la lama, allargando la ferita.

«Stupido, sei già morto» disse una voce roca e cavernosa.

...Doran vide una scintilla nel buio andare dall'alto verso il basso. Nello stesso istante non sentì più il braccio con cui impugnava la sua spada. Sentì il tintinnio della spada che colpiva il pavimento accompagnato da un piccolo tonfo e capì.

Crollò in ginocchio.

I suoi occhi fissarono il buio, strinse la mascella, pronto a subire il colpo ferale.

Qualcosa di duro lo colpì in piena faccia.

Sentì il naso rompersi di nuovo e la durezza del pavimento quando la sua nuca si schiantò al suolo, poi più niente.

6 - KAHYRA

«Cosa sta succedendo? Lilith, abbatti la porta!» gridò con tutto il fiato che aveva in corpo, la Sorella della Morte dai capelli rossi sembrava confusa quanto lei, Paula, che le era accanto colpì la porta dello studio con un calcio. Non la scheggiò neppure.

«Fate provare a me.» Il Cacciatore biondo spinse di lato Lilith e Paula, la spada divenne un'ascia a due mani e la menò contro la porta in quercia. L'arsite fece breccia nel legno, facendo schizzare schegge da tutte le parti, Kahyra si coprì il viso con gli avambracci.

«Ci vorrà molto tempo! È spessa!» disse il Cacciatore biondo.

«Fa' qualcosa!» ordinò Kahyra, poi si rivolse alle Sorelle. «Andate a chiamare Asyl!»

«Sì, signora.» Le due Sorelle partirono di corsa. ma arrivate all'angolo del corridoio si bloccarono e indietreggiarono.

"Cosa c'è adesso?"

Una figura avvolta in un mantello nero emerse tra Lilith e Paula, impugnava una lanterna accesa in una mano. L'uomo zoppicò fino a Kahyra, il volto rovinato dalle cicatrici contorto in un ghigno.

«Lord Comandante, per fortuna che siete qui!» ansimò il Cacciatore biondo smettendo di colpire la porta.

«Sono arrivato appena ho saputo!» rispose Arhak. Era calmo, non aveva il fiatone, non aveva l'aria di qualcuno che era accorso in aiuto.

"Cosa ci faceva da queste parti a quest'ora?"

«Tieni questa.» Arhak diede la lanterna al biondo, estrasse la propria spada e appoggiò il moncherino alla porta. «Da quanto è chiusa?»

Kahyra aveva un nodo alla gola, deglutì, ma questo non si sciolse.

Sentiva gli occhi bruciare.

"Non devo piangere davanti alle altre persone" pensò, sforzandosi di apparire controllata.

«Da qualche minuto, Lord Comandante» rispose il biondo.

«Direi che è sufficiente.» Diede due colpi decisi alla porta e questa si aprì verso il corridoio con un cigolio.

«Come avete fatto?» chiese Kahyra, la voce strozzata.

«Non c'è tempo per fare domande!» rispose Arhak. «Forza, entriamo!» La spada in pugno, fece cenno al biondo di entrare e poi lo seguì nella stanza del Lord Sacerdote.

Kahyra guardò le Sorelle che erano rimaste imbambolate nel corridoio a fissare Arhak.

«Chiamate Asyl! Muovetevi, o vi faccio tagliare la testa!»

«Scusateci, vostra grazia.» Le Sorelle fecero un inchino e corsero via.

"Sono diventate stupide?"

Un urlo attirò la sua attenzione verso lo studio, la

porta era stata socchiusa, Kahyra vi appoggiò la mano e un brivido le percorse la schiena.

Il nodo alla gola si strinse, le era difficile persino respirare. Gli occhi le bruciavano e lacrime scendevano incontrollate lungo le sue guance.

Un altro urlo, il rumore di spade che si scontravano.

"No, non può essere..."

Allungò la mano tremante sulla maniglia e si fermò, colta dalla paura.

Paura di cosa avrebbe potuto vedere.

Ebbe un capogiro. Rimase immobile, aspettando che passasse. La porta si spalancò e un lampo la colpì sotto l'occhio, Kahyra fu spinta indietro, sentì la guancia bruciare. Sbatté le reni e il collo contro il muro e crollò a terra.

"Cosa sta succedendo?"

Sentì altre urla, rumore di battaglia, i suoni le giungevano alle orecchie ovattati. Cercò di rialzarsi, il terreno le cedette sotto i piedi. Aveva la vista offuscata, non riusciva a mettere a fuoco i contorni. Rimase seduta contro il muro, la testa fra le mani, aspettando che tutto finisse.

"Non può essere vero, non sta accadendo a me."

Mise il volto tra le ginocchia e scoppiò a piangere, si sentiva sola, aveva freddo. La guancia destra le bruciò mentre le lacrime scorrevano sopra la ferita.

Una mano le si posò sulla spalla.

Alzò il capo, non riuscì a distinguere chi avesse davanti, ma capì che era il viso di un uomo.

«Padre?» sussurrò senza crederci davvero.

«Kahyra... vostro padre...» La voce sembrava provenire da un mondo lontano, un mondo in cui niente aveva senso.

«Basta!» urlò Kahyra. «Non voglio sapere altro! Portatemi la testa del traditore! Subito!» Urlò con tutto il fiato che aveva in corpo, fino a svuotare i polmoni.

«Asyl, portala nelle sue stanze, dove attenderà la cerimonia di consacrazione» era stato Arhak questa volta a parlare, lo riconobbe senza esitazione.

«Cosa? No! Io sono la Lady Reggente, non potete...» rispose ansimando.

«Il tuo tempo è finito, ragazzina. Lilith, Paula, prendete sotto scorta il Cacciatore. È un Reietto, suo Fratello ha complottato contro gli Dèi e ha ucciso di suo pugno il Lord Sacerdote. Scoprite quello che sa, poi imbarcatelo per le Terre Lontane.»

«No! Mio lord, vi prego, io posso aiutarvi... non sapevo nulla di ciò che voleva fare Doran, vi prego, pietà!» implorò il Cacciatore.

«Nessuna pietà per i traditori. Portatelo via» sibilò Arhak, scacciandolo con la mano.

«Vi prego, Comandante, voi conoscete mio padre... Shane Berevert... Il Lord Sacerdote lo conosce, vi prego...» gridò il ragazzo, le due Sorelle lo disarmarono storcendogli il polso della morfospada e lo afferrarono per le braccia.

«Tuo padre è morto» rispose glaciale Arhak. «Toglietemi questo verme da davanti agli occhi.»

Il Cacciatore urlò, tentò di ribellarsi, ma una delle Sorelle lo colpì alla testa e smise di muoversi. Kahyra osservò la sua figura confusa mentre veniva trascinato via a peso morto.

"Farò anch'io quella fine?"

Delle forti braccia l'aiutarono ad alzarsi e la ressero mentre barcollando riprese a camminare. Kahyra riconobbe il tocco, lo stesso che la teneva in braccio quando era piccola.

«Asyl, ti prego, non voglio entrare nel monastero...»
Si sorresse alla donna mentre veniva guidata verso le proprie stanze dall'unica persona di cui si fidasse in quel momento.

«Mi dispiace, lady, io... non so cosa dire.»

«Aiutami, Asyl. Ti prego, aiutami. Mi arruolerò nelle Sorelle, ma non voglio diventare una monaca...» supplicò Kahyra, la voce rotta dal pianto.

«Lady, il Lord Protettore non credo approverebbe.»

"Lord Protettore?" Kahyra inciampò, ma Asyl la sorresse.

«Mio padre è appena morto e *lui* è già Lord Protettore?» chiese sconvolta. «E se avesse ordinato lui l'assassinio di mio padre?»

«Non dire sciocchezze, Arhak è uno degli uomini più fidati di tuo padre.»

"E anche uno dei più subdoli..."

«Ti prego, Asyl, fallo per mia madre» supplicò, la voce strozzata dal pianto. «Fallo per lei, tu la conoscevi!»

«Vorrei, credimi. Ma non posso.»

«Non puoi? Come non hai potuto proteggere mio padre?» la accusò Kahyra.

«C'era la sua guardia del corpo personale.»

«E chi sarebbe?»

Asyl si chiuse nel silenzio, l'aiutò a salire la scala a chiocciola e l'accompagnò nella sua stanza, dove la fece sdraiare sul letto. Le lenzuola erano fredde, Kahyra fu percorsa da un brivido. Il sapore salato delle lacrime le riempiva la bocca.

«Asyl...» singhiozzò stringendosi al cuscino.

«Riposati, Kahyra» disse lei accendendo una candela. «Tra tre ore verrò a svegliarti. Organizzerò la tua fuga da

Città degli Dèi, ma tu devi andare via da Gorthia. Prendi la prima nave per Oltremare, raggiungi Grande Porto, lì troverai qualcuno che ti aiuterà. Spero. Asyl volse i tacchi e uscì dalla stanza, si chiuse la porta alle spalle e la sentì allontanarsi in corridoio con passi rapidi, Kahyra li ascoltò diventare sempre più lontani mentre cercava di rimettere ordine nei suoi pensieri.

Asyl non l'aveva abbandonata, il pensiero le diede un po' di conforto anche se tutto il suo mondo era caduto a pezzi senza che neppure se ne accorgesse.

"È stato Arhak. Ha ordinato lui al traditore di uccidere mio padre. Io lo so. E avrò la mia vendetta."

Kahyra non restò a lungo nel letto a piangere, la possibilità di fuga gli aveva dato un obiettivo da raggiungere. "Non diventerò una monaca." Una volta che si fu calmata andò all'armadio. Indossò la tunica bianca d'allenamento e i pantaloni, si mise la giacca di cuoio rinforzata e ne chiuse i lacci.

Alla cintola sistemò la cintura con la fodera per la daga, la sua arma preferita.

Ne toccò l'elsa, assaporando il momento in cui avrebbe potuto uccidere Arhak con le sue stesse mani.

"Ti vendicherò, padre."

Prese dal fondo dell'armadio la borsa di cuoio che era stata di sua madre, il cuoio era consumato, così come il bottone della chiusura, che si era stinto sui lati. La riempì con le poche cose che voleva portarsi dietro: delle coperte di pelle d'orso, una saponetta avvolta nella sua vestaglia di seta, un acciarino e il libro delle fiabe di Gwynblaidd il Bardo del Lupo, quello da cui aveva imparato a leggere insieme a suo padre, molti anni prima.

"Una vita fa..."

Per ultimo, indossò il ciondolo a goccia di sua madre, lo zaffiro splendette tra le sue dita colpito dalla fiamma della candela, lo nascose sotto la tunica.

"Madre, ti prego, proteggimi."

Si sedette sul bordo del letto, la borsa di cuoio ai suoi piedi, nell'attesa che Asyl tornasse chiamarla. Guardò la candela sciogliersi, la fiamma diventare più debole, il buio farsi più intenso.

"Ci sta mettendo troppo."

La vescica le premeva, la svuotò nel pitale.

"Asyl..." Forse era nei guai a causa sua, l'avrebbero sicuramente giustiziata se l'avessero scoperta aiutarla. "No, lei è la comandante delle Sorelle della Morte. Non possono toccarla..." Scacciò il pensiero che erano riusciti a uccidere suo padre. "Non possono."

Bussarono alla porta, la gola le si strinse.

"Potrebbe essere Asyl, o..."

Portò la mano all'elsa della daga.

La porta si schiuse. «Kahyra...» era Asyl, tirò un sospiro di sollievo, scattò in piedi, sollevò la borsa dai manici.

«Eccomi, sono pronta.»

Asyl entrò nella stanza con un fagottino in mano, una sacca nell'altra e una cintura con la spada legata in vita. «Ti ho preso qualche provvista: pane secco, qualche striscia di carne speziata, niente di che, ma ti può tornare utile.» Le diede la sacca, Kahyra se la mise in spalla. «Queste invece» le consegnò il fagottino, ne scoprì un lembo: due sfere di metallo luccicarono sotto i suoi occhi. «Queste sono due sfere: una di luce e una di nebbia, devi solo tirare il gancio che c'è in cima, potrebbero tornarti utili, le ho prese dalla scorta dei

Cacciatori.»

«Non so cosa dire...»

«Non dire niente.»

Kahyra mise anche le sfere nella borsa.

«Grazie, davvero.»

«E infine, un piccolo regalo.» Asyl si portò il dito davanti alla bocca. «Sarà il nostro piccolo segreto.» Si tolse la cintura con la spada e gliela legò in vita, Kahyra riconobbe l'elsa nera.

"Una morfospada."

«Ma...»

Asyl l'ammutolì con un colpetto sulle labbra.

«Andiamo» le disse la donna, «non abbiamo molto tempo.»

Seguì Asyl lungo il corridoio deserto e giù per le scale.

«Non prendiamo il montacarichi?»

«Attirerebbe troppa attenzione.»

"Giusto."

«Ho mandato Lilith e Paula a fare un giro di perlustrazione intorno alla torre, spero ci mettano abbastanza tempo.»

«Loro... sanno?»

«Immaginano.»

"Un po' ci tenevano davvero a me allora."

«Kahyra...» Asyl prese fiato. «Dovrò darti la caccia, lo sai?»

«Lo so.»

«Ho liberato il Cacciatore biondo...» ansimò. «Lo troverai nelle scuderie della porta sud, dovete arrivare a Grande Porto, passate dal Massiccio Centrale, non si aspettano che allunghiate.»

«Capito. E una volta a Grande Porto?»

«Entra nella locanda chiamata *Cinghiale Selvaggio,*

chiedi una porzione speciale del pasticcio della casa, loro sapranno cosa fare.»

Kahyra annuì.

«Hai capito?» la incalzò Asyl continuando a scendere.

«Sì, tutto chiaro.»

«Bene. Avrai un'ora di vantaggio, poi dovrò lanciare l'allarme.»

«Non so se mi basta...»

«Dovrà bastarti» tagliò corto lei.

La Torre d'Avorio non le era mai sembrata così alta. La scala continuò a scendere in circolo per minuti, Kahyra giunse alla fine con le gambe che le pulsavano per la fatica e il fiato mozzo. Si appoggiò al muro a riprendere fiato mentre Asyl andò nell'androne d'ingresso in avanscoperta.

«Kahyra!» la richiamò. «Vuoi muoverti?»

«Sì...» ansimò lei staccandosi dal muro. «Arrivo.»

Asyl si continuava a guardare intorno circospetta anche se la Torre d'Avorio era deserta.

«Ma dove sono tutti?» chiese Kahyra.

«Stanno cercando l'arswyd che ha ucciso tuo padre.» Asyl la accompagnò fino al portone d'ingresso che era già aperto, scesero i gradini e si ritrovarono nella piccola piazza davanti all'Arena. «Kahyra, ascoltami: in città ci sono pattuglie ovunque. Sta' attenta in strada, non fare scelte avventate.»

«Tu non vieni con me?»

Scosse la testa. «Non posso.»

«Asyl...»

La Sorella della Morte l'abbracciò.

«Forza, va' ora. Lilith e Paula torneranno da un momento all'altro.»

Kahyra le diede le spalle, attraversò la piazzetta di

corsa e si immise nella via principale, poco dopo, intravide nel buio due donne avanzare. "Lilith e Paula." Si nascose in un vicolo laterale e attese che fossero passate, poi si ributtò nella via di corsa.

A quell'ora della notte le strade erano deserte, ciò rendeva ancora più difficile passare inosservata nel caso avesse incrociato qualche membro della guardia cittadina o qualche Sorella della Morte.

"Spero di non incontrare dei Cacciatori."

Sapeva che contro gli ubriaconi della guardia cittadina avrebbe avuto qualche possibilità, le Sorelle probabilmente l'avrebbero lasciata scappare senza grandi difficoltà, ma i Cacciatori... non avrebbe avuto scampo.

Incontrò altre pattuglie e ogni volta il cuore le balzava in gola, il ciondolo di sua madre che le sbatteva sul petto le dava la forza di non rimanere impalata in mezzo alla strada e di trovarsi un rifugio per nascondersi.

Quando arrivò alla scuderia della porta sud il cielo cominciava a tingersi con il rosso dell'alba.

Il buio era spezzato solo da un uomo a cavallo che reggeva una torcia, era il Cacciatore biondo dell'Iniziazione.

"Dèi, fate che sia davvero bravo come mi è sembrato oggi."

Non l'aveva ancora notata, nella scuderia c'era puzza di letame, mosche ronzavano ovunque.

"Non vedo l'ora di andarmene da qui."

«Lady Kahyra» l'accolse il Cacciatore biondo con un sorriso, era in sella a un baio, le porse le redini di uno palafreno bianco con una macchia nera a forma di saetta sul muso. «Pensavo vi avessero catturata.»

«No.» Sistemò la borsa con i suoi effetti personali

legandola al pomolo della sella, consegnò la sacca con le provviste al biondo, che la guardò confuso.

«Provviste» rispose lei montando in sella. «La porta sud?»

«La nostra amica ha corrotto le guardie, chiuderanno un occhio ma dobbiamo muoverci. Presto ci sarà il cambio.»

Kahyra diede di redini. «Andiamo allora.»

Il biondo la condusse fuori dalla scuderia e poi alla porta sud. Le guardie chiusero un occhio, Kahyra capì perché Asyl le aveva detto di passare dal Massiccio Centrale. "Sono corruttibili. Parleranno e diranno che siamo andati a sud."

Proseguirono lungo la strada per qualche chilometro, poi alla prima deviazione Kahyra imboccò la strada verso ovest, il sole appena sorto alle spalle.

«Perché?» le chiese il biondo. «La strada più breve per Grande Porto è seguire la costa.»

«Proprio per quello.» Kahyra non attese una risposta e conficcò i talloni nei fianchi del cavallo per aumentare l'andatura. «Andiamo, Fulmine!» lo incitò, le piaceva quel nome. Diede di redini e lo palafreno partì al galoppo, voleva mettere più strada possibile tra lei e Città degli Dèi nel meno tempo possibile.

«Aspettatemi!» gridò dietro di lei il Cacciatore. «Aspettate, milady!»

La raggiunse al galoppo.

«Come ti chiami?» gli chiese.

«Sven, non ricordate?»

«Mh-mh.»

Si volse a guardare le mura della città farsi sempre più piccole all'orizzonte, la Torre d'Avorio svettava su tutti gli altri edifici, il suo bianco era così forte nella luce

dell'alba che la costrinse a socchiudere le palpebre.
"Un giorno tornerò e avrò la mia vendetta."

7 - CEASER

R invenne.
Ansimò, aveva il respiro pesante.
Era sdraiato sulla fredda e umida terra, coperto da una spessa pelliccia d'orso.

Aveva collo e schiena indolenziti, la testa leggera, gli sembrava ancora tutto un sogno.

Tossì.

"Quanto tempo è passato?"

Provò ad alzarsi, fu trafitto da un dolore lancinante alla spalla che lo costrinse a terra.

L'oscurità era totale.

L'unico rumore era lo scrosciare del fiume che rimbombava nella grotta. In Ceaser crebbe il panico, si sentiva paralizzato. La bocca impastata, le viscere contratte in una morsa. La spalla gli mandava ondate di dolore a ogni respiro.

"Morirò così quindi: solo come un cane in una caverna," rifletté, "di quello che è successo ieri, sempre se era ieri, non ci ho capito un cazzo." Galleggiava nel buio, si sentiva le ossa del corpo rotte. "Forse sto ancora sognando. Ma quando mai ci ho capito qualcosa di qualcosa nel corso della mia vita?" Tossì ancora. "Sto delirando."

«Ti sei svegliato, finalmente!» Squittì qualcuno nell'oscurità.

Ceaser trasalì.

Provò a rispondere ma la gola era secca e non uscì niente se non un rantolo.

Delle mani bagnate gli inumidirono le labbra, gli tennero sollevato il capo mentre gli porgevano una fiaschetta con acqua fresca.

Poi le mani lo fecero mettere sul fianco. Rumore di pietre scontrate, una scintilla, la grotta si illuminò di una calda luce arancione. Ceaser vide sulla parete l'ombra di una donna chinarsi su di lui, sentì le mani delicate togliergli la fasciatura alla spalla e sciacquare la ferita, per poi riapplicare altre bende.

«Chi sei?» chiese Ceaser.

«Ma guarda questi cavalieri! Gli salvi la vita e loro in cambio si dimenticano di te!»

Ceaser rifletté un istante.

«Eryn! Volete farmi morire d'infarto!»

«Non c'è bisogno che mi dai ancora del voi, non sono più una principessa. E comunque sono tre notti che deliri nel sonno in piena notte facendomi spaventare, ho voluto ricambiare.» La ragazza si mise a ridere.

«Son già passate tre notti? Non siete... sei andata a cercare aiuto in città? Dovrebbe essere solo a una giornata di cammino.»

"Più o meno..."

«Ci ho provato ieri, visto che le tue condizioni peggioravano. Ma quegli assassini sono in agguato, Ceaser! Li ho visti che pattugliavano la zona e così sono tornata qui.» Emise un sospiro di rassegnazione. «Non abbiamo niente da mangiare, le ultime strisce di carne essiccata che avevo nella mia borsa le ho finite oggi, non ne ho avanzate per te» fece una breve pausa. «Scusami, avevo troppa fame. Ho fatto a pezzi il mio mantello e ti sto tenendo pulita la ferita, ma continua a uscire sangue e si è formato anche del pus, devo portarti da un guaritore.»

«Grazie, siete... sei, sei stata davvero brava. Ma se non ci muoviamo siamo fottuti.»

«Cosa vuoi fare? Non voglio uscire da sola, se mi catturano tu morirai. Te la senti di camminare fino a Virki? Hai la febbre molto alta...»

«Tranquilla, piccola, ho passato di peggio. È giorno o notte?»

Lei gli passò una mano tra i capelli sudati.

«Notte. La quarta.»

«Aiutami ad alzarmi» le disse, «partiamo ora. Con il buio di certo saremo meno visibili. Tu conosci bene la zona, è la nostra unica possibilità.»

Eryn gli diede una mano a mettersi in piedi, ogni più piccolo movimento gli causava un dolore immenso, strinse i denti e represse le lacrime. Si resse alla principessa, le gambe erano molli e la testa girava vorticosamente.

«Sei sicuro di riuscire a camminare?» gli chiese Eryn.

«Certo, non c'è problema. Ho avuto solo un mancamento» contrasse la mascella, «ma mi sento già molto meglio, devi prendere qualcosa?»

«Solo la mia borsa e la fiaschetta, reggiti alla parete... piano. Aspettami qui, arrivo subito.»

"Dove vuoi che vada ridotto così." Ceaser si appoggiò con la schiena alla parete di roccia, era fredda e bagnata e, con la testa che bolliva, per lui fu una benedizione.

Avevano oltrepassato il ponte da tempo, il rumore dell'acqua del fiume aveva lasciato il posto al bubolare dei gufi e al frinire di grilli e cicale. Ceaser ed Eryn proseguirono lungo la strada principale, avevano paura di perdersi, il cielo era pieno di nuvole che oscuravano stelle e luna e non davano punti di riferimento.

"Fino ad ora ci è andata bene" pensò Ceaser, "la spalla mi fa anche meno male, in compenso ora sono i piedi a bruciarmi per le ferite." Guardò la sua protetta, che faticava per reggere il suo peso. "Resisti, Ceaser, ancora un piccolo sforzo e potrai riposarti a Virki. Resisti per Eryn. Chissà cosa le faranno, probabilmente quei bastardi la manderanno a Città degli Dèi, a meno che..."

«Eryn, tu conosci bene questa zona, vero?» chiese Ceaser.

«Sì, venivo spesso in visita a Virki con mio padre, i Chrane sono amici da generazioni.»

«C'è un villaggio con un erborista o un cerusico da queste parti? Non andiamo a Virki, è troppo rischioso per te.»

Sulla strada, all'orizzonte, comparvero due piccole luci. Ceaser fece cenno di fermarsi.

«Nascondiamoci, presto!» le disse. Zoppicò fino al lato della strada ed Eryn lo aiutò a inginocchiarsi dietro un arbusto.

Il rumore di zoccoli anticipò l'arrivo dei cavalieri al trotto, la luce delle loro lanterne rischiarò la strada davanti al loro nascondiglio. Indossavano le stesse armature dei briganti che avevano assalito la loro carovana, la visiera dell'elmo era a forma di becco d'uccello, non appartenevano a nessuna casata d'Oltremare. Passarono davanti a loro con calma e solo quando sparirono dal suo angolo di visuale Ceaser si concesse un respiro di sollievo.

«Forse sono dei nostri...» sussurrò Eryn.

Ceaser le tappò la bocca con la mano.

I cavalieri si arrestarono.

«Hai sentito?» chiese uno dei due.

«No. Cosa?»

«Mi è sembrato di sentire una voce...»

Ceaser resistette alla tentazione di muoversi per avere una visuale migliore.

«Dici che dovremmo controllare? Sai cosa si dice di questi boschi? Ci sono gli spettri!»

«Cazzate. Forza, se riusciamo a prendere la ragazza, la potremo scopare fino a morire.»

"Levatevi dalle palle!"

Eryn lo strattonò per il collo ma Ceaser la ignorò. Le tolse la mano dalla bocca e le fece cenno di rimanere zitta e ferma.

«Ma, i mostri... gli spettri... i diavoli... la pattuglia di Parston è sparita.»

«Si saranno fermati in qualche bordello.»

In quel momento un ruggito animalesco si levò dal bosco, seguito da un urlo straziante.

Un grido d'aiuto.

«Vedi che qua c'è qualcosa che non va... se fosse un diavolo dei boschi?» piagnucolò uno dei due cavalieri.

«Al diavolo la ragazza! Andiamocene!» gridò l'altro.

Ceaser sentì il nitrito dei cavalli e poi il rumore di zoccoli contro la terra battuta, i due partirono al galoppo.

«Ci è andata bene» sospirò Ceaser.

«Cosa facciamo ora? Cos'era quell'urlo? Un... un... a-a-arswyd?»

«Stai tranquilla, bambina.» Le accarezzò la guancia ossuta, era umida di pianto. «Dobbiamo raggiungere un villaggio, la spalla mi sta facendo impazzire.»

«D'accordo, reggiti a me.» Gli prese il braccio e se lo mise dietro il collo. Ceaser si alzò con l'aiuto della principessa, che fece un passo verso la strada.

«Non andiamo di là» la fermò.

«Come?»

«Passiamo dal bosco.»

«Ma... il mostro! Ceaser!» piagnucolò Eryn, aveva lo stesso tono che usava da bambina.

«Ho più paura di quegli uomini. Passiamo dal bosco, non abbiamo scelta. Sono più organizzati di quanto pensassimo. Hanno pattuglie sul territorio, questa storia non mi piace per niente.» Ceaser si inumidì le labbra screpolate con la lingua. «Forza, pensi di farcela a guidarmi attraverso il bosco? Io temo di non essere al meglio.»

«Mi ricordo di un villaggio che sorgeva su questa sponda del fiume, potremo tornare al ponte e poi seguire il corso, con mio padre ci andavamo a comprare le radici nere, diceva che erano le migliori del regno.»

«Va bene» strinse i denti Ceaser, «andiamo.»

Ritornarono al ponte e si fermarono per riposarsi in riva al fiume.

"Tutta questa fatica per niente." La corrente era debole e Ceaser immerse la testa nell'acqua ghiacciata per avere un po' di sollievo dalla febbre.

"Non ci arrivo vivo a domani."

Emerse dall'acqua e si sdraiò a terra tra la sabbia fangosa della riva.

«Eryn, riempi la fiaschetta, io mi riposo un attimo.»

L'aria autunnale della notte era gelida. Ceaser tremava di freddo, chiuse gli occhi e incrociò le braccia. Si sforzò di pensare a un caminetto, a un bel cinghiale che rosolava sopra la brace, al vino caldo di Makhan... di solito quei pensieri lo facevano stare meglio durante i lunghi turni di guardia sulle mura cittadine, ma quella sera non servirono. Aveva caldo alla testa e freddo nel resto del corpo.

Eryn gli si inginocchiò accanto e gli poggiò una mano bagnata sulla fronte.

«Sei bollente.»

Ceaser avrebbe voluto rispondere ma i denti gli battevano troppo forte. Eryn lo abbracciò e gli donò un po' del proprio calore. Rimasero così per diverso tempo, Ceaser si appisolava e si svegliava poco dopo tremante e con il cuore alla gola per incubi che non riusciva a ricordare.

Fu la principessa a rompere il silenzio. «Ceaser, hai una famiglia? Non so quasi niente di te.»

Ceaser deglutì e si sforzò di parlare.

«I miei genitori... vivevano a Baia delle Sirene, un piccolo villaggio che si affacciava Mare Interno o sul Lago Ollmhor, non so come te l'hanno insegnato, è la stessa cosa. Sono morti durante lo Scisma. avevo anche un fratello più grande, ma si è unito alla banda di un pirata delle Isole Brillanti poco dopo il loro trapasso, avevo solo dieci anni e rimasi da solo.» Gli occhi di Ceaser erano persi nel vuoto, era da tanto che non pensava a James. «Non lo rividi più...»

«E tu?»

Ceaser si massaggiò la fronte, cercando di attenuare il dolore.

«Me la cavavo come potevo. Rubando o facendo

qualche lavoretto, venni preso come scudiero da un cavaliere errante al quale avevo rubato la spada... era un brav'uomo, si chiamava Ser Duncan di Sifort. Rimasi con lui, poi morì in un duello per la... mano di una donna. Io arrivai a Makhan come cavaliere, mi nominò poco prima della morte e questo mi permise di entrare poi nella guardia cittadina.»

«Cos'è successo durante lo Scisma?»

«Ne parliamo un'altra volta, d'accordo?»

«Va bene, Ceaser.»

Colse la delusione nella voce della principessa.

«Ti posso dire che tuo nonno ha avuto sulla coscienza la morte di migliaia di persone, e tuo padre è stato l'unico che ha avuto la forza e il coraggio di rimettere le cose a posto.»

«Era un bravo re... e un bravo padre...»

Si rese conto che Eryn stava singhiozzando.

"Ho parlato troppo, che sia dannato."

«Ceaser?»

«Dimmi, piccola.»

«Siamo una buona coppia io e te, vero?»

«Puoi dirlo, anche se non ho ancora capito chi ci ha attaccati, non erano normali predoni.»

«Avevano un accento strano.»

«Non ci ho fatto caso... strano come?»

«Non lo so, ma ho paura.» Eryn gli si strinse forte al petto e Ceaser contenne il desiderio di baciarla. Cercò di ragionare in maniera lucida.

«Ora pensiamo ad arrivare al villaggio. Se ci chiedono qualcosa, tu sei mia figlia e siamo dei mercanti di sete, diretti a Makhan. Dei briganti ci hanno attaccato vicino a Virki e ci hanno lasciati a piedi dopo averci rubato il carro.»

"È credibile, almeno credo, io me la berrei."

«Va bene, Ceaser.»

«Aiutami ad alzarmi, è ora di rimettersi in marcia.»

Il terreno fangoso era ricoperto dalle foglie autunnali dei pioppi, furono costretti ad addentrarsi nel bosco, in quel punto gli alberi crescevano a ridosso del fiume e non c'era modo di aggirarlo. Alcune radici spuntavano dal terreno, Ceaser ed Eryn camminavano piano per evitarle, spesso erano nascoste nel sottobosco.

Era sempre più esausto.

Ogni tanto si sentiva il verso di qualche civetta a caccia, a interrompere il rumore ritmico del vento che faceva frusciare le foglie degli alberi e dello scorrere del fiume poco distante alla loro destra.

«Ceaser, guarda, un fuoco!» esclamò Eryn.

«Dove?»

«Fra gli alberi, l'ho visto!» Indicò un punto tra gli alberi a nord-ovest.

Ceaser seguì il dito di Eryn, una luce faceva capolino dai tronchi, era vicina.

"Un fuoco fatuo?" Ceaser scosse la testa. "Basta con le cazzate."

«Stiamo attenti» disse, «potrebbero aiutarci... o ucciderci.»

Si avvicinarono con cautela, nascondendosi dietro il tronco di un salice. Ceaser fece cenno a Eryn di rimanere ferma e si sporse per guardare. Rimase con la bocca spalancata. Una massiccia figura umanoide era accucciata e emetteva strani mugolii. Eryn, che si era sporta dietro di lui, indicò due corpi maciullati vicino al fuoco.

La creatura stava mangiando uomini.

Non riusciva a capire cosa fosse quella bestia.

Il muso allungato e ricoperto di pelo grigio, il corpo era imponente e ricoperto di peluria anch'esso, le sue mani avevano quattro dita con lunghi e affilati artigli che squarciavano la carne dai corpi senza vita e la portavano alla bocca.

La creatura si bloccò e sollevò il muso, fiutò l'aria con le due cavità che aveva in mezzo agli occhi, la sottile pelle che le ricopriva si aprì e si chiuse. Il mostro si voltò verso il loro nascondiglio.

Si tuffarono dietro al tronco.

"Un po' di fortuna mai, eh? Non potevamo incrociare l'accampamento di un gruppo di giocolieri o magari un bordello itinerante, no? Un bel mostro uscito dal buco del culo del mondo!"

La paura cancellò ogni traccia di dolore dal corpo di Ceaser, si ritrovò a pensare con inaspettata lucidità. Fece cenno a Eryn di muoversi. Acquattati, aggirarono l'accampamento dei soldati morti, nascosti dai cespugli e dai tronchi. La pallida luce dell'alba fece capolino davanti a loro, gli alberi andavano diradandosi.

«Forza, ci siamo quasi, dovremmo essere alla fine del bosco» disse in un sussurro Ceaser.

«Ceaser?» piagnucolò Eryn.

«Cosa c'è?»

Si voltò a guardare, il volto scavato della principessa era contratto in un'espressione di terrore, il labbro inferiore che tremava. Spostò lo sguardo un po' più a destra e un brivido gli percorse la schiena. Gli occhi neri della creatura erano piantati nei suoi, vuoti, senza emozioni, lo inchiodarono al suolo.

«Dobbiamo scappare!» gridò Eryn, abbozzando uno scatto, Ceaser non si mosse.

«Ceaser, che fai? Muoviti, presto!»

«Non possiamo opporci, dobbiamo andare da lei.» Ceaser si alzò e fece un passo verso il mostro.

«Ma che cosa fai? Sei impazzito?»

Eryn gli mise una mano sulla spalla ferita e premette, infilando le unghie. Il dolore lo scosse dal torpore in cui era sprofondato.

«Presto, corri! Corri, Eryn!»

Ceaser scattò, l'adrenalina che pompava nelle vene e attutiva il dolore.

Un ululato riempì il bosco mentre la bestia partiva all'inseguimento, Ceaser corse più veloce che poté, Eryn davanti a lui.

"Spero solo di non cagarmi addosso con lei vicino."

Non sapeva più da quanto stesse correndo. Poteva sentire il puzzo della bestia, ormai l'aveva quasi raggiunto, il suo urlo inumano era sempre più forte, gli penetrava nella testa, stordendolo.

Ceaser inciampò contro una radice e cadde a terra, sbattendo la spalla ferita, il corpo si piegò dal dolore.

"Finisce così. Vai Eryn, almeno tu salvati, vai, piccola..." Chiuse gli occhi e si preparò all'inevitabile.

«Ci siamo! Vedo un villaggio! Non mollare, forza!» La voce di Eryn sembrava così lontana... sentì un gridò, un tonfo, qualcosa lo trascinò dal braccio ancora buono.

"È finita." Si aspettava il dolore di un morso, il bruciore dell'arto strappato via, ma non accadde nulla di ciò. Aprì gli occhi: Eryn lo stava trascinando per gli ultimi metri di bosco.

La luce del sole lo costrinse a stringere gli occhi, Eryn si accasciò al suolo accanto a lui.

Erano in un campo d'erba, ancora vicini al bosco.

"Troppo vicini al bosco."

Vide le fronde degli alberi muoversi, la creatura emerse dalla vegetazione. Gli balzò addosso e lo inchiodò a terra con i suoi artigli, trafiggendogli entrambe le spalle.

«Aiuto!» La voce di Eryn era lontana.

Sentiva il peso della creatura schiacciargli la pancia, non riusciva a muovere nessun arto. Il muso della bestia era ad un palmo dal suo. Dalla bocca, simile a quella umana, ma con orribili zanne ricurve lunghe almeno due pollici al posto dei denti, emise ancora quell'urlo assordante.

A Ceaser arrivò in faccia la puzza di carne in putrefazione e un conato gli risalì la gola. Si vomitò addosso, poi tossì perché il suo stesso vomitò gli andò di traverso.

Il mostro gli affondò i denti nella guancia sinistra. Ceaser percepì i tessuti lacerarsi e la carne abbandonarlo, il suo urlo di dolore venne soffocato dal sangue e dal vomito.

"Che modo di merda per morire."

Sentì di nuovo l'urlo del mostro.

Una lancia che trapassò il cranio della creatura, che gli cadde addosso, inerte.

"Che culo."

Svenne.

8 - KAHYRA

Un paese fece capolino tra le chiome degli alberi abbarbicato sulla montagna alla loro sinistra: Poche case in mattoni e pietra, una Chiesa dei Tredici con campanile e un edificio più grande con il tetto in paglia e un camino in pietra fumante.

«Potremmo fermarci alla locanda» disse Sven indicandolo, «potremo dormire in un letto. Sono giorni che non lo facciamo.»

La strada per arrivare al paese sembrava ancora infinita e il sole stava per tramontare.

Kahyra superò Sven senza rispondergli, Fulmine avanzava al passo sulla strada in terra battuta, doveva essere stanco.

«Milady?» la affiancò il biondo. «Dobbiamo abbandonare la strada, attraversare il torrente e risalire il pendio, altrimenti non so come arrivarci.»

«Voglio evitare i centri abitati, a Gorthia sono tutti nemici.»

«Ma siamo in pieno Massiccio Centrale!» sbraitò Sven. «Chi volete che ci riconosca qui?»

«Mmmh» mugugnò Kahyra, «manca anche a me dormire in un letto.»

«Andiamo...» la supplicò lui. «Solo per questa volta.»

"So già che me ne pentirò."

«Va bene» concesse fermando Fulmine. «Fermiamoci lì, ma solo per stanotte.»

Sven lanciò un urlo di giubilo. «Allora andiamo!»

«Fa' strada.»

La discesa verso il torrente era più ripida di quanto Kahyra si aspettasse, a differenza di Sven che si lanciò giù, lei scese con calma, per paura che Fulmine potesse rompersi una zampa.

Attraversarono il torrente, l'acqua per fortuna era bassa e non si bagnarono neppure i piedi, una volta giunti sull'altra sponda fecero una breve pausa per riempire le borracce e mangiare del pane raffermo che avevano comprato il giorno prima in un altro piccolo villaggio.

Il cielo era sempre più buio.

«Meglio muoversi» disse Sven rimontando in sella, stavolta lei era completamente d'accordo. «Non voglio trovarmi nel nulla in piena notte.»

Entrarono nella boscaglia e risalirono piano il pendio, il buio non aiutava ma Kahyra voleva evitare di accendere una torcia per paura che potessero individuarli.

"Il torrente potrebbe anche far perdere le nostre tracce ai cani."

Guardò Sven che le cavalcava davanti.

"Forse non è stupido come sembra."

Trovarono un sentiero in pietra nel mezzo del bosco e si scambiarono un'occhiata complice.

«Forza » gli disse, «lasciamo i cavalli e proseguiamo a piedi.»

«Come volete.»

Kahyra fece voltare Fulmine, rientrò nella boscaglia con Sven al seguito e, non appena fu abbastanza lontana dalla strada, legò il cavallo a un albero.

«Scusami, Fulmine.» Kahyra accarezzò il muso del palafreno, lo baciò. «Devi aspettarmi qui, ci vediamo domani mattina.»

Fulmine allargò le froge e nitrì.

«Fa' il bravo.»

«Lady Kahyra, avete un'idea di dove stiamo andando o continueremo a vagare per il regno fino alla nostra morte?» Sven scese da cavallo e si tolse l'elmo, i suoi riccioli biondi erano diventati un'indistinta massa di capelli fangosi. «La vostra amica vi ha dato qualche indicazione in più?»

«Sì. Dobbiamo andare via da Gorthia.»

«Geniale. Peccato che ci stiamo inoltrando sempre più per queste maledette montagne, non so se ve ne siete accorta ma...»

«Idiota, te l'ho già spiegato! Ho allungato di proposito, ci avrebbero trovati subito altrimenti. Ora abbiamo bisogno di riposare... E tu di fare un bagno. Puzzi come una fogna, andiamo alla locanda e passiamo la notte.»

Non attese una risposta, slegò da Fulmine la borsa con i suoi effetti personali e lasciò sulla sella la sacca con le provviste.

«Scusate, milady» disse Sven. «Sono stanco, non voglio essere insopportabile.»

«Tranquillo, siamo entrambi un fascio di nervi.»

Ritornarono sulla strada e la risalirono fino ad arrivare al villaggio che il sole era ormai tramontato. Era una bella sera d'autunno, il vento era fresco e il cielo terso. Sarebbe stata una bella passeggiata al chiaro di luna se non fossero stati dei fuggitivi.

Le case del villaggio erano senza le finestre, la cosa stupì Kahyra.

«Come mai?» chiese, la strada su cui camminavano era deserta anche se sembrava essere la principale, pensava che i paesini di montagna fossero sempre pieni di vita.

«Perché la gente povera non ha le finestre, milady. Una finestra è un passaggio per un ladro, o peggio. Meglio una porta che si può sprangare.»

Le mostrò col mento una porta di legno sotto cui si potevano intravedere delle ombre e la luce di un fuoco.

«Oh... e come fanno a guardare fuori?»

Sven sorrise. «Non credo ne abbiano il tempo.»

«E cosa fanno tutto il giorno?»

«Siete seria?»

Lei annuì.

«Lavorano, milady. Non tutti hanno avuto la fortuna di vivere nella Torre d'Avorio.»

"Fortuna... una prigione d'oro è pur sempre una prigione."

Kahyra avrebbe avuto altre tremila domande sulla vita di Gorthia, ma non le piaceva il tono con cui Sven le rispondeva, la faceva sentire stupida, così si morse la lingua e proseguì in silenzio.

La locanda era in fondo alla strada, era l'unico edificio illuminato e con delle finestre in vetro piombato.

«Spettrale» commentò Sven.

«Hai paura, Cacciatore?» lo stuzzicò Kahyra.

«Più che paura, direi tristezza. Temo che la mia testa finisca su una picca e questa atmosfera non contribuisce a rendermi più allegro.» Tremò. «Su queste montagne fa un freddo dannato.»

«E tu saresti addestrato?» Kahyra scosse la testa ed entrò nella taverna.

Lo stato di trascuratezza del villaggio ammantava ogni cosa all'interno della locanda: ragnatele agli angoli dei muri, assi delle pareti marce e ricoperte di muffa, tappeti consumati, pieni di macchie di vino e bruciature, tavoli scheggiati e sedie a cui mancavano delle gambe.

"Questa è la gente di cui anche tu fai parte adesso. Questi sono i tuoi posti adesso."

Un menestrello con un liuto in mano vicino al caminetto cantava una canzone dalla melodia malinconica e dolce, gli altri due ospiti dovevano essere uomini del posto: barbuti e dalle braccia pelose, stavano divorando dei cosciotti di maiale grugnendo, gente povera a giudicare dai vestiti sgualciti.

"Disgustosi." Kahyra arricciò il naso. "Bene, nessuno di questi zoticoni dovrebbe riconoscermi."

Una donna più larga che alta li accolse con un sorriso pacioso. Indossava un abito azzurro sporco di cibo e vino, con un buco all'altezza delle ascelle. Puzzava di sudore.

"Coraggio, Kahyra, anche tu sei una povera adesso."

Si costrinse a far finta di niente.

«Una coppia d'innamorati in fuga d'amore!» La donna le strinse una guancia tra indice e pollice. «Che bella ragazza! Se non fosse per questa brutta cicatrice...»

Era uno dei ricordi della morte di suo padre.

La ferita sullo zigomo si era rimarginata ormai, lasciando una cicatrice orizzontale lunga tre dita. Pensava di essersela fatta colpendo la porta ma Sven le aveva detto che era il taglio di una lama.

«Come ve la siete procurata?» chiese la donna.

"Dèi, fate che non mi riconosca." Si era tagliata i capelli corti, ma aveva ugualmente paura, le sue miniature erano disseminate per tutta Gorthia e persino per Oltremare.

«Una caduta da cavallo» rispose Sven per lei.

«Oh...» la donna sembrò dispiacersi sul serio. «Cosa vi ha portato in questo paesino dimenticato dagli Dèi? Vi siete persi?»

Kahyra aprì la bocca, stava già per risponderle di farsi gli affari suoi, ma Sven l'anticipò: «Signora, io e mia sorella siamo in viaggio verso Oniron per andare a trovare nostro padre, vorremmo qualcosa di caldo da mangiare e una stanza in cui riposarci.»

La locandiera allargò la bocca da orecchio a orecchio in un sorriso storto, le mancavano diversi denti.

"Quanto è brutta..."

«Ma certo!» esclamò. «Sedetevi pure dove volete. Vi porto subito da mangiare e due bei boccali di birra per dissetarvi.»

Si sedettero ad un tavolo in penombra, le sedie scricchiolarono sotto il loro peso.

Il menestrello aveva smesso di suonare, si era addormentato col cappello sul viso e il liuto in mano.

«Tutto bene, milady?»

«Sì.» Kahyra era stanca, voleva solo mangiare e farsi una dormita. Rimase in attesa con i gomiti poggiati sul tavolo e la testa fra le mani.

«Sembra tutto tranquillo» continuò Sven. «Non trovate?»

«Mh-mh.»

«Davvero non siete mai uscita dalla Torre d'Avorio?»

«Davvero. Solo per le Iniziazioni e una volta ho

accompagnato mio padre all'Accademia dei Cacciatori.»

«Incredibile. E cosa facevate tutto il giorno?»

Kahyra sbadigliò. «Leggevo, studiavo, mi sono allenata per quattro anni con le Sorelle della Morte.»

Sven emise un fischio impressionato.

«Quindi sapete usare quella...» indicò la spada nella fodera.

"Ha capito che è una morfospada?"

Si limitò ad annuire.

«Mi dispiace per vostro padre» disse Sven. «Era... era un brav'uomo, spero che il colpevole venga arrestato.»

«A me dispiace per il tuo, Arhak è stato un vero infame a dirtelo in quel modo.»

Gli occhi del biondo si fecero lucidi.

«Non ne parliamo più, d'accordo?» abbozzò un sorriso. «Qua è già abbastanza triste.»

«D'accordo.»

La donna arrivò con due ciotole in legno contenenti stufato di pollo e carote. A Kahyra, abituata a mangiare da tre giorni solo carne essiccata e pane raffermo, solo l'odore fece venire l'acquolina in bocca.

«La birra arriva subito.»

«Grazie, signora» disse Kahyra.

La donna le rivolse un altro brutto sorriso. «Di nulla, è un piacere per me.»

Cenarono parlando di cose banali: del tempo che avrebbe fatto l'indomani, della strada migliore per scendere dalle montagne, Sven raccontò della volta in cui era andato a pesca a mani nude insieme a suo padre. Era anche una piacevole compagnia, quando non era insopportabile.

Una volta finita la cena, la donna li condusse al piano di sopra.

«Ecco la vostra stanza» disse, una volta giunti davanti a una porta di legno consumata. «Sapete, tempo fa, prima che le cave si esaurissero, venivano molti nobili ad alloggiare qui. Una volta perfino il Lord Sacerdote Keyran è passato di qui, subito dopo l'insediamento.»

"Mio padre è stato qui..."

«Io...» Kahyra si sforzò di trovare le parole giuste, «vorrei una stanza mia. Sono molto... timida, in queste cose.»

Sven le lanciò un'occhiataccia, ma la donna non sembrò sorpresa.

«Che sciocca! Non sono più abituata a servire donne d'alto lignaggio. Venite, prendete la stanza accanto, è la migliore della locanda.» Le porse una chiave arrugginita.

«Alto lignaggio?» chiese Kahyra.

«Non avete detto di essere figlia di un barone?»

«No. Mai.»

«Siamo figli di un mercante, ricordate?» intervenne Sven alle sue spalle.

«Perdonatemi! Sono una vecchia sbadata, la memoria non è più quella di una volta!»

"A me non sembra poi così vecchia." Kahyra squadrò la donna, poi guardò la porta della propria stanza. "Sarà un bene dividersi?"

«Non abbiate paura, è l'unica stanza senza le pulci, certe volte la uso io» sorrise la locandiera.

Kahyra guardò Sven, poi pensò alle pulci e rabbrividì. Prese la chiave e aprì la porta.

"Meglio dividersi" decise, entrò e si chiuse dentro.

La donna aveva ragione, quella era la stanza più bella della locanda: le candele ai muri erano già accese e sembravano esser state cambiate da poco, un grande letto dalle lenzuola profumate era situato al centro, accanto ad esso vi era un armadio in legno massiccio. La pioggia ticchettava contro l'ampia finestra che dava sulla strada principale, non si era accorta che era scoppiato un temporale.

"Spero che Fulmine sia all'asciutto, protetto dagli alberi... E quello cos'è?"

Con sua sorpresa, Kahyra notò una porta alla parete opposta al letto, la aprì e rimase a bocca aperta: nella penombra vide una fontana da bagno e un pitale, cose che aveva sempre dato per certe quando era alla Torre d'Avorio, ma in quel momento le sembrarono incredibili.

"Questa deve essere stata una zona ricca, un tempo."

Si spogliò e si posizionò sotto la fontana, poi prese la leva e tirò, senza risultati.

"Chissà da quanto tempo nessuno la usa."

Tirò ancora e ancora, fin quando, con un gorgoglio, il getto iniziò a scendere dalla bocchetta.

Trasalì, l'acqua era gelata.

Rimase qualche secondo immobile, abituandosi al freddo, poi, ancora tremante, si strofinò la pelle con le mani per togliere lo sporco accumulato. Le vesciche che si erano aperte sulle cosce bruciarono al contatto con l'acqua. Fu felice di potersi lavare i capelli, che ormai erano diventati l'ombra di quelli di un tempo.

Guardò l'acqua sporca venire risucchiata dal buco nel pavimento, aspettando che il getto finisse.

"Non sono più nessuno ormai, mi hanno portato via tutto. Sono come morta."

Si mise nel letto e indossò la vestaglia di seta che si era tenuta da parte, inspirò il profumo della saponetta alla lavanda e si sentì di nuovo a casa.

Quella notte, come le precedenti, Kahyra faticò ad addormentarsi.

Si tormentò, rigirandosi tra le coperte, i fantasmi del passato pronti a fare capolino tra le tenebre dei sogni finché non fu troppo stanca anche per sognare.

La mattina dopo fu svegliata dal nitrito di cavalli.

Sbadigliò e si girò dall'altra parte.

Stava per riaddormentarsi quando sentì delle urla provenienti dalla strada. Si alzò di scatto e corse alla finestra a vedere: scorse Asyl scendere da cavallo ed entrare nella locanda, seguita da una decina di Sorelle.

"Non può essere!"

Si vestì in fretta, indossando gli abiti luridi: spessi pantaloni neri, la tunica bianca ormai diventata marroncina e, sopra di essa, la giacca di cuoio rinforzato. Alla cintura, la daga e la morfospada le davano la sicurezza, anche se aveva paura a usare quest'ultima.

"Dovrò farlo... prima o poi. Diventare una Cacciatrice..."

Si mise la borsa a tracolla. Prese tra le dita il ciondolo a forma di goccia e lo baciò, poi lo rimise al suo posto, sotto la tunica.

"Mamma, aiutami."

Uscì dalla stanza, delle voci provenivano dal piano di sotto. Si appese alla ringhiera delle scale per sbirciare.

«Eccovi il compenso per i vostri preziosi servigi.» Asyl estrasse un sacchetto di stoffa e lo consegnò alla locandiera. «Il Lord Comandante Arhak vi ringrazia.»

«Dovere, Sorella» rispose la donna, «sono lieta che il sacerdote abbia subito comunicato la loro posizione. I fuggitivi sono al piano superiore che dormono, non sospettano nulla.»

«Prima, però, capirete che devo porgervi delle domande per capire se sono davvero loro. La ricompensa è molto ghiotta, non vogliamo incorrere in errori.»

"Bastarda cicciona, me la pagherai per il tuo tradimento!"

Con passo felpato andò alla porta di Sven, bussò e attese.

"Quell'idiota non si sveglierebbe nemmeno se un cavallo gli scorreggiasse in un orecchio."

Il sudore iniziò ad imperlarle la fronte.

Cercò di farsi venire un'idea, dal piano di sotto sentiva Asyl che stava chiedendo informazioni su di loro.

"Sta prendendo tempo per me. Non mi ha abbandonata." Il pensiero di avere ancora Asyl dalla sua parte le diede coraggio. "O sfondo questa porta o siamo fregati a causa di questo imbecille." Si costrinse a impugnare la morfospada per l'elsa.

Strinse i denti mentre i minuscoli aghi entravano nel suo palmo e le iniettavano dentro l'arsite, sentì il minerale entrarle sotto la pelle, fondersi con lei. Non era semplice acciaio, era qualcosa di vivo.

"Vendetta."

Sguainò la morfospada e la trasformò in un'ascia, le bastò pensarlo e il metallo nero divenne fluido, in un battito di ciglia, teneva in mano l'arma che desiderava. Le vene della mano con cui la impugnava erano gonfie e nerastre.

"Incredibile."

Ritrasformò l'ascia in spada e sentì l'arsite scorrerle lungo le vene, la mano tornò normale.

"Decisamente incredibile."

Mutò ancora una volta la morfospada in ascia e menò un colpo alla maniglia della porta di Sven con tutte le sue forze, mulinò il polso e ne sferrò un altro, il legno si spezzò con un rumore secco e la maniglia saltò con un rumore secco insieme a una parte di serratura.

Le voci dal piano di sotto tacquero.

Kahyra spalancò la porta con una spallata. Sven saltò nel letto, la ragazza nuda che era con lui prese a urlare. Sentì i passi delle Sorelle che salivano le scale.

Kahyra prese la ragazza per un braccio e la sbatté fuori, nuda. Rinfoderò Vendetta trasformata in spada. Poi, con l'aiuto di Sven che sembrava ancora non capire cosa stesse succedendo, bloccò l'ingresso della stanza con l'armadio, infine misero anche il letto a protezione.

Solo allora si rese conto che Sven era nudo, si coprì gli occhi con una mano.

«Non potevi proprio farne a meno, eh?» lo riprese. «Sapevo che i Cacciatori erano dei gran puttanieri, ma tu li superi tutti! Idiota!»

«Scusatemi, lady Kahyra! È stata lei a venire nel mio letto, io avevo solo chiesto una tinozza d'acqua per fare il bagno!» Lo sentì sghignazzare. Udì lo strascichio dei vestiti che venivano indossati dal Cacciatore.

«Non vi facevo così pudica» disse Sven, «Comunque potete aprire gli occhi, sono vestito.»

Kahyra tolse la mano. «Per colpa tua adesso siamo fregati.» Lo spinse. «Cosa facciamo? Potrei usarti come diversivo e lasciarti morire contro le Sorelle mentre io scappo. Che dici, ti sembra un buon piano, imbecille?»

Lui storse il labbro. «Non possiamo arrenderci e basta?»

«Grande idea. Tu dovevi essere quello intelligente in Accademia, vero?»

Urla provenivano dal corridoio, calci e spade si abbattevano contro l'armadio che, per quanto spesso, ormai era sul punto di cedere. Il letto arretrò strisciando sul pavimento con uno stridio.

«Puoi passare tu il resto della tua vita in un monastero, se vuoi» gli disse. «Io non ho più niente se torno indietro. Me ne vado, mi farò largo tra le Sorelle con la forza se è necessario. Tu verrai impiccato per essere fuggito, non credere di ricevere perdono a Città degli Dèi, non da uno come Arhak.»

«Ho un piano migliore» disse Sven mentre si allacciava il cinturone con la morfospada, «ci lanciamo dalla finestra, dovremmo farcela. Se avete ricevuto un addestramento sapete come attutire le cadute, no?»

«Sì...» disse non troppo convinta.

«Scappiamo verso il bosco, ci riprendiamo i cavalli e attraversiamo il torrente, faremo perdere le nostre tracce e potremmo riprendere la fuga. Che dite?»

Kahyra esitò un secondo.

"Tanto non è che possa andare peggio di così."

«Facciamolo.»

Kahyra ruppe la finestra piombata con un colpo dell'elsa di Vendetta, poi salì sul bordo.

"Siamo troppo in alto."

Fu presa da vertigini.

«È troppo alto!» disse a Sven.

«Preferite morire? Fate presto!» gridò il Cacciatore lanciando occhiate preoccupate all'armadio.

Kahyra deglutì, mise un piede nel vuoto quando una Sorella comparve sotto di lei, la spada sguainata e gli occhi furibondi rivolti verso l'alto.

«Sorelle, scendono dalla finestra!» Urlò. «Kahyra! C'è una taglia sulla tua testa e su quella del Cacciatore! Non avrai nessun trattamento di riguardo, ti uccideremo. Puoi giurarci.»

Kahyra era terrorizzata, la borsa sulla schiena le pesava. Agì, colta da una furia cieca. Strinse Vendetta in mano e si lasciò cadere verso la Sorella con la spada puntata verso il basso.

Chiuse gli occhi mentre atterrava, sentì Vendetta penetrare nell'armatura e nella carne, qualcosa di caldo le colava dal braccio.

«Lei... Lei è... L'avete uccisa davvero!» Balbettò Sven, atterrandole vicino con una capriola. «Siete impazzita?»

«Piantala di lamentarti. Ce l'avevano con te anche prima, sei mio complice» gli rispose lei con voce distaccata. Guardò la Sorella, Vendetta si era conficcata proprio al centro del suo piatto petto, trapassandole il cuore, rivoli di sangue imperlavano l'armatura ormai inutile. «Ora fai quello che vuoi, sei libero di seguirmi o costituirti, scegli tu.» Si rialzò dal cadavere e pulì la lama sui pantaloni.

Asyl aprì la porta della locanda, Kahyra riconobbe la chioma rossa di Lilith alle sue spalle. «Sorella, dove è...?» Il resto della frase le morì in gola. «Kahyra!» gridò.

Kahyra colse la tristezza nello sguardo della donna che le aveva fatto da madre.

«Questo no...» disse Asyl. «Non puoi...»

Kahyra la guardò, gli occhi pieni di lacrime.

«Scusa, Asyl...» fu l'unica cosa che riuscì a dire, poi fuggì verso il bosco senza voltarsi indietro.

Slegarono i cavalli.

«Non torniamo al torrente» ordinò Kahyra, «seguimi.» Partì verso ovest.

«Dove volete andare?» Sven sembrava arrabbiato con

lei, ma la seguì senza fiatare.

«Dobbiamo raggiungere il fiume Crisma, entro sera dovremmo farcela se andiamo abbastanza veloce.»

«E poi? I ponti saranno controllati.»

«Troviamo un traghettatore» rispose Kahyra, procedevano spediti nonostante il terreno difficoltoso del bosco.

"Spero solo che Fulmine non si faccia male..."

«Come sapete cos'è un traghettatore?»

«Ho studiato tutta la vita, non sono mica una stupida.»

Cavalcarono in silenzio per il resto della giornata, non si fermarono neppure per pranzare, era troppo rischioso, le Sorelle gli avrebbero dato la caccia con i segugi.

"Asyl non li ha portati per permettermi di scappare... sta rischiando troppo per me."

«Ci siamo quasi» disse Kahyra con l'avvicinarsi del crepuscolo. «Se ricordo bene le mappe, dovremmo cominciare a scendere tra poco e vedere la valle del fiume.»

Sven annuì in silenzio. A Kahyra iniziava a stare sui nervi questo suo mutismo.

«Cos'hai, ricciolino? In questi giorni non sei stato zitto un minuto e ora non dici una parola?»

«Niente. Pensavo... non vi credevo capace di uccidere, sapete?»

«Sono capace di molte cose. Sono stata addestrata dalle Sorelle, mio padre voleva che diventassi una di loro. È da quando ho tredici anni che ogni giorno mi alleno con arco, spada e nel corpo a corpo, non sono una ragazzina indifesa.»

«Ho visto» annuì lui. «Mi chiedo fino a che punto vi

spingerete per sopravvivere.»

«Fino al punto necessario.» Kahyra si morse un labbro «Devo chiederti una cosa.»

«Ditemi.»

«Quando saremo al sicuro, ho intenzione di trovare un modo di vendicarmi.»

«Di chi?»

«Tutti. Arhak, che ha complottato contro mio padre. Il tuo Fratello traditore. La locandiera che ci ha traditi. Dovranno tutti morire. E voglio che tu sia la mia guardia del corpo in futuro, non ho altri di chi fidarmi.»

«Siete folle» sospirò Sven.

«Sì o no?» lo incalzò Kahyra.

Lui sospirò. «D'accordo, vi proteggerò le spalle.»

«Ottimo.»

«Voglio solo una cosa in cambio: se troveremo Doran, promettetemi che proveremo a parlarci, almeno per sentire la sua versione.»

«Non lo so...»

«Allora potete cercarvi un'altra guardia del corpo.

«Te lo prometto» rispose seccata. «Sei un vero idiota, ricciolino.»

Il sole era basso dietro le montagne all'orizzonte quando arrivarono al fiume Crisia, le recenti piogge l'avevano fatto ingrossare ed era sul punto di straripare.

«Sarà difficile trovare un traghettatore in un momento come questo.»

«Non sopporto più il tuo pessimismo» sbuffò lei.

«Sono solo realista.»

I due continuarono a proseguire lungo l'argine, il buio calò su di loro sorprendendoli ancora senza un passaggio. Trovarono un ponte, ma era controllato da due guardie sia da un lato che dall'altro.

"Impossibile attraversare..."

«Milady, credo sia più saggio passare la notte nel bosco.»

«Sono d'accordo con te stavolta.»

Trovarono rifugio in una piccola radura nel bosco, legarono i cavalli agli alberi e si accamparono accendendo un fuoco per riscaldarsi nel freddo della notte.

Le provviste che aveva lasciato nella sacca la sera prima erano ancora umide per la pioggia, il pane faceva schifo, la carne un po' meno.

«La prossima volta tengo io le provviste» concluse Sven. «Perché le avete lasciate col cavallo?»

«Non avevo voglia di portarle, va bene?»

«Potevate dirmelo, le avrei portate io.»

«Non ci ho pensato. Potevi notarlo tu!»

«Non sono qui per farvi da balia, milady.»

«Basta con milady, non sono più una lady.»

«Come vi devo chiamare allora?»

«Kahyra. E smettila di portarmi tutta questa riverenza.»

«D'accordo, Kahyra.» Sven infilzò una pagnotta con un bastoncino e la fece abbrustolire sul fuoco. «Così andrà un po' meglio.»

Kahyra lo imitò.

«Conosci qualche storia, Kahyra?»

«Non lo so, perché?»

Sven rise. «Si usa così. Di solito quando la sera ci si ritrova intorno al fuoco, si raccontano vecchie storie di vita o leggende che si conoscono. È un modo per passare il tempo.»

«Beh non ho molta vita vissuta.» Il pane riscaldato era mangiabile, insieme alla carne non sembrava neppure poi così male, buttò giù il boccone con un sorso d'acqua. «Tu?»

«Io mi ricordo la prima volta che entrai in Accademia... ero così felice, mio padre era così fiero di me. Fallo per tua madre, mi disse. Rendila orgogliosa. Non so se ci sono riuscito.»

«Anche tua madre è morta?»

Sven annuì. «Dandomi alla luce.»

«Mi dispiace, anche la mia.»

«Abbiamo più cose in comune di quanto si potrebbe pensare» sorrise lui, si scostò i riccioli biondi dagli occhi. «Sei anche una Cacciatrice ora.»

Kahyra abbassò lo sguardo sulla morfospada gettata vicino al fuoco.

«È quello che ho sempre voluto, viaggiare per il mondo e uccidere le persone malvagie.»

«Un bel sogno» convenne Sven, finì il suo panino e la sua carne poi si alzò e si spolverò i pantaloni. «Riposati, Kahyra, farò io la guardia stanotte.»

«Sicuro? Possiamo fare i turni.»

Lui le fece l'occhiolino. «Tranquilla, sono abituato a non dormire.»

Il mattino dopo Sven la svegliò poco prima dell'alba, smontarono l'accampamento e nascosero le tracce del loro passaggio alla veloce prima di rimettersi in marcia lungo l'argine sinistro del Crisma.

Il sole era al suo apice quando trovarono una zattera con cinque uomini a bordo, era dall'altro lato del fiume.

"Spero che ci vedano."

Kahyra si avvolse un pezzo di tunica strappato

intorno al viso per non farsi riconoscere, poi fece un cenno e la zattera si avvicinò all'argine, era lenta, le fece venire i nervi a fior di pelle.

Sven continuava a guardarsi alle spalle e anche lei.

"Se le Sorelle usano i segugi non saranno molto lontane..."

«Salve, voi della riva!» li salutò un uomo della zattera quando fu vicino. «Volete un passaggio?»

"No, vi abbiamo chiamato per fare due chiacchiere."

«Quanto volete per la traversata?» chiese, sporcando la propria voce con tono nasale.

«Dieci moneta di rame» disse quello che sembrava il capo, aveva un fisico possente, era persino più alto di Sven; gli altri suoi compari non erano da meno. «Pagamento anticipato» aggiunse con un sorriso giallognolo.

Kahyra tirò fuori dal borsello dieci monete di rame e gliele consegnò. L'uomo sembrò valutarla come se sospettasse fosse falsa, la morsicò.

«È buona. Salite. Scusate la diffidenza, ma sono tempi difficili.»

Kahyra annuì col capo e salì, seguita da Sven.

"Fortuna che lui ha avuto il buonsenso di portare del denaro con sé..."

Ancora non poteva pensare a quanto era stata stupida a non pensarci neanche.

Gli uomini iniziarono a far muovere la zattera di legno con grossi pali, Fulmine si agitò.

«Tranquillo, Fulmine, tranquillo.» Kahyra gli accarezzò la criniera. «Va tutto bene.»

Per tutta la traversata non incrociò lo sguardo di nessuno, i suoi occhi di ghiaccio erano diventati leggendari e temeva che persino lì, su quella zattera, qualcuno fosse a conoscenza della taglia sulla sua testa. Passò il tempo ad accarezzare Fulmine e a sussurrargli parole di conforto all'orecchio. La corrente impetuosa si schiantava contro il legno della zattera, riempendoli di schizzi.

Kahyra temeva che venissero sbalzati via da un momento all'altro, invece arrivarono all'argine sinistro sani e salvi, seppur lei avvertisse un leggero senso di nausea, fu una gioia rimettere piede sulla terra ferma.

Lanciò una moneta d'argento al traghettatore che la guardò con aria stupita.

«Per la vostra gentilezza» gli disse.

«Grazie!» esclamò l'energumeno. «Porca puttana, che gli Dèi mi fulminino se questa non è una gran giornata!»

«Ma cosa fai?» Sven la guardò incredulo. «Ci servivano quei soldi!»

Kahyra gli sorrise in risposta e partì al galoppo lungo la pianura che le si distendeva davanti.

Quando fu fuori dalla vista degli uomini, si tolse il pezzo di tunica dal volto.

Ce l'avevano fatta: avevano attraversato il fiume e ora potevano davvero far perdere le proprie tracce. Per la prima volta aveva il vento tra i capelli e nessun muro a sbarrarle la strada. Si sentiva libera. La Torre d'Avorio era stata il suo mondo per anni, avere il cielo sulla testa e distese verdi all'orizzonte le pareva la cosa più bella che potesse esistere.

Per un istante dimenticò suo padre, dimenticò Arhak, la vendetta, dimenticò persino Sven.

C'erano solo lei, il vento e il suo cavallo, Fulmine.

Urlò. Scacciando via tutti i suoi pensieri. In quei momenti fu grata per essere ancora al mondo.

In quel brevissimo lasso di tempo, si sentì viva.

9 - YGG'XOR

«**B**uongiorno, mio padrone.» Sah'wa lo svegliò prendendoglielo in bocca e cominciando a succhiare. Falco emise un gemito di piacere.

"Questa sì che è vita, almeno finché non muoio."

«Vi piace così, padrone?»

«Sì, non smettere» ansimò.

Sah'wa si prodigò alla sua arte orale con ancora più dedizione, la sua lingua calda sapeva quali posti sollecitare, Falco era già pronto a riempirle la bocca.

La porta della cabina fu scossa da due pesanti colpi.

"Non ci credo, ma lo fanno apposta?"

Sah'wa si fermò.

«No» le disse, «continua, ti prego.»

E lei continuò.

«Chi è?» chiese cercando di usare un tono normale.

«Capitano, sono Corvo. Zana è in vista. Tra un'ora saremo lì, è meglio se venite sul ponte.»

Non riuscì più a resistere, riempì la bocca di Sah'wa col suo seme.

Chiuse gli occhi e si godette un momento d'estasi assoluta.

«Capitano?»

«Sì, Corvo, sì» urlò. «Adesso arrivo.»

Sah'wa rise e gli si sdraiò addosso. «Avete il fiatone, capitano.»

«Sei tu che mi sfinisci, insolente.»

«Abbiamo già finito per oggi?» Si mise un dito in bocca e lo succhiò.

«Ti prego, non fare così...»

«Così come?»

Dovette girarsi dall'altro lato e sedersi sul bordo del letto.

«Non mi volete più?»

«Smettila di scherzare» rise Falco, «sono state due settimane fantastiche, ma tutte le cose belle finiscono.»

Lei gli mise le braccia intorno al collo da dietro, Ygg'xor sentì i suoi seni premuti contro la schiena.

«Ma stasera saremo di nuovo insieme» le disse. «Ti farò accompagnare nei miei alloggi, staremo a Zana per un poco.»

«E poi?»

Ygg'xor si voltò e la baciò.

«Non lo so cosa ci aspetta. Nessun uomo può saperlo.»

Si rivestì, allacciò gli stivali e si calcò il suo cappello da capitano in testa, infine, sopra il corpetto di cuoio rinforzato, indossò una giacca lunga fino alle ginocchia. Allacciò la cintura con la sciabola e salutò Sah'wa con un cenno del capo prima di uscire.

Fu accecato dalla luce del sole, si schermì con la mano. L'aria era salmastra, fresca, pulita, si accorse di puzzare come il sedere di una balena.

"Meglio non rinvangare il passato."

«Capitano!» esclamò Corvo, l'intero equipaggio lo

salutò con ghigni e cenni d'assenso.

«Ve la siete spassata eh!»

«Beato lui!»

«Pensavo gli avesse prosciugato anche il sangue!»

«Posso provarla un po' anche io?»

Le voci si mescolarono l'una con l'altra, Ygg'xor strabuzzò gli occhi, si stava abituando alla luce.

«Capitano, finalmente!» Corvo gli si parò davanti con la sua stazza imponente e gli diede due vigorose pacche sulla spalla. «Credevo di non vedervi più dopo due settimane chiuso lì dentro.»

«Che donna, Corvo, che donna...» fu l'unica cosa che riuscì a dire.

«Basta pensare a lei, capitano, abbiamo una guerra da combattere.»

«Una guerra di cui non m'importa nulla.»

Corvo lo guardò in tralice, si volse circospetto. «Parlate più piano, capitano» disse rigirandosi verso di lui. «L'equipaggio non è di buonumore.»

«E quando mai lo è?»

«Questa volta è diverso. Sono pirati, non guerrieri.»

«Sono stati pagati, no?»

«Io starei attento fossi in voi, tutto qui.»

Falco assentì. «Hai ragione, scusa.» Salì i gradini del castello di poppa, salutò con la mano Grimes al timone e si appoggiò alla battagliola con i gomiti. Corvo, il suo quartiermastro, si mise accanto a lui, ma rimase con la schiena dritta e le braccia incrociate davanti al petto.

«Capitano!» ghignò Grimes. «Voi sì che sapete godervi le traversate!»

«Pensa al timone, Grimes. A Oltremare avrai una donna tutta per te.»

«Non aggiungete altro, capitano» rispose lui

sorridendo con i denti gialli, «sono già vostro.»

Ygg'xor gli sorrise di rimando.

Ammirò le Isole Brillanti stagliarsi all'orizzonte. Zana, l'isola più grande, era ancora più verde e rigogliosa di quanto ricordasse, osservò il castello di Lum costruito sopra la scogliera, un'opera mastodontica, una parte dell'edificio era stata ricavata dalla roccia stessa dell'isola; era uno dei castelli più inespugnabili d'Oltremare.

"Anche se io, una volta con Lisandre..." Sorrise al pensiero, poi si rabbuiò. "E poi è morta per mano mia, per l'oro..." Era incredibile come le cose potessero cambiare, lui era cambiato, aveva ucciso la donna che aveva amato e per cosa? "Solo per l'oro."

«A cosa pensate, capitano?» chiese Corvo al suo fianco.

«Niente» rispose lui. «Ricordi...»

«Immagino che abbiate molte storie da raccontare, prima che mi unissi io alla ciurma.»

«Troppe storie, Corvo. Troppe da raccontare e troppe per un uomo solo da ricordare. Un giorno, dopo che sarò morto, leggi il mio diario.»

Corvo lo guardò sorpreso. «Non sapevo teneste un diario.»

«Ci sono molte cose che non sai di me.» Gli sorrise. «Uncino?»

Corvo alzò gli occhi verso le nuvole. «È lassù, da qualche parte, a caccia.»

«Presto saremo a caccia anche noi.»

«Spero di essere altrettanto bravo» dispose Corvo.

Navigarono per un'altra ora prima di attraccare nel porto, a Falco non pareva vero di essere tornato a Oltremare, a Zana, sull'isola in cui era cresciuto. Anche dopo vent'anni poteva sentire il profumo di casa sua, del suo mare, della sua terra.

"Fottiti, Nemil" ridacchiò tra sé, "esiliami ora, se riesci."

«Forza, ammainate le vele!» stava ordinando Corvo all'equipaggio. «Muovetevi, razza di scarafaggi, non abbiamo tutto il giorno!»

"Mi dispiace da morire, Lisandre... Cosa sono diventato?"

Lei gliel'aveva chiesto, prima che le tagliasse la gola.

"Non l'ho fatta stuprare dagli uomini, non vuol dire qualcosa forse? Forse non sono poi così cattivo, le ho donato una morte rapida." Respirò a fondo. "Dovrò chiedere alla Madre il perdono." Erano anni che non pregava gli Dèi, forse non l'aveva mai fatto. "Sto invecchiando, non c'è altra spiegazione." Scosse la testa, non doveva pensare. Corvo lo raggiunse e lo scosse dalla spalla.

«Dimmi...» disse, la bocca impastata.

«Capitano, Lord Rubin vi aspetta, c'è un comitato di benvenuto.» Indicò la folla che si sbracciava poco distante sul molo. «C'è qualcosa che non va? State male?»

Falco si staccò dalla battagliola. «Stavo ripensando a quello che ho fatto... non ho pensato.»

«Di cosa state parlando, capitano?»

«Niente, non è il momento. Andiamo.»

Scese dal castello di poppa con il quartiermastro al seguito, gli uomini sul ponte si fecero da parte per farlo passare.

"Sembrano quasi addestrati bene..."

Attraversò il ponte e sbarcò sul molo. Era tornato a casa.

Lord Rubin Shines gli andò incontro, il ragazzo magro che Ygg'xor ricordava si era trasformato in un uomo grasso e stempiato, che doveva camminare tenendo le gambe larghe e dalle dita tozze; il suo volto, un tempo dai lineamenti decisi, si era fatto tondo, con una pappagorgia che gli avvolse il mento quando sorrise. "I suoi occhi sono sempre gli stessi, furbi occhietti da furetto bastardo."

«Falco! Che piacere rivederti!» Il lord delle Isole Brillanti gli strinse la mano e gli diede due baci per guancia.

«Il piacere è mio, Rubin.» Parlò nella lingua comune senza problemi, non se l'era dimenticata come credeva.

«Non hai nemmeno preso un po' di accento!» sorrise lord Rubin, «prego, seguitemi.» Il lord fece strada, passarono tra la folla urlante. Ygg'xor e i suoi furono colpiti da una pioggia di margherite e denti di leone.

«Che accoglienza» esclamò Falco impressionato. «Non me l'aspettavo.»

«Sono cambiate tante cose» rispose lord Rubin, «da quant'è che manchi da Zana?»

«Vent'anni, più o meno.»

«È tanto tempo.»

«Nemil ha avuto quello che si meritava per quello che mi ha fatto.»

«Anche mia sorella» assentì lord Rubin, «ha sposato l'uomo sbagliato.»

«Sono addolorato per la tua perdita.» Falco deglutì. «Se solo avessi potuto salvarla l'avrei fatto, ma la loro nave imbarcava acqua...»

«Basta con le storie tristi!» Lord Rubin Shines scacciò la cosa con la mano, salirono i gradini che portavano al castello, lasciandosi alle spalle il molo e le urla della gente. «Oggi è un giorno di festa, da domani penseremo alla guerra.»

«A proposito...» Falco indicò con il capo Corvo alle proprie spalle. «Permettimi di presentarti Corvo, il mio quartiermastro.»

«Oh! Un altro bastardo!» Lord Rubin si fermò e strinse la mano di Corvo con un sorriso affabile. «Senza offesa, è che non me l'aspettavo.»

«Nessuna offesa, milord» rispose Corvo, «sono stato chiamato in modi peggiori.» Si mise di nuovo dritto con le braccia unite dietro la schiena e riprese a camminare al loro seguito.

«Che portamento!» esclamò il lord. «Sei sicuro di non avere sangue nobile nelle vene?»

«Sicuro, milord.»

Lord Rubin diede un colpetto con il gomito a Falco. «Ti sei scelto un gran bel quartiermastro, devo ammetterlo.»

«Rubin» sospirò Ygg'xor, «vorrei fare un bagno caldo e cenare nei miei alloggi, sono stanco per il viaggio.»

«Certo, certo, vedrai che banchetto!» Li anticipò nell'ampio ingresso del castello, poi si voltò ed eseguì un teatrale inchino. «Sono lieto di accogliervi nella mia umile casa. Venite!»

«Nessun banchetto, Rubin, non ho molta fame. Fa' mangiare il mio equipaggio.»

Lord Rubin si esibì in un altro inchino. «Sei tu che comandi qui.» Batté le mani e un servo arrivò di corsa, s'inchinò senza dire una parola.

«Passerotto, conduci capitan Falco nelle sue stanze, prepara un bagno e poi portagli la cena.»

Il servo annuì, fece cenno a Falco di seguirlo.

«A dopo, Corvo. Portala nella mia stanza più tardi.»

Era inutile aggiungere di chi stesse parlando.

«Sì, capitano.»

Salutò il quartiermastro con un cenno del capo e seguì il servo chiamato Passero per i corridoi del castello, lo condusse ai piani superiori, oltre una corte interna e poi su per una scalinata a chiocciola, fino a giungere a quella che doveva essere la Torre Nord. Ci era già stato una volta, molti anni prima.

Passero indicò la porta di legno degli alloggi e si fece da parte.

«Grazie» gli disse Falco.

Il servo non rispose e lui entrò nella stanza.

Due serve gli fecero un bagno caldo e una di loro si offrì di tagliargli barba e capelli, ma lui negò con il capo.

«Mi piacciono lunghi.»

«Ma, mio signore» disse la serva, una giovane dai lineamenti dolci e capelli castani, «in guerra è meglio averli il più corti possibile, per evitare tifo e pidocchi.»

A malincuore, Falco si fece accorciare i capelli e rasare la barba.

«Perché la tua amica non parla?» chiese Falco. «Anche l'altro servo, Passero, non ha spiccicato una parola.»

«Signore, qui i servi non possono parlare.»

«E perché tu sì?»

«Perché io...» la serva avvampò e Falco intuì al volo.

«...ti fai scopare da Rubin?»

«Io...» la serva finì di passare il rasoio sulla mascella.

«Io devo andare.»

Le due serve se ne andarono portandosi via la vasca.

Si ammirò allo specchio, si sentiva nudo senza la barba, si passò una mano sul viso glabro.

"Anni che non mi vedevo così... sembro un uomo qualunque, un uomo per bene..."

Sogghignò, guardò le pareti della stanza in cui venti anni prima aveva fatto l'amore con la donna che amava. «Come diceva quel bardo?» rifletté ad alta voce. «Il tempo si porta via tutte le cose belle?» Si grattò la tempia. «Era più o meno così.»

"È da troppo tempo che non apro un libro."

La cena gli venne portata su un vassoio da Passero: pane caldo e maialino arrosto, accompagnato da carote e spinaci.

«Puoi parlarmi» gli disse Falco. «Cosa c'è che non va?»

Il ragazzo emise solo dei versi gutturali, si schermì con le mani e se ne andò richiudendosi la porta alle spalle.

"Bah... La gente è diventata più strana rispetto a vent'anni fa."

Mangiò e si distese sul letto a baldacchino, il materasso era comodo e le lenzuola profumate.

"Ma cosa me ne frega della guerra..." Stiracchiò braccia e gambe. "Se questa è la ricompensa degli Dèi per aver ucciso un re, datemene un altro da far fuori."

Prese un libro di storia d'Oltremare dallo scaffale e ne sfogliò le pagine, lesse qua e là informazioni sulle varie casate e la nobiltà. Arrivò ai Riddell, scrollò le pagine fino a quella dedicata a Nemil Terzo del Suo Nome. Il re che lui aveva ucciso era raffigurato in maniera molto più regale e bella di quanto non fosse nella realtà.

"È il re giusto e caritatevole che meritiamo" lesse. "Cazzate."

«Ha sconfitto suo padre, Lucas Decimo, e ha posto fine alla Grande Ribellione che minacciava di separare i due continenti di Warest per sempre...» fece una pausa, si oliò la gola con un po' di vino, poi continuò a leggere a bassa voce. «Ha apportato grandi modifiche nel Codice del regno, permettendo ai Cacciatori di restare sul suolo d'Oltremare senza bisogno di visti o permessi speciali, al fine di proteggere meglio la popolazione...» Scosse la testa e rise. «Al fine di fotterla meglio!» Chiuse il libro e lo rimise a posto.

«Ma di che mi stupisco? La Storia la scrivono i vincitori, mica i vinti. Nemil si è preso tutto, e si è preso anche Lisandre...» Sbatté le palpebre, gli sembrava di vedere il suo viso nelle pietre del soffitto. "Ma cosa mi prende?"

«Sto diventando troppo sentimentale... dev'essere l'effetto di tornare qui.» Si alzò e fece due passi nella stanza, aprì la finestra e si godette la brezza della sera. «Lei ha scelto lui, poteva scappare via con me e non l'ha fatto, non ho niente per cui sentirmi in colpa.»

Bussarono alla porta, sapeva già chi fosse.

«Avanti» disse.

Corvo entrò accompagnando Sah'wa, la donna dagli occhi gialli era pulita e profumata, ancora più bella di quanto ricordasse, era avvolta in una vestaglia porpora e oro che ne risaltava le forme, gli lanciò uno sguardo ammiccante e si sedette sul bordo del letto.

«Nessuno l'ha vista, capitano» disse Corvo, «ho agito con la massima discrezione.»

«Grazie, Corvo. L'equipaggio?»

«Stanno tutti bene, Grimes e Tol'um si sono ubriacati e hanno dato fuoco a un arazzo che valeva quanto un anno della loro paga. Ma a parte quello, tutto bene.»

«Chi cazzo è Tol'um?» Ygg'xor non riusciva ad associare un volto a quel nome.

«Il nuovo mozzo, capitano. L'avete scelto personalmente nelle taverne di Sharuke.»

«Dovevo essere ubriaco.»

Corvo scoppiò a ridere insieme a Sah'wa.

«Vi lascio soli» disse il quartiermastro. «Ho faccende da sbrigare.» E senza attendere oltre se ne andò e richiuse la porta.

«Finalmente soli» disse Sah'wa languida, si alzò e si fece cadere la vestaglia i piedi, rimanendo nuda, i capezzoli scuri erano turgidi colpiti dalla fresca aria che entrava dalla finestra. «Il mio padrone mi vuole?»

Falco non se lo fece ripetere due volte, si alzò, le prese un seno tra le mani e lo succhiò.

Poi le baciò il collo mentre lei emetteva mugolii di piacere.

«Questa notte non finirà mai» disse lei gemendo. «Mio padrone...»

Le baciò ancora una volta il capezzolo, un refolo d'aria spense le candele ma la luce della luna piena bastava a rischiarare la stanza.

«Mai, Sah'wa.»

Un raggiò di sole lo svegliò.

Si scostò le lenzuola di dosso, si alzò dal letto e sciacquò il viso alla bacinella in pietra lì accanto.

"Pensare che solo una ventina di anni fa mi volevano morto, ora qui mi accolgono con tutti gli onori." Si asciugò il viso con un panno. "Il fato è davvero beffardo."

Andò alla finestra e si sedette a cavalcioni sul davanzale, le gambe dondolanti nel vuoto.

Uno stormo di gabbiani si levò in volo stridendo, Uncino piombò su di loro dall'alto come una saetta nera. Afferrò uno dei gabbiani con i suoi possenti artigli, l'animale emise un grido di lamento e provò a liberarsi scuotendosi, fu inutile, Uncino prese quota. Falco lo seguì con lo sguardo finché il rapace non andò fuori dalla sua visuale.

«Buona colazione.» Sorrise.

L'odore salmastro gli entrò nelle narici e gli scese lungo la gola. Solo allora si rese conto quanto gli fosse mancato quel profumo durante gli anni d'esilio. Il mare aveva un altro odore rispetto alle Isole dei Titani.

Più puro.

Era profumo di casa.

La torre nord era la più alta di Castel Brillante, alloggi che un tempo appartenevano alla donna che aveva amato.

"È stato tanto tempo fa, troppo tempo fa."

La torre vantava la vista migliore dell'arcipelago: ammirò Ilean dinnanzi a sé, la sua isola natia; a nordest c'era Ventea, con la sua rocca a picco sul mare, riusciva anche a scorgere la costa nord di Remes, bassa e sabbiosa. Circondate dai riflessi del sole sull'acqua, le isole sembravano brillare di luce propria grazie al fondale di sabbia bianca. In lontananza scorse i profili di Nàn, Arlier e Crolz, le altre tre isole che componevano l'arcipelago.

Navi affollavano le rotte tra una e l'altra.

Non semplici navi mercantili, navi da guerra, comandate da oltre quattromila occhi-gialli.

"La guerra sta per iniziare. Devasterò Oltremare. E per cosa? Sono un traditore?"

Lasciò i brutti pensieri lontani e svegliò Sah'wa con un bacio sul seno. Lei mugolò. La sua pelle profumava di violetta, come sempre. La donna aprì i suoi splendidi occhi gialli.

«Buongiorno, mio capitano» disse con voce sensuale.

«Buongiorno, mia piccola schiava.» Falco le succhiò il capezzolo.

«Oh sì... sono la vostra unica schiava» ansimò.

Due colpi secchi alla porta li interruppero.

"Non ci posso credere... Forse dovrei smetterla di succhiare tette e allora non verrei più interrotto." Trovò che il pensiero avesse la sua logica.

«Capitano Ygg'xor» la voce squillante di Pyr'rs lo raggiunse oltre la porta. «Lord Shines vi desidera alla sala grande.»

"Mi ero dimenticato di questo rompicazzo... Corvo era stato così bravo a sbatterlo sottocoperta..."

Falco si staccò dal capezzolo scuro della puttana.

«Non ci posso credere» rise Sah'wa.

«Dannato Pyr'rs. Aiutami.»

Sah'wa lo aiutò a indossare l'armatura leggera e gli agganciò il mantello porpora alle spalle. Falco le palpò un seno e le diede una sculacciata, godendosi il suono secco dei suoi glutei sodi.

«A dopo, schiava. E guai a te se ti vesti.»

«Altrimenti?» Sah'wa alzò un sopracciglio. «Mi frusti?»

«Puoi giurarci.» Le diede un'ultima occhiata prima di chiudersi la porta alle spalle. Pyr'rs era lì fuori, nel corridoio di pietra, ad aspettarlo con la sua espressione ebete.

«Capitano, siete in ritardo.»

«Sì?» Ygg'xor grugnì. «E tu arrivi sempre dannatamente nel momento meno opportuno.»

L'ampio corridoio era rischiarato dalle luci fredde incastonate nel soffitto, erano anni che non ne vedeva una, le osservò ammirato. "I sacerdoti saranno anche dei luridi infami, ma ci sanno fare..."

Falco avanzò con Pyr'rs alle calcagna.

«Bravo, Uncino, così. Al volo!» la voce proveniva da oltre una porta in legno rinforzato.

"Corvo." Si fermò.

«Di qua c'è il cortile interno del palazzo, vero?» chiese.

«Sì.»

«Bene.» Falco aprì la porta del cortile, fu investito da folata d'aria fresca.

«Capitano, lord Shines...» disse Pyr'rs.

«Fa' silenzio» gli ordinò Ygg'xor, «riferisci che ritardo di qualche minuto.»

«Come volete, capitano.» Il consigliere fece un inchino e sparì nel corridoio. Falco si inoltrò nel cortile, le foglie arancioni degli alberi fluttuavano nell'aria, sospinte dalla brezza mattutina.

«Prendi questo, Uncino, te lo sei meritato!» Corvo lanciò un coniglio in aria, Uncino lo afferrò al volo e stridette, portandosi via la sua preda.

«Vi divertite senza di me.» Falco abbracciò il suo quartiermastro e gli tirò una pacca sulla schiena.

«Capitano, è un piacere rivedervi. Avete dormito bene?»

Falco si sciolse dall'abbraccio.

«Sono stato molto... impegnato» disse, facendo l'occhiolino.

«Non mi piace quella donna, capitano. Da quando c'è lei mi sembrate diventato un altro. Molto più stupido di quanto non foste già. Vi annebbia il cervello, fidatevi, è meglio se ve ne sbarazzate.»

Falco sorrise, ma vide che Corvo era serio.

«Ti devo ricordare con chi stai parlando, Corvo?»

«Con l'amico che conosco sin da quando ero ragazzo.

141

Ecco con chi sto parlando.» Corvo lo fissò occhi negli occhi. Falco non si lasciò intimidire, nonostante il quartiermastro lo superasse di una spanna buona, fosse più giovane e più muscoloso.

«I tuoi consigli sono sempre preziosi, Corvo, ma questa volta non è come pensi. Mi faccio solo delle grandi scopate con lei, è solo una stupida puttana. Cosa vuoi che ci sia di male?»

«Devo ricordarvi di cosa sono capaci le puttane?»

"Mi rubi anche le frasi adesso?"

«Stai tranquillo, non mi farò fottere da una troia. Semmai è il contrario.» Ghignò Falco, Corvo non ricambiò il sorriso.

«Capitano, lord Shines vi sta aspettando nella sala grande.» La sua voce era fredda, distaccata.

"Andiamo, stai facendo tanto rumore per nulla... mi sto solo godendo un po' la vita."

«Lo so, Corvo» gli disse, cercando di usare il suo tono più amichevole. «Ma ci tenevo a vederti. Vieni con me al consiglio, non sopporto questi imbecilli. In particolar modo quel grassone pelato di Rubin...»

«Non lo odiavate così tanto vent'anni fa, o sbaglio?»

«Ed è stato uno dei più grandi errori della mia vita.» Falco sospirò, lisciandosi il pizzetto. «Corvo, come siamo finiti da essere sicari a essere condottieri?»

«Pensate che per gli Dèi eravamo destinati a qualcosa di più di semplici sicari.»

«Vorrei avere la tua fede. Ma dicono che sono stati i titani a mandarci qui.»

«Il destino che gli Dèi hanno deciso per noi ha trame complesse.»

"Mi hanno detto lo stesso dei titani."

Il grido di Uncino risuonò per tutto il cortile.

«Non è la prima volta che me lo dici, Corvo» disse con lo sguardo rivolto verso l'alto, «e continuo a non credere a queste stronzate.»

"Non del tutto, almeno" ma non lo disse, non voleva dare la soddisfazione a Corvo di aver ragione. "È solo questo posto che mi rende malinconico."

«Capitano, è stata la fede a portarci fin qui, solo uno stolto potrebbe non capirlo.»

Falco soffiò al posto di rispondere male. «Vieni con me al consiglio o no?»

«Fate strada, capitano. Sapete che, nonostante tutto, vi seguirò fino alla fine.»

«Mi fa piacere sentirtelo dire, temevo che mi volessi abbandonare.»

«Per andare dove?»

Attraversarono il cortile e scesero le scale della torre nord, proseguirono attraverso un corridoio in pietra, il fragrante profumo del pane appena sfornato saliva dalle cucine sottostanti.

«Cosa pensa la ciurma?» chiese Falco per interrompere quello strano silenzio che si era creato tra loro due.

«È nervosa. La maggior parte non ha approvato né la puttana a bordo durante il viaggio, né questa campagna in una guerra che non ci appartiene. Li ho tenuti buoni, ma non so per quanto vi serviranno, potete dargli anche tutto l'oro del mondo, ma non sono guerrieri, sono banditi.»

«Finché ci sarà l'oro di mezzo lo faranno.»

«Non ne sarei così sicuro.»

Arrivarono alla sala grande, la luce del sole attraversava i vetri istoriati delle finestre e ne prendeva i colori: azzurro, rosso, giallo, verde... Era come essere dentro un arcobaleno.

«Capitan Falco, o meglio, Ygg'xor, come vi chiamano gli occhi-gialli.» Lord Shines lo accolse con una forte stretta di mano e un sorriso sdentato. «Spero abbiate riposato bene.»

«Benissimo. Perdona il ritardo, Rubin» rispose Ygg'xor.

«Nessun problema, il tuo consigliere mi aveva avvertito.» Rubin si voltò a guardare Pyr'rs, che si strinse nelle spalle, facendosi piccolo.

"Quel ragazzo se non tira fuori le palle non arriverà ai trent'anni."

«Prendi posto, Falco. Abbiamo gozzovigliato abbastanza, è tempo di discutere di guerra.» Rubin indicò lo scranno del lord delle Isole Brillanti, decorato sui braccioli e sullo schienale con sirene e arpie. Falco lo guardò, poi si girò verso Corvo.

«È il vostro posto ora, capitano» disse il quartiermastro.

Falco annuì e si sedette sul trono. Rubin batté le mani e due servi entrarono nella sala portando un tavolo con sopra sparsi diversi documenti e glielo posizionarono davanti, fecero un inchino e andarono via. Ygg'xor si sporse sul tavolo ed esaminò uno dei fogli: era la mappa d'Oltremare, le città ribelli, fedeli ai Valverk, avevano sopra disegnato un grifone stilizzato, simbolo della casata e quelle leali a re Berser invece avevano una rosa. Baluardo non aveva sopra nessun simbolo.

«Come mai?» chiese Falco indicandolo.

«Non sappiamo ancora con chi sia schierato lord Glyn» spiegò Rubin, Falco assentì.

"I Valverk hanno l'appoggio di Poivers, Sarwan, Ultimo Passo e Arthemys... Berser invece può contare su

Virki, Città Cava, Nuovo Sole e Morporth." Si tormentò la ricrescita della barba. "Si direbbe una guerra equilibrata, se non fosse per noi... Forse possiamo davvero vincere con Oltremare separata in maniera così netta."

«Sei tornato! Temevo ritardassi ancora!» esclamò lord Rubin.

Falco alzò gli occhi dalla mappa: un uomo dal volto ricoperto di cicatrici e la mascella sporgente entrò nella sala, indossava un'armatura leggera di cuoio rinforzato, con un elmo con in cima la pinna caudale di uno squalo, era ricoperto di sangue.

«Capitan Falco» disse lord Rubin andando incontro all'uomo, «permettetemi di presentarvi il mio uomo più fedele e coraggioso, uno dei più grandi condottieri che io conosca: ser Squalo.»

"Un altro orfano."

Falco e Squalo si fissarono. L'uomo aveva gli occhi gialli ed era grosso, decisamente grosso, almeno quanto Corvo.

"Pagherei per vederli combattere."

«È un piacere conoscervi» disse Corvo porgendo la mano al nuovo arrivato, «io sono Corvo, il quartiermastro...»

«Non mi frega niente» grugnì Squalo.

«Siete figlio dei titani?» chiese Ygg'xor, l'uomo si limitò a grugnire in risposta.

«Perdonate i suoi modi, è molto stanco.» Rubin sorrise in maniera forzata. «È appena tornato da un lungo viaggio. È un orfano. Suo padre o sua madre provenivano da una delle Isole dei Titani.»

«Non ricordo di averlo conosciuto, vent'anni fa.»

«All'epoca non aveva ancora scalato i ranghi del nostro esercito» spiegò Rubin.

Ygg'xor scrutò il volto impassibile di Squalo: aveva un tatuaggio a forma di dente di squalo sulla tempia destra, i capelli neri e lisci spuntavano da sotto l'elmo e gli ricadevano sugli occhi. Sul viso, tra una cicatrice e l'altra, aveva l'ombra della barba in crescita.

"Direi che si è scelto un nome opportuno, dopotutto."

Le mani dell'uomo attirarono la sua attenzione: la sinistra era priva di mignolo, anulare e indice, mentre in quella destra mancava il medio; entrambe erano ricoperte di cicatrici. Nella mano destra, una grossa e spessa cicatrice partiva da metà dorso e saliva, fino a scomparire nella manica della giubba.

"È uno stronzo, comunque, sembra sapere il fatto suo."

«Se il pirata ha finito di fissarmi, gradirei parlare di guerra» disse Squalo avvicinandosi alla mappa distesa sul tavolo.

«È un piacere averla con noi, ser Squalo» disse Ygg'xor ignorando l'insolenza.

«Per me no, pirata» rispose lui ringhiando.

«Suvvia, Squalo, è stato molto tempo fa.» Lord Rubin cercò di riportare la calma. «Perdonatemi, mio signore, Squalo è un tipo troppo impulsivo, è onorato di servire per lei.»

«Neanche un po'.» Squalo dava l'impressione di volerlo squartare sul posto, Falco strinse i pugni.

Lord Rubin continuava a mantenere il sorriso finto da un orecchio all'altro. «Ha avuto un passato burrascoso con i pirati.»

"Meglio prendere in mano la situazione."

«Squalo...» esordì Ygg'xor fissandolo negli occhi gialli, «sì, sono stato pirata, ma era un'altra vita, quando tu ancora succhiavi la tetta di tua madre. Ora sono un comandante di un esercito. Siamo dalla stessa parte, perciò tieni da parte il tuo odio per i nostri veri nemici, intesi?»

Dopo qualche secondo, il gigante dalla mascella squadrata sogghignò, snudando i denti. Falco notò che se li era fatti limare, sembrava davvero la bocca di uno squalo.

«Intesi» disse Squalo, «ma il mio rispetto dovrete guadagnarvelo sul campo di battaglia.»

«Così sia, considero la questione conclusa.»

«Possiamo procedere, dunque?» Lord Rubin fece un cenno a Pyr'rs, che srotolò un'altra mappa d'Oltremare sopra l'altra, su questa vi erano disegnate delle frecce con le direzioni dei vari eserciti e sotto ogni città vi era il numero approssimativo della guarnigione interna rimasta in città.

«Siete infiltrati nel regno a un livello che non mi sarei mai immaginato» osservò Falco.

«Sono anni che prepariamo questa invasione.» Si impettì Rubin. «Per avere una testa di ponte bisognerà conquistare porti del regno. Squalo e i suoi prenderanno Nuovo Sole, che è il più difficile, ma è ben preparato a farlo e ha quasi seimila uomini delle Isole Brillanti e trecento cavalieri.»

«Mi bastano due ore per conquistare quella tana di ratti» disse Squalo con tono sicuro. Lord Rubin lo guardò torvo.

«Niente spargimenti di sangue. La gente del posto ci serve, limitati a far fuori i Burnell, non risparmiare nessuno.»

«Fremo dalla voglia.»

Lord Rubin sbuffò e tornò a rivolgere la propria concentrazione alla mappa.

«Voi, capitano Falco, attaccherete Primo Poggio, mentre messer Corvo comanderà l'assalto a Foce del Giusto. Dovrete dividervi gli uomini, saranno circa duemilacinquecento a testa, ma dovrebbero bastare.» Il lord indicò le due città sulla cartina. «Mi raccomando, offrite la possibilità di unirsi alla nostra causa, non dilettatevi in inutili stermini o razzie. È essenziale che il popolo non ci consideri invasori sanguinari, ma liberatori dalla guerra civile.»

«Rogh?» chiese Corvo. «È il porto più potente d'Oltremare, i Valverk sono lontani con i loro alfieri, conquistarlo sarebbe perfetto.»

«Rogh e Città Cava sono fuori discussione» disse Squalo. «Non abbiamo le forze per prendere delle città così grandi e potenti, re Evlan ha lasciato la flotta di guardia al porto, non è uno stupido.»

«Ora è chiaro» annuì Corvo.

«E questa è la parte facile...» considerò Ygg'xor.

«Avete un mese di tempo per conquistare le città e mantenerne il controllo. Poi dovete riorganizzare le forze e marciare verso Arthemys, dovete prenderla prima dell'inverno o sarà la fine. Non possiamo gestire un assedio d'inverno, non con gli occhi-gialli.» Rubin fece una pausa, batté le mani e i due servitori che avevano portato il tavolo rientrarono nella sala. «Portateci del vino!»

I servitori annuirono e uscirono con la testa bassa.

«Sono muti?» chiese Falco.

Lord Rubin sorrise. «Ho fatto strappare la lingua a tutta la servitù del palazzo, in modo che nessuno possa spifferare in giro ciò che inavvertitamente può sentire durante il proprio lavoro.»

«C'è una falla nel vostro geniale piano» costatò Corvo.

«Sarebbe?»

«Possono scrivere.»

Lord Rubin scoppiò in una fragorosa risata, seguito da Squalo.

«Davvero credete che questi idioti sappiano scrivere?» disse quest'ultimo.

"Io sarei più attento a chiamarli idioti, qualcuno che sa scrivere potrebbe davvero esserci."

I due servitori tornarono con una caraffa di vino e quattro bicchieri, ne diedero prima uno a lord Rubin, poi a Falco e Corvo, e infine a Squalo. Questo prese il bicchiere con la mano sinistra e lo fece cadere, frantumandolo in mille pezzi.

«Idiota! Guarda cosa hai combinato! Lo hai fatto apposta vero?» Squalo afferrò il servo per la camicia e scoprì i denti ringhiando, come una bestia feroce.

Il servo scosse la testa, cercando di non incrociarne lo sguardo.

«Hai paura, stupido?»

Il servo annuì.

«Fai bene ad avercene, ora vattene.» Squalo lo spintonò via e il ragazzo corse fuori dalla sala, pallido come un cadavere.

«Ti sei divertito abbastanza?» chiese Corvo riempiendosi il bicchiere di vino rosso.

«Fatti gli affari tuoi.»

«Testa di cazzo.»

Squalo sorrise beffardo.

«Signori miei, manteniamo un certo decoro.» Lord Rubin intervenne nuovamente a placare gli animi. «Siamo tutti agitati per l'imminente guerra, ma dobbiamo mantenere i nervi saldi.»

Corvo riempì il bicchiere di Falco, che lo ringraziò

con un cenno del capo. «Parlatemi di Arthemys» disse, e bevve un sorso, il vino era corposo e fruttato.

«Con piacere.» Lord Rubin allargò le braccia, un'espressione sorniona sul viso rotondo. "Deve aspettare questo momento da una vita."

«Arthemys è il cuore dei ribelli, uomini fedeli a re Nemil, che non credono che la sua morte sia avvenuta a causa di una fatalità.» Alzò un sopracciglio e guardò Ygg'xor.

"Lui sa."

Rubin proseguì. «È la loro fucina, come lo era del regno d'Oltremare. In città c'è una delle tre torri di studio dell'Ordine, l'altra è a Città Cava e l'altra ancora nella capitale, Makhan. Inutile dire la quantità di opzioni difensive di cui è dotata la città. Conquistandola, potremo avere a nostra disposizione tutte le risorse belliche che custodisce. Per questo è così importante, dobbiamo essere veloci, un assedio in pieno inverno equivarrebbe a un suicidio.»

«Le forze dei ribelli non penso che rimarranno a guardare mentre prendiamo la loro città più importante» osservò Falco.

«Hanno i loro problemi» disse Squalo, «in questo momento re Evlan sta combattendo le truppe reali tra le Colline del Vento. Berser, da quanto ne sappiamo, è rinchiuso nel palazzo a Makhan, da giorni. Il popolo pensa che Mary la Candida gli abbia attaccato qualche malattia.»

«Mary la Candida?» chiese Falco.

«La moglie dell'attuale re» spiegò lord Rubin, «è una bastarda. Dicono che sia una occhi-gialli.»

Squalo grugnì.

«Nulla di male in ciò» si affrettò a dire Shines. «Ma

ha una certa nomea tra il volgo... Candida non è riferito alla sua purezza.»

Ygg'xor sorrise. «Una regina puttana, potrebbe tornarci utile in futuro.»

«L'esercito del regno è diviso e senza una guida forte, è il momento perfetto per attaccare.» Squalo piantò un coltello nella cartina nel punto dove si trovava Arthemys. «Inoltre, Nuovo Sole sta muovendo le truppe proprio verso la città, potremmo prendere due piccioni con una fava. Si indeboliranno l'uno con l'altro.»

«Sbaglio o Arthemys non è mai stata presa prima?» chiese Falco bevendo un altro sorso.

"Davvero buono questo vino." Porse il bicchiere a Corvo che glielo riempì ancora.

«Finora» sorrise il suo quartiermastro.

«Così mi piaci.» Falco gli sorrise di rimando. «Allora è deciso, tra due mesi ci ritroveremo a festeggiare con il miglior vino delle cantine di Arthemys, oppure i corvi banchetteranno con i nostri corpi. Non si torna indietro!»

"Che merda di situazione."

«Che i titani vi guìdino» disse lord Shines.

«Che la Grande Siccità possa giungere» rispose Squalo, Corvo rimase in silenzio.

"È troppo attaccato ai suoi Dèi..."

«Spero non subito» Ygg'xor alzò in alto il calice, «come faremmo senza vino?» Rise e si scolò il bicchiere tutto in un sorso, con il prezioso nettare che gli colò lungo la barba.

Il consiglio di guerra fu breve, Rubin aveva già organizzato tutto e non fece altro che snocciolare il resto del piano di sbarco a Falco e Corvo.

Una volta finito, Ygg'xor andò nella corte interna. Da solo, immerso tra gli alberi, il cinguettio degli uccelli e... lo stridio di Uncino. Alzò un braccio e il falco pellegrino gli si poggiò sull'avambraccio, sentì gli artigli infilarsi nella carne, ci era abituato.

«Come stai?» Accarezzò la testa di Uncino, il rapace si lasciò lisciare le piume del capo. «Vuoi venire con me?» gli chiese. «Io so che sei forte, ma dovrai essere anche attento, non voglio che una freccia possa infilzare queste belle ali.»

Il cortile interno era silenzioso e calmo, il posto ideale per Ygg'xor dove trovare un po' di quiete. Si sedette su una panca in pietra continuando ad accarezzare il suo falco.

"Quello Squalo è un pazzo sanguinario, temo che mi causerà diversi problemi..."

Uncino stridette e Falco lo lasciò libero di volare, lo guardò scomparire nel cielo.

"Come sarebbe bello poter vedere il mondo da lassù, ogni problema deve sembrare così piccolo, così insignificante..."

«Il mio signore è più interessato al suo uccello che a me?» Era Sah'wa, avrebbe riconosciuto la sua voce tra mille. Non l'aveva nemmeno sentita arrivare. Si voltò e vide che era nuda, i capelli neri le ricadevano sui seni, coprendole i capezzoli scuri; la pelle abbronzata era lucida, coperta da qualche olio profumato che copriva il solito odore di violetta.

«Vieni qua, schiava» le ordinò.

«Si, mio padrone» gli rispose. Si avvicinò e gli accarezzò il pene da sopra i pantaloni. Con mani abili, la donna gli slacciò la cintura e gli calò le braghe.

«Vedo che il mio capitano ha già issato le vele»

commentò ammiccando, prese il suo uccello in bocca e iniziò a succhiarlo.

Falco le accarezzò i capelli e chiuse gli occhi. Sah'wa era un'amante perfetta. La fece sdraiare a terra, le aprì le gambe e la penetrò. I grandi seni ondeggiavano dopo ogni colpo.

«Mio capitano...» sussurrò Sah'wa mentre emetteva dolci gemiti di piacere. Falco prese i suoi seni tra le mani ed aumentò il ritmo, i gemiti di lei divennero urla.

"Deve assolutamente venire con me anche ad Arthemys. Se proprio devo morire, voglio almeno farmi una bella scopata prima."

«Sono la vostra schiava, potete farmi tutto quello che volete.» Sah'wa gli prese una mano e gli succhiò l'indice.

Falco la riempì col suo seme mentre lei gli sussurrava parole per lui ormai vuote di significato, poi le si sdraiò accanto e chiuse gli occhi. Si sentiva sfinito, l'ultima cosa che sentì furono le delicate dita della donna tra i capelli.

Una stanza bianca. La luce del sole che si rifletteva sulle pareti era così forte che dovette strizzare gli occhi per non essere accecato. Intravide una ragazza vestita di bianco, dai capelli neri, era girata di schiena. La stanza era vuota, non c'erano finestre.

"Ma da dove entra questa luce?"

«Sah'wa?» chiese, la ragazza si volse, non era l'avvenente prostituta delle Isole dei Titani: era più magra, i lineamenti più affilati. La ragazza non aveva più gli occhi, quelle cavità lo fissavano scrutandogli nell'anima, la sua bocca si muoveva in un sussurro impercettibile.

«Chi sei?» le chiese, facendo un passo avanti.

«Uccidimi.»

Le viscere di Falco si strinsero in una morsa.

«Uccidimi. Uccidimi.» Il sussurro divenne un grido.

Sangue iniziò a sgorgare dalle cavità oculari e dalla bocca della ragazza.

«Uccidimi!»

"No!" Cercò di urlare Falco, ma la sua bocca non emise alcun suono. Riprovò e riprovò ancora, era diventato muto. Il terrore lo paralizzò.

La ragazza si avvicinò.

«Uccidimi.»

Viso contro viso, la litania della ragazza gli rimbombava nella testa ogni secondo più forte.

«Uccidimi.» Lo baciò.

Falco sentì il suo sangue in bocca, caldo. Il sapore metallico gli accarezzò le papille e gli scese in gola, gli bloccò la respirazione. Cominciò a tossire sangue dal naso, senza riuscire a staccarsi dal bacio della ragazza.

«No!» Falco si svegliò di soprassalto, fradicio di sudore.

Era nella sua stanza nella torre nord, le candele sulla cassapanca ai piedi del letto si erano quasi esaurite del tutto. Si asciugò la fronte imperlata con il dorso della mano, ansimava.

«Cosa *no*? Mio signore?» mugolò Sah'wa.

Falco scosse il capo. «Niente, era solo un incubo. Torna pure a dormire.»

Sah'wa rise, gli passò le unghie sul petto inondandolo di brividi. «Conosco un rimedio infallibile contro gli incubi...» Scese con la mano.

Nessuno dei due dormì più quella notte.

10 - ERYN

Scese le scale, i gradini in legno scricchiolarono sotto i suoi stivaletti. Attraversò il soggiorno, i suoi passi vennero attutiti dal tappeto consunto che un tempo doveva essere stato verde, passò dietro la sedia dall'imbottitura sgualcita e trovò Cyara in cucina, intenta a preparare la colazione, uova e pancetta. Il profumo le stuzzicò l'olfatto e le fece venire l'acquolina in bocca.

«Buongiorno, mia cara Eryn» disse rivolgendole un sorriso l'alta donna dai capelli ramati e mossi, aveva un bel viso, anche se la gobba sul naso stonava con i suoi lineamenti delicati. «Dormito bene?»

«Buongiorno, Cyara» rispose con uno sbadiglio. «Ho fatto un incubo.»

«Il mostro?»

«Sì.»

«Vedrai, passerà, devi solo far passare il tempo.»

Cyara le servì la colazione e una caraffa d'acqua fresca e si sedette con lei.

«Tu non vuoi?»

«Non ho molta fame offi.»

Eryn cominciò a mangiare, il salato della pancetta

era attenuato dal tuorlo dolce delle uova, adorava quella colazione, anche quando era a Makhan. Doveva tutto a Cyara. Era stata lei a uccidere il mostro che stava sbranando Ceaser, l'aveva accolta in casa sua e si occupava delle ferite della sua guardia reale. Cyara era l'erborista di quel villaggio chiamato Layard, ma Eryn l'aveva vista maneggiare molto bene anche le armi. Abitava nella casa più grande del paese, una villetta su due piani, con molte stanze, anche se perlopiù vuote. Cyara era molto rispettata dalla gente del posto.

«Eryn, vai tu alla fattoria a cambiare le bende a Ceaser? Ormai dovresti essere in grado di farlo da sola, passa anche da Walt a prendere del pane.»

«Sì, ci penso io.»

"Non si è ancora svegliato... eppure sono passate quasi due settimane. Dèi, vi prego..."

«Stai tranquilla, Eryn, ha subito delle gravi ferite» Cyara sembrò leggere il suo pensiero solo dall'espressione. «Se l'è cavata per un pelo. Ha entrambe le spalle devastate. Preferisco tenerlo addormentato con il mio preparato di erbe e risparmiargli la sofferenza.»

«Potrà tornare a combattere?» Bevve un sorso d'acqua.

«Non lo so, piccola mia.»

"È successo tutto per colpa mia. Ceaser rimarrà storpio perché non sono stata in grado di aiutarlo."

Sentì lo stomaco stringersi, le era passata la fame, lasciò uova e pancetta a metà, salutò Cyara con la mano e andò nella sala che la donna usava per la lettura. Uno scaffale ricolmo di libri riguardanti erbe mediche occupava un'intera parete, lo superò e aprì la cassapanca in fondo alla stanza, prese la cesta con le bende pulite, il vino acido per pulire le ferite di Ceaser e uscì di casa.

Layard era un piccolo villaggio nelle Colline del Vento: un agglomerato di una ventina di case che si affacciavano sulla strada principale, tutt'intorno si estendevano campi di grano e carote, insieme a terreni a riposo ricoperti d'erba.

Le botteghe erano poche: Walt era il fornaio, Gerrig era il macellaio e Valeris era un vecchio fabbro di Ultimo Passo stufo della vita caotica della città. C'era una grande fattoria dove gli abitanti si davano da fare ad allevare cavalli, maiali, vacche, pecore e galline. Eryn passò davanti alla sola taverna del posto, *La Vecchia Baldracca*, la cui insegna odorava di vernice fresca.

"Vivere qui non è male, potremmo anche crearci una vita, io e Ceaser..." Sognò ad occhi aperti. "Tutti quelli che mi conoscevano adesso sono morti, è il momento migliore per sparire."

Era stata innamorata di Ceaser da bambina, quando era stato destinato alla sua guardia personale. Crescendo aveva rinunciato a quell'amore infantile, sapeva che suo padre l'avrebbe data in sposa a Relon di Rogh, che si era già distinto in numerosi tornei sebbene fosse poco più grande di lei, il cavaliere più bello del regno.

"Sarebbe stato anche un buon marito?"

Ma suo padre non c'era più, così come sua madre. Lei non era più una principessa, avrebbe potuto sposare Ceaser e nessuno si sarebbe opposto.

Passò da Walt a prendere il pane e si diresse per la strada principale verso la fattoria.

Il cielo era coperto da nuvole grigie. Inspirò a pieni polmoni l'aria fresca del mattino, il profumo del pane appena sfornato che aveva nella cesta le riempì le narici.

Salutò un paio di contadini che conosceva di vista e Masell, un uomo barbuto esperto nell'allevare i cavalli, le aveva anche insegnato a sellarne uno.

Entrò nella fattoria, il puzzo di letame le contorse lo stomaco.

"Non sei più una principessa ora. Sei una donna di campagna, non puoi fare la schizzinosa."

Mosche svolazzavano sulle merde di vacca e di cavallo, l'ambiente era saturo di ronzii.

Andò fino all'ultima recinzione per cavalli, quella vuota. Posò la cesta per terra, scostò con un piede il pagliericcio dal pavimento e aprì il chiavistello della botola.

Recuperò la cesta e scese attentamente i ripidi gradini in legno anneriti dal tempo.

La fioca luce delle candele che illuminavano la stanza nascosta si andava spegnendo, Eryn appoggiò la cesta accanto a Ceaser e prese quelle nuove dal baule nell'angolo. Ne accese così tante da far risplendere il piccolo nascondiglio.

"Cyara mi ucciderà..."

Il suo cavaliere era febbricitante e respirava con affanno.

Un nodo le si strinse in gola nel veder Ceaser ridotto così, smagrito, con la barba che era diventata lunga e gli occhi infossati, la tunica sporca gli stava larga, i capelli sudati attaccati alla fronte.

"Ti prego, Ceaser, rimani con me, non mi abbandonare anche tu."

Eryn si costrinse ad essere forte, tolse le bende piene di sangue e pus dalle spalle.

Umidificò un panno con il vino e lo passò sulle ferite. La pelle era quasi rimarginata del tutto nei punti colpiti dal mostro, ma i grossi artigli dello *spirito antico* – così lo aveva chiamato Cyara – avevano lasciato tre grosse concavità nel muscolo. Inoltre, c'era il foro della freccia allargato dalla spada, che spurgava ancora pus, nonostante tutto il tempo trascorso.

Asciugò la carne viva di Ceaser con le bende pulite e poi rifece la bendatura come Cyara le aveva insegnato. L'uomo emetteva deboli versi, perso nei sogni provocati dall'elisir dell'erborista.

Eryn gli accarezzò la tempia, scostandogli una ciocca, era fradicio di sudore, bollente. Si chinò su di lui e gli diede un bacio in bocca.

Le sue labbra scottavano.

I giorni passarono e Ceaser lentamente migliorò.

Eryn aiutava Cyara con le faccende domestiche e a preparare i suoi medicamenti. Ogni tanto, la notte, andava nella stanza segreta nella fattoria e dormiva per terra accanto alla sua guardia.

Continuava ad avere gli incubi.

Continuava a sognare quelle zanne ricurve insanguinate, quegli occhi neri e vuoti. Vedeva il corpo di Ceaser che veniva dilaniato tra atroci urla.

Gli abitanti di Layard non le davano confidenza, salvo Masell, Walt e Rora, una ragazza esile e graziosa; si limitavano a rispondere ai suoi saluti e a porgerle un sorriso.

Eryn sapeva cosa pensavano. Da quando Cyara aveva ucciso lo spirito antico, gli abitanti sussurravano che lei e Ceaser avessero portato sul villaggio una maledizione, qualche giorno dopo il loro arrivo, infatti, lord Chrane aveva rastrellato i giovani in grado di combattere e li aveva portati via, per combattere la guerra che i Valverk avevano cominciato contro suo zio.

"Makhan mi sembra così lontana…"

Quel giorno lo passò nel bosco, a raccogliere erbe medicinali, stava attenta a ogni possibile rumore e sobbalzava anche per un ramo spezzato, ma si costringeva a farlo.

"Non voglio avere paura per tutta la vita."

Tornò a casa per cena con la cesta piena di erbe, la poggiò sul tavolo in soggiorno, dove Cyara aveva acceso un bel fuoco nel caminetto in pietra.

«Cyara!» la chiamò, «puoi controllare che non ho preso niente di velenoso?»

«Arrivo!» gridò lei dalla cucina. «Fammi solo finire qui…»

Eryn si andò a scaldare davanti al camino, le dita intirizzite dal freddo.

«Vediamo cos'abbiamo qui…» Cyara cominciò a tirare fuori le erbe dal cesto e a spargerle sul tavolo. «Notevole, hai trovato dell'aconito.»

«Può servire a Ceaser?» chiese Eryn da sopra la spalla tenendo le braccia distese verso il fuoco.

«No, devi stare attenta, in dosi troppo elevate è letale.»

«Non ricordo ancora bene i nomi, scusa.»

«Figurati, tranquilla.» Cyara studiò con attenzione anche le altre erbe che aveva trovato, Eryn faceva ancora fatica a ricordarsi i nomi, la sua mente si concentrava più sulle figure.

«Hai trovato della celidonia, ottimo… del caprifoglio…e dello spincervino. Può essere utile se vuoi far andare Ceaser di corpo.»

Eryn si rabbuiò e si volse verso la donna. «Niente di utile?»

«Come no?» le sorrise Cyara. «Per Ceaser no forse, ma sarà tutto utile per gli altri abitanti di Layard.» Inclinò il capo verso la cucina. «Mangiamo qualcosa?»

Lo stomaco di Eryn brontolò in risposta.

Cyara aveva preparato un ottimo stufato di maiale, insaporito con sedano, carote e timo.

Eryn mangiò in silenzio, la candela in centro tavola illuminava poco. C'era un'atmosfera triste, anche se Cyara si sforzava di essere sempre sorridente.

«C'è qualcosa che non va, cara?»

Eryn ci pensò un attimo su. «Perché era qui quel mostro?»

«Non lo so.» Prese un cucchiaio di stufato, masticò e deglutì.. «Gli spiriti antichi...» proseguì la donna, «solitamente vivono nella foresta ai confini del mondo. La Foresta Antica. È molto strano che uno di loro si sia spinto fino a qui. I sacerdoti dicono che siano i sopravvissuti degli Dèi dalla guerra con i titani, privati della ragione e trasformati in orribili bestie mortali molto prima che l'uomo calcasse queste terre... fandonie, non ti preoccupare. Hanno fatto un gran miscuglio...» Bevve un sorso di vino.

«Sì, ne avevo sentito parlare ma pensavo fossero solo una leggenda... ma veramente possono essere i discendenti degli Dèi?» Le era di nuovo passata la fame. "Chissà come sta Ceaser..."

Cyara scosse la testa. «Secondo me no, i veri discendenti degli Dèi siamo noi. Gli spiriti antichi sono animali primordiali, come gli araldi, ma non hanno niente di divino. Chissà quanti altri mostri sconosciuti ci sono nella Foresta Antica e nella Grande Dorsale, accanto cui sorge la stessa Makhan. Pensa che c'era una storia quando abitavo sulle montagne a Gorthia...»

«Ti prego raccontamela!» Eryn adorava le storie e le leggende, si riempì il bicchiere di vino e lo prese con entrambe le mani, reggeva poco l'alcol, quindi doveva farsi bastare quel bicchiere. Cyara scoppiò a ridere.

«Bevi adesso?»

«Ho deciso di cominciare» sorrise Eryn.

«Conosco qualcuno che apprezzerebbe molto...» Gli occhi di Cyara si persero nel vuoto per qualche istante.

«Davvero? Chi?»

«Non importa.»

«La storia?» la incalzò Eryn, e bevve un sorso di vino.

«Va bene. Allora... Vedi, a Gorthia, nel Massiccio Centrale, si raccontava che durante l'Ultima Guerra dell'Età degli Antichi, circa mille anni fa, vi furono degli uomini che abbandonarono gli Dèi e iniziarono a adorare i titani. Lo fecero per codardia, avevano paura che i titani vincessero. Così Re Ealar Temnel, il Flagello dei Titani, li condannò tutti per tradimento e diede loro la caccia. Alcuni fuggirono e fondarono le Isole dei Titani. Quelli che vennero catturati, furono spediti sulla Cima del Tormento, la vetta più alta del Massiccio Centrale di Gorthia, a scontare la loro pena.»

Cyara abbassò il tono della voce.

«Si dice che fra di loro vi fosse anche il fratello di Ealar, il Principe Senzanome, che Ealar fece cancellare dalla storia. Le condizioni erano disumane e la gente moriva di stenti, il Senzanome iniziò a fare sacrifici umani in onore dei titani, arrivò perfino a mangiare sua moglie su un altare. La leggenda dice che i titani furono talmente soddisfatti della sua dedizione che gli concessero una parte del loro potere. Così lui e la sua gente si trasformarono pian piano in esseri che di umano avevano ben poco: crebbero di statura, la loro pelle diventò grinzosa e squamata, persero l'udito. In compenso potevano vedere al buio come i gatti e il loro olfatto migliorò. Si dice che, durante il nono mese di ogni anno, questi esseri scendano dalla Cima del Tormento per andare a nutrirsi nei villaggi delle montagne. Gli abitanti li chiamavano i Fagocitatori.»

«Tu li hai mai visti?»

«No, ho vissuto per anni su quelle montagne, ma dei Fagocitatori nemmeno l'ombra, è una storia per spaventare i bambini.» Si lasciò andare sullo schienale della sedia. «Solo una storia.»

«Mi sono sempre chiesta come facesse Ealar a flagellare i titani. Sui miei libri non c'era niente a riguardo.»

Cyara sorrise. «Ealar godeva dell'aiuto di un antico popolo di lucertole giganti.»

«Lucertole gigante?» Eryn scoppiò a ridere. «Non ci credo!»

«Ti giuro! Così me l'hanno raccontata.»

«E come fai a sapere tutte queste cose? Che Ealar era un Temnel...» Eryn rifletté, scavando nella propria memoria. «Non c'era nei libri di Maestro Agarth a Makhan.»

«Ho vissuto più a lungo di quanto non volessi...» Il suo sguardo fu attraversato da un'ombra.

"Malinconia?"

«E sei mai stata a Città degli Dèi?»

«Vedi, ho viaggiato molto e ho visto molti luoghi, molte persone... Ho perfino conosciuto il Re Ribelle. Non Evlan, quello di adesso, Lucas.»

«Ma è morto trent'anni fa!» Eryn era sbalordita. «Come hai fatto a conoscerlo? Quanti anni hai? Sembri una donna giovane...»

«Una domanda alla volta.» Cyara rise. «Te l'ho detto, in realtà ho molti più anni di quanti non ne dimostri. Sono un'erborista mica per niente, no?»

Quella sera, mentre Eryn si stava sistemando il giaciglio vicino al suo letto di paglia, Ceaser si svegliò. «Acq... ua.» biascicò, ormai ridotto a uno scheletro umano.

Lo nutrivano con pane sbriciolato e minestre di carne e verdura ma non bastava: aveva perso molti chili, l'immobilità aveva fatto perdere definizione e tonicità ai suoi muscoli, le ferite erano guarite ma la febbre non passava.

«Ceaser! Finalmente!» Lo abbracciò e lo riempì di baci.

«Ca...lma» sorrise lui.

"Finalmente un sorriso!"

«Aspetta, ti porto qualcosa.»

Lo fece bere e gli sbriciolò del pane del giorno prima.

«Molto meglio, grazie.» Si passò la lingua sulle labbra secche. «Dove shiamo?»

«A Layard»

«Non ho idea di dove shia.»

Lei gli sorrise e gli accarezzò il viso.

Ceaser provò a mettersi seduto, senza successo, così Eryn gli sistemò il cuscino in modo che potesse rimanere un po' più sollevato con la testa.

«Ti shei tagliata i capelli, shtai bene così, piccola.» Sbiascicava un po' parlando a causa del morso alla guancia, fece una smorfia. «Parlo da shchifo...»

«Ti passerà.» Eryn rise, si passò le dita tra i capelli che le arrivavano fino alle spalle. «Ti piacciono? Non si sa mai che i nostri inseguitori passino da queste parti.

Almeno non mi riconosceranno subito... Quanto mi sei mancato, non mi sono mai sentita così sola in vita mia!» Lui le fece una carezza, le sue mani erano gelate e scosse da tremiti.

«Tranquilla, ora ci shono io con te... ma dove shiamo? E il mostro?» La sua voce era spezzata dal dolore.

«Il mostro l'ha ucciso Cyara, è un'erborista, si è occupata lei delle tue ferite. Eri messo davvero male...» Le lacrime le inumidirono gli occhi. «Qui è un bel posto per ricominciare, la guerra è lontana. Gli abitanti non mi vedono di buon occhio perché pensano che abbiamo disturbato una specie di divinità, ma c'è Masell che è molto simpatico, mi ha insegnato a sellare i cavalli e a cavalcare come un cavaliere!»

Ceaser corrugò la fronte. «Chi è questo cavaliere?»

Lei rise di nuovo. «Non è il momento di fare il geloso, ha quasi il doppio dei tuoi anni.»

Gli accarezzò il viso.

«Ho raccontato a Cyara che ci hanno attaccati, anche se ho evitato di dirle tutta la verità. E ho detto che siamo marito e moglie diretti verso Makhan per la festa dell'incoronazione del nuovo re. Lei ha deciso di sistemarti qui, nel caso quegli assassini passassero da queste parti.»

«Ci ha shalvato la vita, dovrò shdebitarmi.»

«Ci vorrà molto tempo perché tu ti riprenda, sei troppo debole.»

«Grazie di tutto, piccola... She non ci fosshi shtata tu...»

«Sono io che devo ringraziarti, mi hai salvata da quella creatura.»

«No. Ti shei presha cura di me anche quando avreshti potuto fuggire e metterti in salvo. Shei shtata shtraordinaria.»

Lo guardò negli occhi castani.

Erano gli occhi di un uomo che aveva rischiato la sua vita più volte per proteggerla senza mai chiedere nulla in cambio, era rimasto con lei anche quando tutti l'avevano abbandonata dopo la morte dei suoi genitori.

Gli si avvicinò al viso.

«Piccola che f...»

Lo baciò.

"Deve essere lui il mio primo."

Gli slacciò i pantaloni, piano, per non fargli male.

Si spogliò.

Ceaser rimase in silenzio e si limitò a osservarla.

Salì sopra di lui e lo prese dentro di sé, all'inizio il dolore fu forte mentre Ceaser si prendeva la sua virtù, ma poi il piacere prese il suo posto, anche se il senso di fastidio non svanì. Eryn si mosse lentamente, ritmicamente, continuandolo a baciare. I loro corpi uniti.

L'esplosione di lui dentro di sé la fece gemere.

Si accoccolò sul suo petto nudo, stando attenta a non toccargli la spalla, ancora in via di guarigione.

«Voglio rimanere qui con te per sempre» gli disse.

«Anche io, piccola. Ma quando sharò in forze voglio trovare quei bashtardi, e fargliela pagare.»

«Lascia perdere. Da un lato, se non fosse stato per loro, io sarei in viaggio verso Città degli Dèi, no?»

«Bè shì...» Sbadigliò. «Forshe hai ragione tu...» Ceaser crollò tra le braccia della Musa.

Eryn gli diede ancora un bacio e poi chiuse gli occhi.

Quella notte i suoi sogni furono sgombri da incubi.

166

11 - KAHYRA

Tenne lo sguardo basso mentre attraversava il piccolo mercato del borgo, si concentrò sulla punta dei propri stivali, guardando il selciato della strada, Sven la teneva sottobraccio.

«Non fare così, Kahyra, attiri l'attenzione più di quanto facessi se ti comportassi normalmente.»

«Scusami.» Raddrizzò la testa.

Erano entrati nel villaggio per fare provviste, la traversata di Gorthia andava facendosi più lunga di quanto avesse pensato.

«Sei rigida come un bastone» le sussurrò Sven. «Sembra che hai qualcosa da nascondere.»

«Forse perché ce l'ho?»

«Sì, ma non è molto furbo andare in giro come se davvero ce l'avessi. Capito?»

Kahyra sbuffò in risposta.

Sven la condusse tra la gente del mercato e le bancarelle con naturalezza, lei si sentiva sempre più a disagio. "Tutti potenziali traditori."

Il biondo si fermò davanti a una bancarella del pesce, da cui comprò delle aringhe sotto sale.

«Si conservano tanto e se le spalmi sul pane con

un po' di burro sono una delizia» le disse mentre il venditore le avvolgeva in un panno.

«Sarà...»

«Grazie» disse Sven al mercante, mise le aringhe nella bisaccia e si reimmise nella folla. «Vedi, basta essere gentili e la gente non sospetta di nulla.»

«Questo lo dici tu.»

«Sorridi un po'.»

«Non ho nulla per cui sorridere, la mia vita...»

«...si è rovinata per sempre, e le solite cose.» Sven scoppiò a ridere. «Sei qui, libera di girovagare per il mondo, e vi lamentate? Devi vivere, fallo per tuo padre, per Asyl, per tutte le persone che hanno messo a repentaglio la loro vita per farti essere qui ora.»

Kahyra lo guardò sbalordita.

«Ma sei sempre lo Sven che conosco io?»

«Sono una testa di cazzo, ma ho tanti lati che non mostro a nessuno.»

«Non mi dispiace questo tuo lato.»

Sven si tolse un ricciolo dagli occhi e le sorrise. «Nemmeno a me il tuo...» Il suo sguardo si illuminò. «Guarda! Ho risolto i tuoi problemi!» Indicò un bancone che vendeva mantelle.

«In che senso?»

Sven si tolse da sotto il suo braccio e saltellò verso la bancarella, prese una mantella nera e la sollevò verso di lei prima che la mercante potesse dire qualcosa.

«Questa è perfetta, Lorraine?»

«Lorraine?»

«Il tuo nome segreto» le sussurrò lui. Kahyra prese la mantella, era un buon tessuto, il cappuccio era a punta e sembrava abbastanza grande, si legava al collo. "È perfetta per nascondere i miei capelli."

«Così quando andiamo in giro puoi stare più tranquilla. La compro?»

Kahyra annuì.

«Quanto costa?»

«Dieci monete d'argento» rispose sicura la mercante.

Sven sbiancò. «Otto d'argento e cinque di rame.»

«Nove e tre di rame.»

«Sette e otto di rame.»

«Nove e cinque di rame» alzò il tiro la mercante.

«Sven...» Lo tirò dalla manica. «Paga e basta.»

«Non ci penso nemmeno.» Si voltò di nuovo verso la mercante. «Sei d'argento e dieci di rame.»

La mercante negò con la testa.

«Allora non la vogliamo.» Sven ributtò la mantella sul bancone, prese Kahyra sottobraccio e fece per allontanarsi.

«Ma cosa fai...»

«Shhht...»

«Aspettate!» gridò la mercante. «Va bene sette d'argento e otto di rame.»

Kahyra guardò Sven con rinnovata sorpresa e lui le rivolse un sorriso sornione.

«Devi fidarti di me» le fece l'occhiolino.

Fu una bella giornata.

Pranzarono nel borgo, che Kahyra scoprì si chiamava Vertram. Girarono per le sue viuzze e i suoi vicoli, scoprirono piccoli angoli di bellezza: alle pendici del castello c'era una cascata e un piccolo lago termale, gli abitanti ci andavano spesso a fare il bagno nudi e a lavare i vestiti.

Sven non se lo fece ripetere due volte, si denudò e si buttò dentro, Kahyra rimase sulle rive, a godersi l'aria fresca del pomeriggio e le urla e le risate delle persone.

Sembrava tutto così perfetto.

"C'è un mondo stupendo qua fuori... Un mondo costruito da mio padre, e ora Arhak lo spazzerà via."

«Lorraine!» la chiamò Sven, l'acqua gli arrivava al bacino, tanto basta a nasconderne le pudenda. «Vieni! Buttati!»

Kahyra negò con il capo. «Non oggi!»

«E quando?» chiese Sven schizzandola con l'acqua calda. «Domani potresti essere morta!»

«Correrò il rischio!»

Il biondo rise, le fece la linguaccia e si gettò di nuovo nel lago di schiena.

"Poteva andarmi peggio, come compagno di viaggio."

La sera arrivò troppo in fretta. Raccolsero le loro cose e ripartirono verso sud.

Dopo un'ora si accamparono e per cena mangiarono le aringhe con burro e pane.

Kahyra le trovò deliziose.

«Dove stiamo andando?» chiese a Sven buttando giù il boccone.

«Pensavo di arrivare a Shirod e poi di prendere una nave, è più sicuro. Più di continuare a viaggiare sulla terraferma guardandoci sempre le spalle.»

«E come arriviamo a Grande Porto?»

«Una cosa alla volta.»

«Per questo volevi andare verso sud?»

«Sì...» Sven deglutì. «È per questo.»

«Come conosci così bene Gorthia?»

«Cazzo...» scoppiò a ridere Sven. «Ci ho vissuto, sono nato a Città degli Dèi, ma mio padre mi ha portato molto in giro nei suoi viaggi, quando non erano troppo pericolosi. E poi, all'Accademia ci fanno imparare a

memoria ogni anfratto di questa maledetta terra...»
Strappò un pezzo di pane con i denti. «Per non parlare
della maledetta Oltremare.»

«Anche io ho studiato Gorthia, ma non ricordo bene
le cose come te.»

Sven fece spallucce, bevve un po' di vino dalla
borraccia e ruttò. «Che vuoi che ti dica.» Si passò una
mano tra i riccioli biondi. «Fai tu il turno di guardia per
prima oggi?»

Lei assentì. «Pensa a riposarti, Cacciatore.»

Era da poco arrivata l'alba.

Kahyra e Sven smontarono l'accampamento e
proseguirono verso sud tenendosi lontano dalle strade
principali.

Non avevano più incontrato le Sorelle della Morte.
Ma si stavano avvicinando alla costa. per sicurezza solo
Sven andava a fare provviste.

"E a divertirsi nei bordelli."

Kahyra accarezzò il collo muscoloso del suo
palafreno.

Ci volle qualche altra ora prima che giungessero
in vista della loro meta: Shirod, un piccolo villaggio
affacciato sul Mar Bywyd.

«Kahyra, aspettami qui» disse Sven. «Vado a cercare
un capitano disposto a portarci fino a Oltremare. Ho
tenuto da parte una moneta d'oro e due d'argento,
sono le ultime rimaste, spero bastino.» Il Cacciatore si
allontanò a cavallo sulla strada in terra battuta.

"Se non avessi speso almeno metà del nostro denaro
in prostitute, a quest'ora avremmo potuto comprarcela,
la barca."

Lo guardò scomparire tra le case di legno. Lei trovò

una piccola radura in un boschetto lì vicino, si accampò e si mise a strigliare Fulmine, il movimento ritmico la rilassava.

"Devo trovare delle tracce di quell'arswyd e di quel Cacciatore... forse ho sbagliato tutto, ma non posso più tornare indietro, sono un'assassina e una traditrice per la mia gente. Padre, perché non mi aiuti?"

Tutte le notti sognava di essere con lui. Nella sala da pranzo del Palazzo d'Avorio, a gustare arrosto di agnello in crosta di pane con le patate delle Terre Lontane. Ogni volta, nei suoi sogni, suo padre si alzava, provava a parlare, ma tutto quello che usciva dalla sua bocca era un rantolo di dolore, poco dopo crollava con la faccia nel piatto.

Sven una volta si era avvicinato e aveva provato ad abbracciarla ma lei lo aveva respinto.

«Stai al tuo posto, Sven!» Gli aveva ordinato, folgorandolo con i suoi occhi di ghiaccio.

«Ormai dovreste lasciarvi andare con me, Lady Kahyra, voglio solo aiutarvi» le aveva risposto con aria spaventata, ed era tornato a dormire.

Da quella volta non aveva più provato a toccarla.

Sven tornò che il sole era già tramontato.

«Buonasera, Kahyra.»

Lei era stufa marcia di aspettarlo senza aver nulla da fare e non lo salutò nemmeno, si limitò a fissare la fiamma del fuoco che aveva acceso.

"Potrei buttarlo dentro..."

«Questo comportamento non si addice a una principessa, guarda cosa ti ho portato.»

Le lanciò in grembo un pezzo di cioccolato, lei lo guardò con occhi strabiliati, era da quando aveva lasciato Città degli Dèi che non vedeva il cioccolato.

«Ma... come sei riuscito a trovarlo? In questo posto isolato?»

«La nave che ci porterà via da Shirod commercia anche con le Terre Lontane e ha la stiva piena di cioccolato» spiegò lui sedendosi su un ceppo intorno al fuoco. «Ho detto al capitano che siete una nobile lady mia protetta, destinata in sposa al figlio del lord del Mare Interno, probabilmente non sa nemmeno di cosa sto parlando. Nemmeno io del resto. Se non sbaglio lord Tulwick non ha figli.» Sven fece spallucce e addentò anche lui un pezzo di cioccolato, poi riprese a parlare. «Si parte domani mattina subito dopo l'alba, perciò vedi di svegliarti in tempo.»

"A me lo dice, è sempre lui quello in ritardo."

Per cena mangiarono pane e formaggio di capra, Sven si era procurato anche un po' di vino ma Kahyra preferì evitare, sapeva quanto ottenebrasse la mente.

«Allora, andato tutto bene a Shirod?» chiese a Sven, mentre preparava il suo giaciglio per la notte tra le radici di una quercia che fuoriuscivano dal terreno morbido.

«Sì» rispose lui. «Perché me lo chiedi?»

«Hai un'aria triste, sei strano.»

Sven sbuffò. «È solo che...»

Kahyra smise di stendere la coperta d'orso. «Che?» lo incalzò.

«C'erano due Cacciatori, uno conosceva mio padre, mi ha riconosciuto.»

Il suo cuore si fermò. «E...» disse con un filo di voce.

«E mi ha detto che hanno ritrovato il cadavere di Nathan Dunwar, il suo Fratello, ma non il suo.»

«Non ti ha arrestato?»

«Oh no...» sorrise Sven, «non sapeva neppure che siamo scappati da Città degli Dèi, è un mese che sono sulle tracce di un arswyd. Non hanno più avuto contatti con l'Ordine, erano di passaggio a Shirod solo per fare provviste.»

Kahyra scrutò il suo volto.

"Mi sta dicendo la verità?"

«Vuoi andare a cercare tuo padre?»

«Io vorrei, ma te... non voglio trascinarti in questa storia, potremmo imbatterci in arswyd e io non sono un vero Cacciatore.» Sven scoppiò a piangere, le diede le spalle.

"È sincero..."

Kahyra si sentì male per lui.

«Mi farebbe piacere» gli disse con un sorriso. «Non temere per me, me la so cavare. Prima però facciamo calmare le acque.»

"E poi, ho sempre Vendetta con me."

«E tu invece?» singhiozzò Sven senza voltarsi. «Vuoi ancora uccidere Doran e quell'arswyd?»

«Sì. Ma sono abbastanza sicura che non sarà qui a Gorthia che li troverò, per me non c'è più niente qui.»

"Li andrò a prendere anche alla Città delle Sabbie, se necessario."

Sven si girò di nuovo verso di lei e le sorrise, gli occhi lucidi e le guance rigate dal pianto.

«Grazie, Kahyra.»

«Di nulla. Ora riposiamoci, che domani abbiamo molto da fare.»

Sven annuì. «Monto io la guardia per primo.»

«D'accordo.» Gli andò vicino, gli diede un bacio sulla guancia per tirargli su il morale e poi s'infilò nel proprio giaciglio, sotto le spesse coperte d'orso.

Chiuse gli occhi, quella sera si sentiva stranamente leggera.

Era di nuovo nella candida sala da pranzo del Palazzo d'Avorio. Suo padre la fissava, i suoi occhi chiedevano aiuto, dicevano: "Perché mi hai abbandonato?" Poteva percepire la disperazione nel suo sguardo.

"Perché mi hai abbandonato?"

Dei tentacoli le risalirono lungo il corpo fino a stringerle il seno mentre altri scendevano... verso il suo sesso.

Trasalì e si svegliò di colpo.

«Sei sveglia...» le ansimò Sven all'orecchio, era sdraiato dietro di lei che la palpava. «Kahyra, io ti ho salvata, ti sto portando in un posto nuovo.» Le leccò il lobo. «Ora però, voglio qualcosa in cambio. Ho rischiato molto per arrivare fino a qui, ho rinunciato a tutto.»

Kahyra schizzò di lato, togliendosi quelle viscide mani da dosso e subito dopo gli assestò una gomitata in faccia.

Sven urlò di dolore.

«Sei impazzita? Lurida cagna! Volevo renderti finalmente donna! Mi hai rotto il naso, cazzo!» Dal suo naso scendeva una grossa quantità di sangue, che cercò di arginare tamponandolo con la coperta di pelle d'orso.

«Come osi? Chiedi subito perdono o ti giuro sugli Dèi che non la passerai liscia.» Mantenne il tono freddo, non lasciò trasparire la rabbia che covava dentro di sé.

«Ma smettila... Ormai non vali più niente, sei una donna come le altre.»

«Beh allora grazie, ma da qui in poi io proseguo da sola.»

"Potrei ucciderlo ora, non se lo aspetta." I suoi occhi si

abbassarono verso Vendetta, l'elsa che spuntava da sotto la borsa.

«Non ci pensare nemmeno, Kahyra.» La sua faccia era ormai ricoperta di sangue. «Ho pagato per questo viaggio e verrò con te. Tranquilla, non ti rivolgerò più la parola.»

Quella notte Kahyra non riuscì più ad addormentarsi, si rigirò finché il cielo non cominciò a rischiararsi. Aveva paura, non sapeva cosa aspettarsi a Oltremare... e anche la sua unica certezza, quella di potersi fidare di Sven, era svanita.

"Sono stata sciocca, ho commesso un errore a fidarmi, non ricapiterà più."

L'indomani Sven mantenne la sua promessa, arrivarono fino al molo di Shirod senza dirsi una parola. Shirod era un piccolo villaggio di pescatori, dove la gente non vedeva di buon occhio i forestieri, le persone si fermavano a guardarli. Kahyra aveva una brutta sensazione addosso, accarezzò la criniera di Fulmine per calmarsi e si sistemò meglio il cappuccio, fino a sopra gli occhi.

"Non vedo l'ora di lasciarmi questo posto alle spalle."

C'era solo una nave ormeggiata, un piccolo veliero con una sirena come polena. Il capitano della nave alzò un braccio vedendoli arrivare.

«Benvenuti!» disse, la voce catarrosa. «Venite, venite!»

Sven smontò di sella e Kahyra lo imitò, un uomo abbronzato prese le redini di Fulmine e lo fece salire sulla nave, guardò il palafreno preoccupata.

"E se fosse una trappola?"

Una mano callosa gli si posò sulla spalla, si ritrasse

d'istinto.

«Tranquilla, lo stanno portando nella stiva» era il capitano, un uomo grasso, abbronzato, la testa pelata a forma di uovo, due grossi baffi facevano capolino da sotto il naso a patata.

"Ha un viso gentile, ma meglio stare in guardia."

«Vi do il benvenuto sulla Sirena di Lar, la più veloce nave che abbia mai solcato il Mar Bywyd e il Mar Brillante!» esclamò, poi posò gli occhi su Kahyra come se avesse notato il suo viso solo in quel momento. «Ah ma che bella fanciulla! Sven, non ci avevi detto che era così bella, vi avremmo fatto uno sconto!»

«Bellezza sprecata» commentò lui seccamente.

"Potrei dire lo stesso di te."

«Milady, mi presento» il capitano s'inchinò, «i miei uomini mi chiamano Tricheco, noti qualche somiglianza?» Il capitano rise facendo dondolare il suo doppio mento.

«È un piacere incontrarla, signor capitano. Io sono Lorraine Turly.»

«Il piacere di conoscervi è mio, Lorraine Turly. Non preoccupatevi per il vostro cavallo, è al sicuro nella stiva, gli animali patiscono le traversate.»

«Vi ringrazio per la premura.»

Tricheco sbatté le mani. «Finias, prendi la borsa alla signorina (l'aveva tolta dalla sella), non poltrire!»

Un ragazzino arrivò di corsa dal ponte della nave, le prese la borsa di mano, fece un rapido inchino e corse di nuovo sull'imbarcazione.

«Sarò lieto di ospitarvi nella mia cabina» esclamò Tricheco. «Finias sistemerà la vostra borsa in modo che non la tocchi nessuno: meglio non fidarsi dei marinai!»

«Grazie.»

«Sì, grazie» convenne Sven.

«Tu no, dormirai con la ciurma.»

«Ma perché?»

«Hai per caso una vagina?» Tricheco scosse la testa, divertito, poi unì le mani davanti alla bocca e urlò: «Forza, ciurma di leccapesci d'acqua dolce! Si parte!»

Kahyra andò a sistemarsi a prua, a osservare il mare. Quando l'aveva visto per la prima volta era troppo preoccupata di ciò che potessero pensare gli abitanti del villaggio e non si era fermata ad ammirare la sua magnificenza. Era vivo. Un qualcosa in continuo movimento, non era come la terra, ferma e tranquilla, ma qualcosa di completamente diverso.

Le onde ne increspavano la superficie, infinite, una prendeva subito il posto dell'altra.

"Sembra che niente possa scalfirlo..." Subito dopo che la nave era passata, l'acqua tornava a essere quella di prima. "Voglio essere come il mare."

«Sembrate sorpresa» l'affianco Tricheco, i baffi mossi dal vento.

«Sì... non avevo mai visto il mare.»

«Ah! Ma questa sì che è una sorpresa per me!»

Kahyra si sforzò di sorridergli.

«Sarei lieto di avervi a cena con me questa sera, lady Turly.» Le prese la mano e le baciò il dorso, i baffi la solleticarono. «Se volete concedermi questo onore.»

«Con piacere» assentì lei.

«Riempite questo vecchio cuore di gioia!» Tricheco batté sul parapetto con la mano. «Ora, vogliate scusarmi, ma questa banda di scansafatiche va sempre tenuta a bada! A stasera!»

«A stasera.»

«Forza, luridi sacche di sterco di foca!» Tricheco si allontanò verso poppa gridando ordini.

Kahyra cercò Sven con lo sguardo, ma non lo vide sul ponte.

"Sarà nella stiva anche lui?"

Per tutto il giorno ebbero la costa alla loro destra e il vento in poppa, così i marinai non dovettero remare. Cantavano ballate sconce mentre bevevano birra da grossi boccali di legno. Kahyra sentì anche i commenti che facevano su di lei e strinse l'elsa di Vendetta.

Dietro il paravento si cambiò d'abito, togliendo pantaloni e giubba a di cuoio per indossare la leggera veste di seta. Il capitano era stato categorico: le avrebbe fatto avere una cena da vera lady.

«Siete pronta, milady?» urlò Tricheco.

«Un attimo!»

Trasformò Vendetta in daga, sentì l'arsite scorrerle nelle vene, le vene della mano destra si gonfiarono e divennero scure. Nascose la morfospada alla cinta, nel fodero della sua solita daga, pronta a essere estratta quando necessario.

"Speriamo che Tricheco non lo noti."

Uscì fuori dal paravento, la cabina del capitano era nella semioscurità, una decina di candele erano sparse intorno alla tavola imbandita. Il capitano strabuzzò gli occhi vedendola.

«Siete un'autentica visione, milady.»

«Grazie.» Kahyra fece un inchino da vera nobildonna e si sedette dal lato opposto del tavolo.

«Volete del vino, milady?» Tricheco era già rosso come un peperone, e ancora non era cominciata la cena, Kahyra rifiuto educatamente con un cenno della mano.

«Meglio» disse lui, ce n'è di più per me, ah!» e si riempì la coppa. «Come mai una bella fanciulla come voi, è finita con quel buono a nulla di Sven?»

«La casata di mio padre...» Kahyra pensò bene a cosa dire. «È stata distrutta da un lord rivale, ero promessa al figlio di lord Tulwick, Sven mi sta portando da lui.»

«Capisco... brutta storia.» Tricheco finì la coppa alla goccia. «Eppure mi risulta che lord Tulwick non abbia figli... dicono che sua moglie sia sterile come il deserto.»

Kahyra gelò.

«Figlio bastardo» rispose senza pensare, Tricheco annuì convinto.

«Stupido, scusatemi, non ci ho pensato. Sono lento di testa.»

Kahyra gli sorrise. «Non dite così, capitano.»

«Oh no, è vero.» Indicò la tavola imbandita. «Prego, non fare complimenti.»

«Grazie, davvero.»

«È il minimo, quando si ha una lady a bordo.»

Kahyra mangiò il pollo arrosto con gusto, le patate con ancor più gusto e la torta di mele con lo stomaco che ormai le implorava di smetterla di ingurgitare cibo, ma non riusciva a farne a meno, ormai aveva perso il conto dei giorni in cui aveva mangiato solo pane e carne essiccata.

Tricheco le raccontò vecchie storie di mare, qualche avventura con qualche ragazza di qualche città di cui ormai si era dimenticato il nome. Persino qualche incontro con qualche mostro, ma Kahyra pensò che esagerasse gli accadimenti di proposito.

"Comunque è stato divertente."

«Io vado a dormire» disse Tricheco, la bottiglia di vino ormai vuota. «Vi auguro un buon riposo, lady.»

«Ho la cabina tutta per me?»

«Certo» le sorrise lui, gentile. «Ci vediamo domani mattina. Sia mai che faccia dormire una graziosa ragazza come lei in mezzo a questa volgare ciurmaglia, dormo io con i miei uomini» disse Tricheco, da quando Kahyra aveva messo piede a bordo si era rivelato più gentile di quanto si aspettasse.

"Troppo gentile." Pensò rigirandosi nel letto che puzzava di sporco e sudore. "Così gentile che mi sembra sospetto."

Il mattino dopo continuavano ad avere la costa di Gorthia alla propria destra.

Kahyra, preoccupata che qualcosa stesse andando storto, andò da Tricheco che stava governando il timone.

«Capitano» esordì.

«Buongiorno, milady.»

«A quest'ora ormai dovremmo essere in mare aperto, come mai abbiamo ancora la costa vicina? C'è qualcosa che non va?»

«Oh no, fiorellino delicato!» esclamò lui con aria sorpresa, la pappagorgia che sobbalzò. «Non ve l'ha detto Sven? Stiamo andando a Grande Porto a ritirare della merce e poi vi porteremo a Oltremare. Capitemi, cerco di unire l'utile al dilettevole.» Il sorriso dell'uomo a Kahyra parve forzato, ma fece finta di nulla e andò nella stiva, mentre attraversava il ponte sentì gli sguardi bramosi dei marinai spogliarla con gli occhi.

Fulmine era legato a un palo in mezzo alla stiva, aveva un'aria triste. Il cavallo di Sven era tra dei barili, al palo successivo.

"Non ha cura di niente, se non di se stesso." Scosse la

testa, provava rabbia per l'egoismo del suo compagno di viaggio.

«Anche a me non piace star qui» sussurrò a Fulmine accarezzandolo dietro le orecchie. «Abbi pazienza, a Oltremare potremo correre liberi per tutto il tempo che ci pare.»

«Come farà una delicata ragazza come te a Oltremare tutta sola?» Kahyra riconobbe la voce di Sven, biascicava, era ubriaco.

«Non sono cose che ti riguardano» rispose lei secca.

«Pensare che avresti potuto avere me, un grande Cacciatore che ti avrebbe protetta... mi hai rifiutato, puttanella! *Hic!*» Lanciò il boccale di birra che si andò a schiantare sul muro dietro di lei, si chiese se l'avesse mancata di proposito o solo perché la luce fosse poca.

Fulmine nitrì e scalciò. Kahyra snudò Vendetta, pronta a difendersi.

«Cosa vuoi fare con quello stuzzicadenti contro la mia Morfospada degli Dèi?» Sven scoppiò in una fragorosa risata.

"Così ubriaco da non ricordarsi che anche Vendetta lo è?"

Vide solo un'ombra muoversi ma sentì il rumore dell'acciaio che sfregava contro il cuoio e il legno del fodero. Capì che Sven aveva impugnato Sole.

"Vieni, figlio di una cagna, ti faccio vedere io lo stuzzicadenti."

La furia la stava invadendo, iniziava a sentir fremere le mani, l'adrenalina le scorreva nelle vene.

La mente sgombra, il suo corpo pronto a farsi guidare dall'istinto nella battaglia.

«Cosa state facendo lì? Sven, smettila immediatamente e tornatene buono.»

Una grossa ombra scese le scale.

"Tricheco."

«State tranquilla, milady, non vi farà nulla se vuole avere salva la vita. Vero, Sven?»

Sven mugugnò qualcosa. «Sì, capitano» disse infine e scomparì verso le cuccette della nave.

"Come mai Sven si lascia comandare a bacchetta da questo ciccione?"

Più tempo passava su quella nave e più Kahyra aveva una brutta sensazione.

"È sempre stato uno stupido, ma non si era mai comportato come quella sera... prima gli sbalzi d'umore, ora questo. Cosa ti hanno fatto, Sven?"

Kahyra si andò a chiudere nella cabina del capitano.

Nei due giorni seguenti, i marinai sfruttarono le ultime giornate di sole d'autunno per tuffarsi nel Mar Bywyd. Anche Kahyra ne aveva una gran voglia, ma dovette rinunciarvi.

"Non mi tufferò mai, brutti porci" aveva pensato. "Non vi darò mai la soddisfazione di vedermi con dei vestiti bagnati addosso."

Si fece il bagno con l'acqua di mare nella cabina, da sola, al sicuro.

Quella sera, come a pranzo, mangiò aringhe e cioccolata. Iniziava ad averne abbastanza delle aringhe, e anche della cioccolata. Tricheco non aveva più cenato con lei dopo il primo giorno, l'aveva lasciata sola, a marcire in quella maledetta cabina senza nessuno con cui parlare.

Non si osava a uscire col buio, sapeva che i marinai non aspettavano altro.

"Domani attraccheremo a Grande Porto e mi

comprerò qualche provvista per il viaggio."

Si addormentò nel letto puzzolente tenendo Vendetta stretta a sé.

Quando si svegliò la nave era silenziosa.

Troppo silenziosa.

Non si udivano urla provenire da oltre la porta della cabina, nessun ordine di Tricheco, nessuna bestemmia o imprecazione.

"Troppo strano."

Aprì la porta della cabina. Il porto era deserto. Sulle navi attraccate non sembrava esserci anima viva. "È un sogno?"

«Tricheco?» Urlò. «Sven?» Solo la sua eco le rispose.

Richiuse la porta della cabina, indossò giubba, pantaloni e stivali, poi prese la borsa con le sue cose e baciò il ciondolo di sua madre. "Proteggimi." Andò nella stiva e con sollievo trovò Fulmine, lo slegò e lo condusse a fatica sul ponte attraverso le scale. Il cavallo sembrava deperito, lo avevano stancato più quei quattro giorni di mare che cavalcare per mezza Gorthia.

"Questa situazione non mi piace nemmeno un po'."

Montò su Fulmine e scese la passerella ritrovandosi sul molo, il palafreno aveva il passo incerto, come un ubriaco a cui gira la testa.

"Devo andarmene di qui alla svelta."

«Forza, Fulmine!» Incitò il cavallo, che partì al galoppo. Non era veloce come al solito.

Kahyra attraversò la strada principale, anch'essa desolata.

"Ma dove sono finiti tutti?"

Non conosceva Grande Porto, ma immaginava che seguendo la strada principale sarebbe giunta ad un'uscita.

"Sempre se questa è la strada principale."

Superò una bottega di un fabbro e il negozio di un macellaio. Da dietro un vicolo, una guardia armata di lancia si mise sul suo cammino. Il cavallo si fermò di colpo, impennò e per poco non la disarcionò. Strinse le cosce per rimanere in sella e si aggrappò alle redini con tutta la forza che aveva in corpo.

In breve, Kahyra fu circondata.

Un assembramento di guardie cittadine era spuntato da ogni stradina e vicolo, indossavano un'armatura pesante e stringevano in pugno lancia o spada. Sugli scudi era inciso il simbolo di Grande Porto: una nave che cavalcava un'onda.

Si disposero intorno a lei in cerchio, tenendosi ben a distanza, le lance puntate verso Fulmine. I ranghi davanti a lei si separarono e tra la folla di uomini spuntarono Arhak, Tricheco, Sven, e un uomo che Kahyra non riconobbe, aveva i capelli mossi e neri, occhi castani e labbra sottili, una grande cicatrice gli attraversava l'occhio destro e finiva sulla guancia, lo faceva assomigliare a un animale selvatico e pericoloso.

"No, vi prego! Dèi, ditemi che non è vero, anche Sven mi ha tradita."

«Lady Reggente, o forse dovrei dire *inutile* Lady Reggente, è un piacere rivedervi.» Arhak scandì ogni parola con la sua voce profonda, la osservava come doveva aver osservato le sue prede arswyd. «Questa però, sarà l'ultima volta.»

In lei crebbe il panico.

"Sono finita. Nemmeno con Vendetta posso competere contro due Cacciatori. Che stupida, avrei dovuto capirlo prima."

185

Non aveva vie di fuga.

«Come hai potuto? Io mi fidavo di te!» disse rivolgendosi a Sven, la voce rotta dal pianto.

«Non... volevo...» Il ragazzo dai riccioli biondi aveva il capo chino, sembrava vergognarsi.

"Non mi fai pena, sei solo l'ennesimo traditore."

«Tricheco mi ha riconosciuto» proseguì Sven, «mi ha portato dal sacerdote, che ha subito contattato Arhak. Lui ha detto che mi reintegrerà, che potrò di nuovo servire gli Dèi, ma... in cambio gli avrei dovuto consegnare la traditrice.»

«Come osi chiamare me traditrice?» Le mani le tremavano dal nervoso. «Sei tu ad avermi tradito!»

«Traditrice e anche ladra» aggiunse Arhak. «Dallo scrigno mancava una spada, non è stato difficile capire chi l'aveva presa...» Le lanciò un'occhiata eloquente.

"Sono stata davvero troppo stupida. Non avrei mai dovuto fidarmi di Sven."

«Prima di ucciderla, però, dobbiamo almeno concederle i piaceri della carne» ghignò Tricheco sotto i baffi, le guardie iniziarono a ridere e a scoccarsi un cenno d'intesa.

«Sei mia, biondina!» gridò qualcuno.

"Venti, trenta... ma quanti sono?"

Kahyra fece voltare Fulmine in cerchio cercando almeno una possibilità di fuga. Ma la sua unica via era parlare, cercare di prendere tempo e inventarsi qualcosa.

«Io ho provato l'altra sera a farla diventare donna, ma si è rifiutata... e dire che non mi era mai successo, peggio per lei» disse Sven, riacquistando il suo solito sorriso, i riccioli biondi che splendevano con la luce del sole mattutino.

"Sei morto, Sven. Io non so se c'è una vita dopo questa, ma ti giuro che prima o poi ti ucciderò."

«Forse perché ti ho visto maneggiare la spada, e se fai l'amore come combatti...» rispose lei.

Le guardie risero di Sven, che avvampò di rabbia.

«Tra poco non avrai più tanta voglia di fare battute, baldracca!» le gridò.

«Calma, prima voglio sapere ancora una cosa, poi ve la lascerò» si intromise Arhak.

Un pensiero attraversò la mente di Kahyra.

"La sfera accecante!"

Pregò gli Dèi che fosse ancora al suo posto nella tasca interna della borsa, mise una mano dentro e iniziò a cercare, tenendo lo sguardo fisso su Arhak.

«Cosa vuoi, Arhak?» disse con tono di sfida.

«La spada, ha funzionato anche con te?»

Lei continuò a cercare la sfera nella borsa. "Questa? No, questa ha gli angoli appuntiti, è quella anti-arswyd, devo trovare quella completamente liscia."

«Beh... perché non vieni a scoprirlo?»

«Sì ha funzionato» la tradì ancora Sven. «Non capivo perché tenesse sempre quella specie di stuzzicadenti vicino a sé, ma ora ho capito. L'ha trasformata in una daga.»

«Grazie, Sven, mi hai reso un grande servizio» disse Arhak.

Il Cacciatore biondo le rivolse un sorriso ancora più beffardo.

L'uomo con la cicatrice sull'occhio, che era rimasto in silenzio, snudò la sua lama dal fodero sul fianco, era nera. "Una morfospada." Con un fendente l'uomo tagliò di netto la testa di Sven, l'arsite si fece largo nella carne e nella colonna vertebrale come se fossero fatte di burro. Sangue schizzò da tutte le parti, ricoprendo Arhak e Tricheco. Degli schizzi colpirono anche Fulmine sul muso, che si imbizzarrì. Kahyra riuscì a rimanere in sella a stento.

Il sangue continuò a zampillare dal collo di Sven anche quando il corpo crollò a terra, la testa cadde poco distante, il solito sorriso ancora sulle labbra.

«Non ho mai sopportato i traditori» disse il Lord Comandante Arhak. «È tutta vostra.» Si allontanò insieme al cacciatore con la cicatrice sull'occhio, mentre Tricheco e le guardie cittadine convergevano su di lei.

"Questa!" Kahyra tirò fuori dalla borsa la sfera e la lanciò per terra, chiuse gli occhi. Dopo aver sentito i colpi di tosse degli uomini, capì.

"Ho lanciato la sfera di nebbia! Non importa, va bene lo stesso..."

Smontò da Fulmine.

"Perdonami se puoi, Fulmine, devo andare. Ti prego, perdonami."

Corse dove c'era il cadavere di Sven ed estrasse Sole dal suo fodero.

"Sei stato ingannato anche tu. Riposa in pace." Suo padre le aveva insegnato che gli antichi uomini lo dicevano ai loro morti per onorarli.

Piantò la lama del giovane Cacciatore nel cranio pelato di Tricheco, che stava ancora tossendo lì accanto, il ciccione stramazzò al suolo senza emettere più rumore.

La foschia si stava diradando. Kahyra legò Sole alla sua cintura in modo grossolano. Si stese a terra e strisciò sotto le gambe delle guardie, ancora scosse dai tremiti di tosse, strisciò per quelli che le sembrarono interi minuti.

Sole, che le pungeva il polpaccio, la tagliò.

E lei strisciò.

Continuò a strisciare e, quando davanti a sé non vide più gambe, si sentì afferrare dal mantello.

Furiosa, estrasse Vendetta e mozzò con un colpo secco il braccio che l'aveva presa. Corse via in un vicolo, mentre le guardie si riprendevano dagli effetti stordenti del fumo.

Corse, Vendetta in pugno, non aveva più una meta.

Doveva solo salvarsi.

Si sentiva persa, sola, le lacrime che continuavano a rigarle il volto.

"Sven, non doveva finire così." Anche se l'aveva tradita, era stato il suo unico compagno di viaggio per quelle settimane. Aveva perso anche Fulmine.

Le guardie la ripresero. L'uomo con la cicatrice era in testa al gruppo, ogni falcata si avvicinava di più, la morfospada ancora sporca del sangue di Sven.

Kahyra svoltò a sinistra. Una porta alla sua destra si aprì e una mano spuntò fuori dall'oscurità afferrandola per il mantello.

Fu inghiottita dal buio.

Sbatté la testa.

Il mondo divenne confuso.

Venne sballottata mentre la mano la trascinava lontano dalla porta. Da fuori proveniva il rumore delle guardie che cercavano di sfondarla.

Sentì il cigolio di cardini, il rumore di una porta chiusa sopra la sua testa, una chiave girare in una toppa. Fu tirata verso il basso, sbatté il fondoschiena contro alcuni gradini.

"Sto scendendo, bene. Chiunque voi siate, avete la mia gratitudine, ma un solo passo falso e vi taglio la testa." Lo stordimento del fumo che aveva inalato sembrò arrivare solo in quel momento, l'adrenalina nelle vene andava scemando.

«Chi siete?» chiese.

Nessuna risposta.

I gradini finirono, Kahyra sentiva una forte umidità intorno.

"Dobbiamo essere in qualche cantina o passaggio sotterraneo."

La mano la continuò a trascinare per quel passaggio immerso nell'oscurità. I passi si susseguivano, rimbombavano nella volta, sembrava che le pareti si stessero allargando. Era umido, caldo. La mano si fermò e mollò la presa.

Kahyra si mise in piedi con cautela, l'osso sacro le faceva ancora male per le botte sui gradini.

Non vedeva niente. C'era puzza di muffa. Una luce blu circolare emerse dall'oscurità.

Il suo corpo fu scosso da brividi di terrore.

"Un arswyd."

12 - DORAN

Nel buio, scorse la sagoma di Kahyra sfoderare la spada.

La ragazza provò a colpire l'arswyd che schivò con agilità ed estrasse i suoi coltelli ricurvi.

Gliene mise uno sotto la gola prima ancora che lei potesse fare un'altra mossa.

«Ragazzina, vuoi andare avanti ancora per molto? Ti ricordo che io posso vedere al buio.»

«Non sono una ragazzina, sono la Lady Reggente di Città degli Dèi!»

«Non so come dirtelo...» l'arswyd sospirò. «Non sei più la Lady Reggente da quando tuo padre è morto. Nel caso non te ne fossi accorta.»

«Assassino! Hai ucciso mio padre!» urlò lei.

«Aver ucciso tuo padre fa di me un assassino, se lo avessi ucciso io... Ci sarebbero altre ragioni, ma non penso che tu possa arrivarci. Le mie mani sono sporche di sangue, come lo erano quelle di tuo padre e dei cospiratori.»

«Cosa stai dicendo, mostro?»

"Mostro, forse un giorno chiameranno così anche me" pensò Doran. Non riusciva a vederla bene a causa dal

buio, ma, dalla voce, capì che Kahyra stava piangendo.

«Svegliati, ragazzina! Noi siamo uomini, come tutti gli altri. Ci sono un paio di cose su cui ti posso dare ragione: l'occhio era inquietante anche per me all'inizio, e il fatto di non invecchiare... Beh ha i suoi pregi e suoi difetti...»

«Hai ucciso mio padre, era indifeso, l'hai ucciso come un codardo!» Nonostante il coltello puntato alla gola, Kahyra menò un altro fendente, Cento parò con facilità e deviò il colpo contro il muro. Clangore di metallo contro la pietra.

«Lo sai cosa fanno i sacerdoti a quelli che vengono offerti come sacrifici umani agli Dèi?» le chiese l'arswyd con voce calma.

Doran osservò la scena in silenzio, l'occhio di Cento come unica fonte di luce.

«Li aiutano a raggiungere gli Dèi in modo da garantire il loro consiglio per una vita superiore per noi uomini» rispose Kahyra, dal tono non sembrava molto convinta.

L'arswyd scoppiò in una fragorosa risata.

«In una cosa i sacerdoti sono insuperabili: indottrinare le masse. Davvero credi a quello che dici, ragazzina? Fanno esperimenti su di loro, esperimenti sulla stessa gente che dovrebbero proteggere! Hanno ordinato di uccidere il capo del loro stesso ordine solo perché voleva opporsi.»

«Tu come fai a saperlo?» chiese lei con tono di sfida.

«Ho le mie fonti, tra cui tuo padre.»

«Non ti credo.»

«Fai male, eravamo più in contatto di quello che pensi. Cosa pensi che facessi nella stanza con lui?»

«Bugie! Lui non si immischiava con voi mostri!»

Cento respirò a fondo. «Lasciamo perdere...»

«Non sai niente, le tue sono solo chiacchere. Supposizioni e menzogne!»

«Mi stai davvero stufando, o metti giù quella spada o ti rimandiamo in pasto ai soldati. Devo dire che sei molto carina, penso si divertiranno un po', prima di ucciderti.»

«C'è qualcun altro con te?» Sembrò più turbata dal fatto che ci fosse qualcun altro che non spaventata per finire di nuovo tra le grinfie dei soldati. Doran la vide abbassare la spada.

«Doran, passami la torcia.»

"Potrei accenderla io se non mi avessi tagliato il braccio, stronzo."

Gliela porse, Cento usò l'acciarino e in breve lo stanzino sotterraneo fu invaso dalla calda luce arancione del fuoco.

I capelli biondi, gli occhi di ghiaccio, il viso deciso e bellissimo...

Doran non vedeva Kahyra dal giorno dell'Iniziazione, il suo cuore saltò un battito.

«Tu! Il traditore!» Esclamò riconoscendolo, gli occhi le brillavano d'odio.

«Doran, non si può dire che tu non abbia fatto colpo sulla ragazza, ti riconoscerebbe fra mille!» disse Cento con un ghigno.

Doran ci mise qualche secondo a trovare le parole giuste.

«Ti ho salvata ed è la seconda volta che mi chiami traditore, hai le idee un po' confuse.»

«Tu! Avresti dovuto proteggere mio padre! E ora viaggi insieme al suo assassino!»

«Basta, basta.» Cento si intromise. «Sareste una coppia magnifica insieme. Ma adesso andiamocene via di qui. Ragazzina, vedi di far la brava. Quelli ti vogliono morta quanto vogliono morti noi, perciò facciamo un patto: tu non cerchi di assassinarci nel sonno e noi ti portiamo a Oltremare intera, intesi?»

«Intesi.» Il suo tono era affranto. «Dove andiamo?» chiese Kahyra, ancora titubante.

«Via di qui» le rispose l'arswyd.

«Grazie, non ci sarei mai arrivata senza di te» sospirò lei. Il mezzoumano si mise in marcia senza aggiungere altro.

Seguirono Cento attraverso la porta di legno in fondo alla stanza. Il tunnel era stato scavato dai contrabbandieri per poter introdurre in città merci senza dover pagare i dazi gli aveva spiegato Cento. Proseguiva per chilometri, tortuoso come un labirinto, ben presto si diramò.

Camminarono per minuti, l'umidità aumentava a ogni passo, Cento li guidava per i bivi che incontravano.

"Dovrei parlarle, fare in modo che capisca quello che ho fatto veramente."

«Perché sei qui con lui? Mi seguivate?» ruppe il silenzio Kahyra avvicinandosi a lui.

«No, siamo arrivati qui a Grande Porto ieri sera. La nostra nave sarebbe dovuta partire questa mattina ma le guardie hanno cacciato la gente dalla città, dicevano che stava per arrivare una creatura mostruosa dal mare. Cento ha voluto nascondersi qui, ha detto che gli sarebbe tanto piaciuto vederla, questa creatura... E così eccoci qua, ti abbiamo salvata per puro caso, solo perché ti abbiamo visto arrivare dalla finestra dell'ultimo piano.»

«Ma avete visto quello che è accaduto?»

«Sì...»

"Sven…"

Doran sbiancò di colpo, il suo Fratello, colui con cui aveva vissuto gli ultimi quattro anni della sua vita era… Non riusciva a pensarci.

«Se l'è meritato» aggiunse Kahyra, la voce glaciale, «mi ha venduta a quegli uomini! Voleva essere reintegrato tra i Cacciatori. Io e lui siamo scappati con l'aiuto di una Sorella, quindi abbiamo una taglia sulla testa.»

«Una taglia sulla figlia del Lord Sacerdote?» chiese Doran sgomento.

«Come dice il mostro, ormai non sono più la Lady Reggente, possono farmi quello che vogliono. Pensavo di potermi fidare di Arhak, è sempre stato amico di mio padre… perché non siete intervenuti prima? Anche io stavo per morire.» Il suo sguardo era perso nel vuoto.

«Cento ha detto di no.»

«E perché?» insistette Kahyra.

«Un arswyd, una ragazzina e uno storpio contro due Cacciatori e tutta la guardia cittadina, sarebbe stato proprio un bello spettacolo» le rispose Cento.

«Uno storpio?» Lei sgranò gli occhi, stupita.

Doran spostò la cappa di pelle nera che copriva la sua spalla destra e il suo braccio…

Kahyra rimase a fissargli il moncone per quella che gli parve un'eternità.

"Ecco come mi sono ridotto a voler fare l'eroe."

«È stato lui?» chiese la ragazza, il suo tono si era addolcito.

"Le faccio pena."

«Sì. Quella sera, nella stanza con tuo padre.»

«Cos'è successo?»

«Devi chiederlo a lui, era tutto buio. Tuo padre mi

aveva appena chiesto di spiare Arhak. Il Lord Sacerdote e Cento... erano già nella stanza insieme quando sono entrato, Cento era il suo servitore.»

«Ah! Questa è bella!» sghignazzò l'arswyd. «Io il servitore di Keyran!»

Kahyra abbassò lo sguardo, aveva l'aria pensierosa.

«Come ti sei fatta la cicatrice?» le chiese toccandosi lo zigomo.

«Quella sera» tagliò corto lei. «Ed è da allora che viaggiate insieme?»

«Sì» rispose Doran. «I primi giorni in cui eravamo insieme ho tentato di assassinarlo nel sonno. Lui mi ha legato sul dorso di un cavallo fino a quando non gli ho giurato di non ritentarci. Mi ha promesso che a Città delle Sabbie riavrò il mio braccio.»

«Si chiama Tywod, ragazzo» disse Cento. «Chiamala così una volta giunti lì e ti tagliano la gola.»

Kahyra sbiancò.

«Vuoi... vuoi davvero diventare uno di loro?»

«L'alternativa qual è? Rimanere uno storpio che non riesce nemmeno ad allacciarsi le brache o pulirsi il culo?»

Lei non rispose, guardò il pavimento per un po', poi riprese: «Come avete fatto ad arrivare a Grande Porto con le Sorelle e l'esercito sacerdotale che vi cercavano ovunque?»

«Dopo la fuga, Cento mi ha portato in un nascondiglio *loro*. Mi hanno curato. Ricordo che c'erano altri arswyd, molti altri, era un rifugio scavato nella roccia. Il dolore è stato atroce, forse era più mentale che fisico, ogni volta che volevo prendere qualcosa provavo a prenderlo col mio braccio destro, solo dopo realizzavo che non c'era più...» Tirò su col naso. «Ora va un po' meglio, mi sto abituando. La cosa peggiore è realizzare che non combatterò mai più come prima, e che la mia spada non muterà mai più.»

Kahyra gli lanciò uno sguardo pieno di compassione.

"D'ora in poi sarò: *Doran lo storpio* o *Doran il monco*, quasi quasi mi manca essere chiamato Gelsomino."

«Ti fidi di lui?» chiese Kahyra, indicando l'arswyd con lo sguardo.

«Guardate che sono qui!» esclamò Cento. «Ma cosa mi importa...» E scoppiò nella sua risata simile a un latrato.

«Ho forse scelta?»

«No, però... non mi hai spiegato come avete fatto ad arrivare qui illesi.»

«Non so cosa risponderti.» Doran si strinse nelle spalle. «Nessuno ci ha cercato più di tanto. Abbiamo incontrato solo una coppia di Cacciatori, ma Cento li ha fatti fuori senza problemi.»

«Ughart e Laghart, due fratelli idioti e senza il minimo talento per il combattimento» sminuì la cosa Cento. «Mi chiedo come siano sopravvissuti all'Iniziazione...»

«Mi ricordo di loro, cinque anni fa, li ho nominati io stessa Cacciatori» disse Kahyra. «Erano i migliori del loro anno.»

Cento scoppiò a ridere di nuovo. «Pensa gli altri.»

«Quanto manca?» chiese Doran.

«Poco.»

La torcia si esaurì e furono costretti a tenersi per mano per non perdersi.

Doran camminava per ultimo.

"Questo sarà il mio destino se non divento anche io uno di loro, l'eterno ultimo."

Si affidarono all'arswyd e alla sua vista notturna per

non sbagliare strada. Cento aprì una botola sul soffitto e sbucarono in una vecchia casa abbandonata. Il tetto crollato lasciava filtrare la luce lunare.

"Abbiamo camminato per tutto il giorno?" Sentì le gambe stanche solo in quel momento.

«Via libera, andiamo» disse l'arswyd uscendo, Kahyra lo seguì in silenzio, così come Doran.

Le assi del pavimento scricchiolavano a ogni passo.

La casa in cui erano sbucati era su una collina. all'orizzonte Doran vide delle luci provenire da un paese. Musica, allegre canzoni di paese e, soprattutto, lo speziato profumo di carne alla brace.

Lo stomaco gli brontolò.

Doran non mangiava da quella mattina e il suo intestino si contorse.

«Ti prego, dimmi che siamo diretti lì.» Aveva la bava alla bocca.

«Sì, mio piccolo storpio» rispose Cento sistemandosi una benda sull'occhio blu. «Siamo diretti lì.»

Nella piazza al centro del villaggio uomini e donne cantavano e ballavano intorno a un grande falò al ritmo della *Ballata di Florea*, che celebrava la fine dell'estate.

«Voi rimanete qui, io vado a parlare con un mio amico» disse Cento, in mezzo alla folla nessuno parve notare un uomo col volto deturpato e una benda sull'occhio.

L'arswyd si allontanò e li lasciò soli.

«Andiamo a vedere da dove arriva questo profumino?» chiese Doran.

Kahyra arrise. «Sì, ti prego, non ce la faccio più.»

Il braciere era poco distante, su uno spiedo stava arrostendo un grasso cinghiale.

«Quanto volete per un pezzo?» chiese Doran a un uomo obeso con una lunga barba che distribuiva ciotole e boccali.

«Ma dove vivi, ragazzo? A Oltremare? Alla festa di fine estate non si paga! Tieni!» Gli porse una ciotola piena di carne di cinghiale, seguito da un bel boccale di vino rosso, Doran fece per afferrarlo col destro.

"Stupido, ancora pensi di avere il tuo braccio?"

Non riusciva a prendere il boccale e il piatto insieme, per poco non rovesciò tutto. L'uomo lo guardava come se fosse matto, per fortuna Kahyra lo aiutò.

«Grazie.»

Il cuoco baffuto la notò subito.

«Ed ecco una porzione anche per la tua bella ragazza, non vogliamo mica che un bel visino come quello abbia altri brutti segni?» Gli rivolse uno sorriso che mise in risalto il doppio mento e i denti gialli.

Si sedettero per terra a mangiare ai margini della piazza. Ora i menestrelli suonavano *In grazia degli Dèi,* che aveva una melodia più lenta della ballata precedente.

In quel momento Doran iniziò a capire cosa intendesse Cento quando parlava di indottrinamento. Anche lui, fin da quando era piccolo, era stato abituato a dare per certo tutto quello che i sacerdoti dicevano.

"Le ballate sugli Dèi sono un metodo di controllo ancora più potente dei semplici discorsi che si fanno in chiesa, vincolano le tradizioni del popolo a determinate parole e musiche e li convincono ancora più subdolamente che è merito degli Dèi se il loro raccolto è stato fruttuoso e non merito del loro lavoro." Le parole di Cento gli risuonavano in testa e ora, a vedere tutto il villaggio che ringraziava gli Dèi per l'estate trascorsa, assumevano un significato che Doran non gli aveva mai attribuito in precedenza.

Credeva fosse solamente un modo dell'arswyd per svilire la sua realtà, ma solo in quel momento iniziò a dubitare di tutto quello in cui aveva creduto.

"Possibile che gli Dèi siano solo un'invenzione dell'uomo?" si chiese. "E se fosse l'arswyd che vuole farmi dubitare per entrare nella mia testa?"

Aveva finito il cinghiale senza nemmeno accorgersene, andò a prendersi un'altra porzione.

«Tu ci credi ancora...?» chiese Doran a Kahyra quando tornò, fece un cenno verso il falò. «Agli Dèi, intendo.»

«Mio padre, che era il loro emissario nel nostro mondo, è stato ucciso dall'arswyd che ora mi tiene prigioniera. Secondo te ci credo? Se esistono realmente mi devono un bel po' di spiegazioni.» Il suo tono era tornato ad essere duro e freddo.

"Gran bell'idiota sono stato a fare una domanda simile."

«Posso dirti che c'erano altri nella stanza, Cento... non ha ucciso lui tuo padre. Credo fosse lì per proteggerlo.»

Kahyra non rispose.

«Anche mio padre è morto» proseguì Doran, «lui era un soldato.»

Lei continuò a mangiare, come se non lo avesse nemmeno sentito.

«Io non l'ho mai conosciuto» proseguì, «so solo che è morto senza poter scegliere il suo destino. È stato mandato in battaglia da un lord assetato di potere, che gozzovigliava nel suo bel castello a Rogh, mentre lui moriva contro i Cacciatori inviati dal Lord Sacerdote a sedare la rivolta. Ho sempre giurato a me stesso che avrei scelto il mio futuro, ma ora mi rendo conto che sono sempre stato nelle mani di qualcun altro. Arhak ha scelto per me la strada cinque anni fa, mentre Cento la sta scegliendo adesso.»

«Ho vissuto diciassette anni chiusa in una torre e mia madre è morta di parto.» Kahyra sputò fuori quelle parole con tono ostile. «Ora sai anche tu la storia della mia vita: non ho mai visto qualcosa al di fuori di Città degli Dèi. Perciò, lasciami godere questa bella serata e smettila di annoiarmi con i tuoi traumi.» Gli rivolse un'ultima occhiata glaciale e poi si girò verso il falò.

"Tanto bella quanto stronza."

Doran aveva bevuto il vino fino all'ultima goccia e sentiva la testa leggera, la musica lo cullava e gli sembrava di volare. Kahyra era in silenzio, la fiamma del falò si rifletteva nei suoi occhi.

"È così bella. Io la invito a ballare... Idiota, sei uno storpio, come fai a ballare con lei con un braccio solo?"

Si sforzò di non pensarci, tirò fuori tutto il proprio coraggio. «Kahyra, ti va di ballare?» si accorse di biascicare un po' mentre parlava.

«Certo» non esitò lei.

Non gli sembrava vero. Lui le porse la mano e lei l'accettò, si unirono al ballo seguendo i passi degli altri. La ragazza più bella di tutta Gorthia era lì, sola con lui, a ballare una melodia sconosciuta, tra le sue braccia.

"O meglio, tra il mio braccio."

Lei lo guidò nei passi con delicatezza.

Per un attimo Doran si dimenticò di avere un braccio solo, la fece piroettare, si allontanarono e si riavvicinarono mentre altre decine di coppie intorno a loro facevano altrettanto.

In fondo ballare non era poi così diverso da un allenamento di spada.

Il ritmo si fece più serrato e la cappa di Doran svolazzava mentre lui si dimenava, rivelando il suo moncone.

Kahyra rideva, mentre negli ultimi, concitati attimi della ballata, roteava su di sé reggendosi al suo braccio.

Il ritmo aumentò ancora e lei vorticava sempre più veloce, fin quando non perse l'equilibrio gli finì addosso, qualcosa si indurì nelle brache di Doran.

Non riusciva a togliere gli occhi dal suo sorriso.

Il ritmo, diventato forsennato, volse al termine.

Le sorrise.

"Ero scarso prima a ballare, figuriamoci adesso."

Lei sembrò non curarsene, i musicisti conclusero di suonare e la folla esplose in applausi.

Loro due si guardarono, occhi negli occhi.

Doran avvicinò il suo viso, anche lei lo fece. L'alcol gli ottenebrava i pensieri, le loro labbra erano sempre più vicine... chiuse gli occhi e le loro bocche si incontrarono, la lingua di Kahyra era morbida, calda, sapeva di vino.

"È per questo che vale la pena vivere."

«Siete peggio dei criceti, non vi si può lasciare soli due minuti che già iniziate a copulare.» L'arswyd sghignazzò con la sua solita risata raschiante. I due si separarono, Kahyra era paonazza, in evidente imbarazzo.

«Forza» li esortò Cento, «venite con me, ho un amico da presentarvi, ci porterà via.»

«Via dove?» chiese Doran.

«Via di qui.» E si incamminò per una stradina

laterale.

"Scemo io a chiederlo."

Si voltò verso Kahyra, che evitò il suo sguardo e seguì il mezzoumano senza fiatare.

13 - KAHYRA

Gli echi della festa giungevano ovattati, come se provenissero da un altro mondo. Iniziava a fare freddo, sentiva le dita congelate, ripensò alle sue coperte di pelle d'orso, rimaste con Fulmine insieme a tutto il resto della sua roba.

"Io l'ho baciato... non lo conosco neppure. Dev'essere stata colpa del vino. È stata sicuramente colpa del vino."

Non osava guardare Doran negli occhi, lui le camminava dietro e lei sentiva il suo sguardo su di sé.

"Non ho voglia di parlarne, che pensi quello che vuole."

L'arswyd si fermò davanti a quella che sembrava una casa abbandonata. Bussò cinque volte in sequenza alla porta.

«È senza ali ma può volare, tra le mani ti può scivolare, finirà prima che inizi, se rimani a guardare. Cos'è?» chiese una voce stridula dall'interno.

«Ma che cazzo?» L'arswyd sembrò sorpreso.

«Risposta sbagliata, non è il cazzo. Non posso farvi entrare.»

Cento fece una smorfia.

«Un titano» tentò.

«Risposta sbagliata. Mi dispiace, avete esaurito i tentativi di oggi, ripassate domani.»

Cento sferrò un pugno contro la porta.

«Ma porca puttana… imbecille, apri questa porta o la sfondo a calci e poi prendo a calci in culo anche te!»

«Lasciali entrare, Rize, il nostro Cento non li sa risolvere gli indovinelli» disse un'altra voce, più bassa e autoritaria della precedente.

"Dev'essere una specie di covo di arswyd" pensò Kahyra, cercando di annotarsi bene a mente la posizione della casa. "Quando avrò l'occasione, vi darò la caccia e vi ucciderò tutti, luridi mostri."

L'arswyd non era intervenuto a Grande Porto e aveva ordinato anche a Doran di non farlo, l'avrebbe lasciata stuprare e uccidere senza muovere un dito.

"Esseri senza anima, ecco cosa siete. Uccidete per gusto, perché non sapete fare altro."

Il suo spirito reclamava vendetta, ma si doveva comportare bene, almeno fino a quando non sarebbero giunti a Oltremare. Kahyra non sapeva se il mezzoumano avesse capito della sua morfospada, sperò di poter contare sull'effetto sorpresa quando sarebbe giunto il momento.

La porta si aprì, sulla soglia apparve un'esile figura. «Prego entrate» squittì.

All'interno, la stanza era tappezzata ovunque di candele: sui mobili, per terra, perfino sui braccioli di una sedia. Un denso fumo aleggiava nell'aria. Kahyra tossì, cercando ossigeno.

Nella penombra, in fondo alla stanza, un uomo si alzò da dietro un tavolo.

«Cento, perdona Rize. Sai com'è fatto, è nel suo mondo in questo momento.»

«È di nuovo drogato, volevi dire» rispose l'arswyd.

«E chi non lo è in questa stanza?» chiese l'uomo, sornione.

Cento scoppiò a ridere di colpo, seguito da Kahyra e Doran.

"Cos'è questa sensazione? Sarà il vino?" Kahyra iniziò a saltellare. Doran era pallido, sembrava sul punto di vomitare. Quello chiamato Rize era ancora sulla soglia, con un sorriso stampato in faccia e lo sguardo vuoto.

«Forza, forza, seguitemi. Leviamoci da questo fumo» disse l'altro uomo, tornando serio.

Uscirono da una porta secondaria, sbucando in un cortile. Kahyra alzò lo sguardo, il cielo era terso e pieno di stelle.

«Guarda, Doran! Guarda quante stelle!» esclamò.

"Ho parlato io?"

Non aveva percepito muoversi le proprie labbra.

Doran sembrava più interessato a togliere il proprio vomito dagli stivali.

«Ad alcuni fa questo effetto» squittì Rize. «Ai più deboli.»

Lei, invece, si sentiva libera e felice, iniziò a danzare sotto le stelle. Sinistro, destro, piroetta, sinistro, destro, piroetta, poi si fermò; guardò Cento che la fissava e gli disse: «Tu non sai farlo questo!» Iniziò a vorticare su un piede solo, e continuò fino a quando la testa non prese a girare. Poi si fermò, cadde a terra e vomitò il cinghiale.

«Non sono molto tosti questi ragazzini» disse l'amico dell'arswyd. «Chi lo toglie il vomito?»

«No» convenne Cento, «il ragazzino è una seccatura. Ma la ragazza ha due palle più grosse delle tue.»

«Sarà difficile, è un mese che non scopo!»

«Occhio a parlare così, quella ti evira nel sonno.»

«Perché c'è anche lei? Non era previsto che...»

«Fa sempre piacere avere un po' di compagnia mentre si viaggia, no?» lo interruppe Cento. «Lei è... è una discendente dei Temnel.»

Kahyra cercò di rialzarsi e di darsi un contegno, rimase in piedi barcollando con il mondo intorno che continuava a girare.

Guardò in su, le stelle ora formavano immagini sempre diverse: cavalli che correvano, uomini che combattevano, orsi, onde, città brulicanti di vita... e poi vide un animale con una lunga coda e il muso allungato... un araldo forse...

"No, gli araldi non hanno le ali..."

«Guardate, guardate lassù! Cos'è quello?» disse saltellando e puntando l'indice verso il cielo.

«Quello è il cielo, ragazzina, ora sta' zitta o ti lascio qui» la liquidò Cento.

Le sue parole la offesero, si sedette a gambe e braccia incrociate per terra.

Proprio dove aveva vomitato.

"Ma..."

«Mi ricordo la mia prima sbandata per l'erbasecca... che ricordi, eh Cento?» disse l'uomo ancora senza nome, la voce sognante a rievocare quei momenti.

Da seduta Kahyra riusciva a osservare meglio l'uomo che li aveva accolti: era sulla quarantina, il fisico snello, aveva una postura leggermente gobba. Il viso aveva lineamenti morbidi tranne per il naso che era pronunciato e storto, gli occhi rilucevano di una luce particolare.

"Brillano come due stelle."

«Starei ore a parlare con te dei bei tempi andati, Owis, ma dobbiamo partire, e in fretta anche.»

«Certo, dopo la morte del Babbeo Sacerdote mi sono subito preparato.»

"È della morte di mio padre che state parlando, il grande Lord Sacerdote Keyran, il Domatore di Rivolte, portate rispetto." Kahyra pensò di averle pronunciate quelle parole, ma la sua bocca non rispondeva più ai comandi e tutto quello che emise fu una serie di versi senza senso.

«Ad alcuni fa questo effetto.» Il ragazzo chiamato Rize sembrava divertito.

«Attento a parlare del Lord Sacerdote...» disse Cento.

«Quella è sua figlia. Cosa non ti è chiaro ne è *la discendente dei Temnel*?»

«Davvero?» L'uomo era in piena euforia. «La *Meraviglia di Gorthia* è qui? Nella mia umile dimora?»

Le si avvicinò, Kahyra era paralizzata, si chinò su di lei e le prese la mano.

"Che stupida sono stata, è un'altra trappola."

Le diede un delicato bacio sul dorso e con un inchino del capo disse: «Milady, permettetemi di presentarmi, il mio nome è Owis. Ho combattuto nello Scisma al servizio del grande Re Lucas, quarto del suo nome. Ho solcato le acque del Mar Bywyd, dell'Oceano Albor e ho visitato le Terre Lontane in molti dei suoi regni, da Lumenia a Mellakh. Ora mi occupo principalmente di commercio. Alcuni lo chiamano contrabbando, ma a me piace chiamarlo libero mercato.» E con uno smagliante sorriso che gli pronunciò ancora di più il naso storto, si rialzò in piedi.

Lei rimase a fissarlo imbambolata, la tensione che aveva provato poco prima svanì.

«Impressionante, potevi anche raccontarle quante volte hai cagato questa mattina» commentò Cento.

«Andiamo, lasciami vantare un po', non capita tutti i giorni di poterlo fare dinnanzi a una principessa.»

«Allora, la barca?»

«Ce l'ho. Piccola, veloce, facile da manovrare. Era preparata solo per quattro persone ma se ci dividiamo bene le scorte non dovremmo patire la fame. Siamo pronti per portavi a Oltremare.»

«Bene, aiutiamo gli innamorati ad alzarsi, partiamo adesso» decise l'arswyd.

«Adesso?» chiese il mingherlino chiamato Rize. «C'è ancora un sacco di fumo per noi!» protestò.

«Adesso.» Cento lo fulminò con lo sguardo.

«Fai come ti dice, prendi le ultime provviste mentre noi aiutiamo questi due» ordinò Owis.

Cento la sollevò da sotto le ascelle. Dopo qualche minuto, Kahyra riuscì a rimanere in piedi da sola. Per Doran, invece, non c'era niente da fare. Si era addormentato e non voleva saperne di svegliarsi, così Owis lo prese in braccio.

«Faccio strada, seguitemi» disse Rize. A causa dell'abuso di droga i suoi occhi erano infossati e la pelle rovinata sembrava consumata, come quella di vecchio, ma non doveva essere molto più grande di lei. I capelli rossicci erano come imbevuti nell'olio e gli ricadevano fino alle spalle.

Kahyra non sentiva i propri passi sulla strada, non sentiva il proprio corpo, era uno spettro, che aleggiava tra le vie di quel paese dimenticato dagli Dèi.

Si ritrovò su una barca. Poteva udire i versi dei gabbiani, lo stormire del vento che gonfiava la vela e le onde che si abbattevano sullo scafo. Spruzzi d'acqua sul viso, ma non riusciva ad aprire gli occhi, aveva le palpebre pesanti, troppo pesanti...

...Era in una pianura, un'infinita distesa verde ricoperta da decine e decine di morti.

"Come sono arrivata qui?"

Cercò un punto di riferimento, non lo trovò. Morte e distruzione la circondavano, l'intera parte di pianura alla sua sinistra era bruciata, lasciando spazio alla nuda terra, l'erba intorno era ingiallita e rinsecchita.

"Cos'è successo?" Iniziò a muoversi in quello scenario devastato, all'orizzonte un villaggio ardeva, sollevando nuvole nere.

Sotto un albero solitario scorse un uomo, risaltava col paesaggio circostante grazie alla sua tunica bianca e dorata.

Lo raggiunse.

Era voltato di spalle, intento a incidere qualcosa con le unghie nella corteccia dell'albero, aveva insistito fino a quando le dita non si erano consumate e continuava... anche se si poteva vedere l'osso.

«Siamo morti. È colpa tua, devi andartene, non devi tornare mai, mai.»

«Ser?» domandò Kahyra.

«Siamo morti. È colpa tua, devi andartene, non devi tornare mai, mai.»

"È uscito di senno."

«Mi potreste indicare la città più vicina?»

«Non ci sono città, sono scomparse molti anni fa» rispose il pazzo, mentre continuava a sfregare le sue mani sanguinanti sulla corteccia.

«Ma dove siamo?»

«Io sono qui, ma tu no. Tu non devi arrivare fino a qui.»

Kahyra non riusciva a capire cosa intendesse.

«Adesso basta, fermati!» gli urlò. Lo prese da una spalla e lo fece girare...

Saltò all'indietro, piena di orrore. Il pazzo era suo padre, il volto sfigurato in una maschera di dolore.

«Padre... ma cosa è successo?»

«È stata colpa tua. Non dovevi venire qui, hai fatto iniziare tu questa guerra.»

«Io... non capisco.» Era terrorizzata, le gambe erano paralizzate e le mani tremavano, sentiva che era sull'orlo di una crisi di nervi.

«Vattene, Kahyra.»

Kahyra non capì come una spada si fosse materializzata nella mano di suo padre, il movimento del suo braccio fu veloce, preciso. In un attimo un fiotto di sangue caldo le iniziò a scendere lungo la gola. Cercò di respirare, aggrappandosi alla vita mentre questa spirava via da lei.

«Vattene.» Fu l'ultima parola che sentì.

Si svegliò di soprassalto, sudata fradicia, in una brandina. La stanza ondeggiava, l'odore salmastro e umido del mare l'avvolse.

Salì di corsa le scale di legno, fuori era ancora notte, trovò Cento al timone della piccola imbarcazione.

«Vai a dormire, ragazzina» le ordinò.

«Non voglio dormire, gli incubi mi perseguitano.»

L'arswyd rimase in silenzio a scrutare davanti a sé, il vento gli scompigliava i lunghi capelli castani. La luce della luna ne illuminava il profilo.

«Ti senti in colpa per mio padre?» gli chiese.

«Non sono stato io.» Rispose freddo come il ghiaccio, sul suo volto nemmeno una traccia di compassione o gentilezza.

«Chi altro c'era in quella stanza?»

Non ottenne risposta.

«Sei davvero un mostro senza sentimenti, non capirai mai. Tu mi hai tolto tutto. Tutto quello che avevo. Tutto quello che ero, adesso non esiste più.» La sua voce era colma di rabbia.

«Tuo padre ha fatto la stessa cosa a tantissime persone, sai? Sai cosa ha fatto con le città del Re Ribelle che venivano conquistate? No, ovviamente non lo sai. Tu non eri lì, tu non hai visto. Poi davvero pensi che sia senza cuore? Ti ho perfino salvato la vita!»

«Non sei stato tu, è stato Doran a salvarmi! Tu nemmeno volevi!»

«E Doran chi l'ha portato fino a Grande Porto? I tuoi Dèi forse? No, son stato io, perciò vedi di dimostrare un po' di riconoscenza.»

«Io so solo che mi hai privato della mia vita, e io un giorno ti priverò della tua.»

«Fai pure, ragazzina. Ho vissuto per millenni, pensi che tema la morte? Ti do un consiglio: accetta la morte, accettala ora che sei giovane e potrai vivere la tua vita in maniera diversa. La vostra religione vi induce a temere la morte, temete di perdere tutto...»

«Sei un Infedele, tu non avrai altro che questa vita terrena, goditela.»

"Finché non verrò a prendermela. Ma non morirai subito, mi divertirò un bel po' prima..."

«Non c'è altro oltre alla vita terrena. L'anima, l'aldilà, gli Dèi... tutte invenzioni degli uomini per proteggersi. Perché non sono in grado di accettare di morire, per controllare la povera gente che muore di fame, con la promessa di una vita migliore nel regno degli Dèi. Io ti dico le cose come stanno, sei libera di pensare quello che ti pare. Tuo padre lo sapeva, voleva cambiare le cose, per questo Arhak l'ha ucciso.»

«Sei stato tu ad accordarti con Arhak!»

Cento alzò lo sguardo al cielo e non rispose.

«Dove sono le mie armi?» chiese allora Kahyra. «Dove avete messo le mie spade?»

«Non ti preoccupare. Le riavrai appena saremo arrivati a riva, non voglio dover farti da balia a Oltremare. Ottime armi quelle due spade, complimenti, sembrano proprio fatte d'arsite, strano, no? Che una ragazza abbia armi simili.» Il suo occhio blu la scrutava, attento a ogni segnale che la potesse tradire, cercando di scovare un segno di debolezza.

Kahyra lo sapeva e fece del suo meglio per rimanere impassibile.

«Lo so, ragazzina, che hai una spada da Cacciatore, oltre quella di Sven» disse infine.

La sua unica occasione di coglierlo di sorpresa era svanita.

«Congratulazioni sei la prima Cacciatrice della storia!» sghignazzò Cento. «O forse no... ce ne sono state un paio mi sembra, ora non ricordo...»

Kahyra salì sul castello di poppa, lo affiancò al timone. «Perché ci porti con te?»

«Diciamo che ho in mente alcuni piani per te. Per ricambiare un favore a tuo padre.»

«Adesso basta, perché continui a parlare di lui come se lo conoscessi?»

Cento alzò un angolo della bocca, in un sorriso simile a una smorfia di dolore.

«Penso che tu un'idea già ce l'abbia. Perfino tuo padre ha capito chi fossero i veri nemici, con il tempo, lo capirai anche tu.»

"Se pensi che me ne starò buona, ti sbagli."

«E per Doran?»

«Anche lui ha un suo ruolo in quello che accadrà, non affezionarti troppo a lui. A Oltremare vi separerete.»

Fu un altro duro colpo per Kahyra. Sarebbe rimasta da sola con l'assassino di suo padre, in balìa, mentre lui decideva il suo destino.

«Dammi le mie armi» cercò di usare il tono più intimidatorio possibile.

«Non mi costringere a farti stare tutto il viaggio legata all'albero. Stai buona, ragazzina, e torna a dormire. Non ho altro da dirti.»

Ritornò infuriata alla sua branda.

"Non lascerò che sia tu a decidere il mio futuro, prenderò questa nave e ti getterò in pasto ai pesci" decise, prima di riaddormentarsi e tornare ai propri incubi.

14 - CEASER

E ryn era nel letto al suo fianco. Le accarezzò il viso
e i capelli neri come la notte, mentre i primi raggi
del sole filtravano dai tendaggi della finestra.
Lei emise un mugolio e si girò dall'altra parte.

"Se questo era il prezzo da pagare per essere felice con
lei, ne è valsa la pena."

«Ceaser, sei magnifico» disse Eryn con un bisbiglio
appena percettibile.

Si alzò e lasciò dormire la sua protetta. "Io sono
magnifico." Il suo ego straripava in quel momento. Si
sciacquò il viso e si vestì nella penombra, poi percorse
il corridoio buio e scese le scale mentre un delicato
profumo di pane appena sfornato gli solleticò l'olfatto.

Cyara stava preparando il tè in cucina.

«Ceaser, io sono felice di ospitarvi, solo una cosa...
potreste evitare di urlare di notte?» disse la donna
rivolgendogli un sorriso.

«Scusa, Cyara...» diventò paonazzo per la vergogna,
girò la sedia e si sedette con lo schienale contro il petto.

«Come vanno le braccia?»

Ceaser fece una smorfia. «Certe volte ho dei dolori
lancinanti, ma ogni giorno riesco a muoverle un po'

meglio.»

«Bene, non dimenticarti di andare a fare esercizio, o rischi di non riuscirle più a muovere. Devo dire che non me l'aspettavo, ti sei ripreso in fretta.»

Ceaser addentò una fetta di pane con la marmellata e si riempì la tazza di tè fumante.

«Sono un duro. E i tuoi unguenti fanno miracoli.»

Lei sorrise. «Anche oggi vai ad allenarti con Valeris?»

«Certo!»

Finì il tè in un sorso, prese un pezzo di pane ancora caldo e si precipitò fuori di casa.

«Salutami Eryn!»

«Non esagerare troppo, soldato!»

Sulla strada principale i bambini giocavano a rincorrersi, schivando i carri e i cavalli tra le urla e gli insulti degli uomini che facevano di tutto per non investirli. Le donne portavano al fiume cesti pieni di indumenti e parlavano fra loro di un ragazzo che era entrato quella notte nella camera della figlia del sacerdote del villaggio. Ceaser faticava ancora a ricordare i nomi di tutti.

"Forse Eryn ha ragione. Dovrei mettermi alle spalle la mia vecchia vita e ripartire da qui, anche se non mi va di dover dormire sempre con un occhio aperto. Prima o poi potrebbero trovarci."

Non riusciva a sentirsi al sicuro nemmeno nel letto, abbracciato ad Eryn.

Arrivò alla bottega del fabbro, Valeris, fece un profondo respiro prima di entrare.

"Se perdo anche oggi sai quante prese per il culo..."

Spinse la porta.

«Ceaser, finalmente sei arrivato!» Valeris batté un colpo con la mano sull'incudine su cui stava forgiando una spada, si tolse i guanti. «Avevo proprio voglia di umiliare qualcuno.»

"Aspetta che mi riprendo e ti faccio vedere io."

«Forza, nonno, non ti agitare... che se ti viene un colpo mentre ci alleniamo poi mi sento in colpa» ribatté Ceaser.

«Pivello» rispose il fabbro lasciando la spada e il martello. «Vieni, così ti insegno il rispetto.»

Lo seguì nel retrobottega e poi nel cortile, era una bella mattinata anche se all'orizzonte si intravedevano nuvole cariche di pioggia.

Presero dalla rastrelliera per armi due spade da torneo e due scudi di legno, si disposero uno di fronte all'altro, a qualche metro di distanza.

«Ora ti faccio vedere come si fa, nonno.»

Le braccia quel giorno non gli avevano ancora dato problemi e si sentiva in gran forma.

Fu il vecchio fabbro a partire all'attacco, iniziò con un fendente frontale che Ceaser parò con lo scudo, poi contrattaccò e lo colpì alla gamba.

«Ti ho sottovalutato» mugugnò Valeris con una smorfia di dolore, indietreggiò e si mise di nuovo in posizione di guardia.

«Lo sono, vecchio. Risparmia il fiato, perché ti servirà.»

Ceaser partì all'attacco. Per quanto vecchio, Valeris riusciva a stargli dietro e a contrattaccare. Dopo una parata, tuttavia, si ritrovò sbilanciato e Ceaser lo colpì dritto al petto con un affondo.

Valeris stramazzò al suolo.

"L'ho ammazzato?"

Era preoccupato, il vecchio non si muoveva.

«Valeris?»

Nessuna risposta.

Ceaser gli si chinò sopra e gli controllò il respiro e il battito con due dita, perlomeno era ancora vivo. Una fitta alla tempia, nel giro di un secondo stava guardando il cielo disteso a terra.

"Mi ha fregato."

«Vecchio bastardo! Non puoi giocare sporco!»

«Chi me lo impedisce? Tu?» Valeris scoppiò in una fragorosa risata.

"Ridi ridi, la prossima volta che cadi ti prendo a calci."

«Mi hai fatto un male assurdo...» Ceaser si massaggiò la tempia dove il fabbro l'aveva colpito con l'elsa della spada. «Cazzo, un po' di tatto.»

«I tuoi avversari non avranno tatto con te, soldato.» Gli porse la mano per rialzarsi. «Credi che i Cacciatori ce l'abbiano avuto con noi, nella Battaglia di Valkan?»

Un urlo lacerò la quiete del villaggio, si sentì il rumore di uno schianto così forte da far tremare la terra.

Valeris e Ceaser si guardarono preoccupati. «Resta qui e riposati, vado a vedere cosa sta succedendo.» Il fabbro si dileguò nella sua fucina.

"Vai, che con la botta che mi hai mollato avrò mal di testa tutto il giorno."

Ceaser si rimise in piedi a fatica, ebbe un capogiro che lo costrinse a reggersi sulle ginocchia. Del fumo si levava da poco lontano, sentì delle urla, nitriti di cavalli.

Un brivido gli attraversò la schiena e lo fece tremare.

"Sono arrivati. Devo prendere Eryn e portarla via."

Ancora rintronato dalla botta presa, con la spada d'allenamento in pungo si diresse verso la vegetazione che circondava il villaggio. Da solo non avrebbe potuto far nulla.

"La mossa migliore è portarla via di nascosto."

Si mosse adagio tra i cespugli e gli alberi, fino a quando non arrivò in un punto dove aveva una buona visuale sulla strada principale.

"Saremo mai al sicuro?"

Una trentina di cavalieri in armatura d'acciaio aveva fatto evacuare le case. Gli abitanti di Layard erano in fila, circondati da quegli uomini con lo stemma del falco con le sette stelle sulla piastra frontale dell'armatura. Valeris giaceva a terra, in una pozza di sangue, poco lontano dalla bottega.

"Che bastardi, uccidere un povero vecchio, un giorno ve la farò pagare per tutto."

Non poteva intervenire senza farsi ammazzare, sarebbe stato un sacrificio vano.

«Chi di voi è Eryn Riddell?» Chiese un soldato dalla voce femminile, da sotto l'elmo spuntavano ciocche di capelli rossi.

"Di nuovo lei."

Nessuno rispose, Ceaser cercò Eryn con lo sguardo e non la vide tra gli abitanti.

"Per fortuna, forse Cyara è riuscita a nasconderla." Tirò un sospirò di sollievo.

Il suo cuore si fermò quando vide che Cyara era in fila insieme agli altri.

«Karmer, fai capire a questi contadini che non scherziamo, uccidi quei due.» La donna indicò un ragazzo e una ragazza che si abbracciavano. «Che tenerezza, non temete, tra poco starete insieme per sempre.»

«Signora, non possiamo tenere la ragazza per noi?» chiese quello che doveva essere Karmer, un soldato con la voce da beota ed espressione stupida sotto la celata alzata. I suoi occhi non erano gialli come Ceaser si aspettava, ma grigi, un ciuffo biondo gli ricadeva sul naso.

"Lui è uno d'Oltremare."

«Niente stupri e saccheggi, non siamo selvaggi.» La donna si rivolse agli abitanti. «Vedete? Noi vi trattiamo con rispetto e nessuno di voi si farà male, basta che ci consegnate Eryn Riddell.»

Karmer intanto aveva preso la ragazza per i capelli e stava per tagliarle la gola, in quel momento il giovane che era con lei gridò disperato: «Vi prego, no! Eryn è nella stalla, in una stanza segreta nell'ultima recinzione a sinistra. Vi prego, lasciatela andare!»

"Idiota."

Ceaser si alzò dal nascondiglio, si gettò in strada e corse più veloce che poté verso la stalla. Era allo scoperto, ma doveva arrivare prima di loro.

Dietro di lui si levarono grida e suoni di combattimento. Ceaser si girò per guardare da sopra la spalla: la ragazza stesa a terra, fiotti di sangue che fuoriuscivano dalla gola aperta. Il ragazzo era lì con lei che la cullava piangendo disperato, fino a quando un soldato con la spada non lo trafisse in mezzo agli occhi.

Ceaser inciampò in un sasso, si appoggiò con le mani a terra e riprese la corsa, la stalla era a pochi metri...

Ricevette un colpo sulle reni e cadde.

«Dove credevi di andare?» Era la donna dai capelli rossi che parlava, aveva un pesante accento delle Isole dei Titani. «Ma noi due ci conosciamo... eri anche al ponte, quella notte.»

«Brutta stronza... uccidere povera gente indifesa.» Si guardò intorno, oltre alla donna c'era un altro soldato; dal centro del villaggio si potevano sentire ancora i rumori della battaglia.

«Indifesa? Non direi proprio, tra loro c'era pure un arswyd.»

«Un arswyd?» chiese sbalordito.

«Una donna. Ma non sarà viva ancora per molto, i miei uomini se ne stanno occupando. L'avrei fatto io stessa, ma tu mi hai costretta a inseguirti.»

"Non sarà mica... Che idiota, come ho fatto a non capirlo?"

«Perché volete Eryn?» chiese Ceaser cercando di prendere tempo.

«Pensi che lo venga a dire a te?» gridò la donna, scoppiando in una risata.

«Siete pazzi, non ve la lascerò portare via.»

Lei sguainò la spada, uno dei soldati con lo stemma del falco arrivò a darle rinforzo. Ceaser sgattaiolò indietro sui gomiti e si mise in guardia.

"Come ne esco?"

I due soldati andarono alla carica. Ceaser riuscì a parare a stento i loro colpi, le spalle gli facevano male, cercò di ignorarle.

Diventava più lento dopo ogni colpo e se ne accorgeva lui stesso, arretrò all'interno della stalla, cercando di guadagnare tempo, i due che continuavano a incalzarlo con i loro colpi e lui che continuava a parare con una spada senza filo e uno scudo di legno.

«E vaffanculo!» disse dopo l'ennesimo affondo dei due parato a malapena. Gli lanciò la spada e lo scudo addosso, si girò e corse su per una scala in corda. I suoi avversari in armatura non riuscirono ad essere altrettanto veloci. Ceaser tirò su la scala.

«Codardo, credi di essere al sicuro lì?» ruggì la donna dai capelli rossi.

Altri soldati entrarono di corsa.

«Signora, quella donna è un diavolo! Non riusciamo a fermarla! Ha già ucciso dieci di noi!» ansimò uno di loro.

«Branco di incompetenti, prendiamo la ragazza e poi diamo fuoco a tutto.»

Ceaser non poté far niente se non restare a guardare, mentre trascinavano via Eryn dal nascondiglio. Si dimenava e scalciava, tre soldati cercavano di tenerla ferma. Lei morse uno di questi alla guancia, strappandogli un pezzo di carne. L'uomo gridò di dolore. Per un breve istante gli occhi di Ceaser e quelli di Eryn si incrociarono.

"Mi dispiace, piccola, non posso far niente. Resisti, andrò a Ultimo Passo, andrò a Poivers, andrò a Virki... Andrò ovunque potrò e troverò aiuto."

L'istante dopo la donna dai capelli rossi le rifilò un colpo in testa con l'elsa della spada ed Eryn non si mosse più. La caricarono su un cavallo e partirono, dopo aver lanciato un braciere su un mucchio di fieno.

Ceaser era paralizzato. Rimase immobile per minuti a osservare la stalla bruciare. Il fumo scaturito gli rendeva difficile respirare.

Non riusciva a pensare.

Gettò la scala di corda e scese, la vista annebbiata, non riusciva a capire dove fosse l'uscita. Una trave infuocata cadde dietro di lui, corse nella direzione opposta.

Anche i suoi polmoni erano in fiamme quando uscì all'aria aperta. Crollò a pochi metri dall'uscita. Layard avvampava. I cadaveri di quelle povere persone, la cui unica colpa era stata averli aiutati, ornavano macabramente la strada.

Tossì e perse i sensi.

Qualcuno o qualcosa lo prese per le gambe, poteva sentire sotto la testa le foglie marce del sottobosco. Aprì gli occhi. Il mondo era sfocato, vide un'ombra scura. "Se è un altro di quegli spiriti antichi che mi mangi in fretta. Che sia una cosa rapida, indolore."

Delle mani umane lo aiutarono ad alzarsi, gli diedero dei buffetti sulla guancia. «Come ti senti?»

Ci mise un secondo a riconoscerla.

«Cyara? Ma tu sei...?» disse con voce tremolante.

«Sì, sono un arswyd.»

Cercò di spingerla via, ma era troppo debole.

«Ascolta, razza di idiota, non sei proprio nella condizione per poter fare l'uomo timorato degli Dèi. È la seconda volta che ti salvo la vita. Se fossi un mostro come tu credi, non pensi che a quest'ora saresti già morto da un pezzo?»

"La vecchia ha ragione, non ho scelta comunque."

«Scusami, non volevo» le rispose.

«Sì che volevi. Se vuoi mentirmi devi imparare a farlo meglio, quelli come me sentono la puzza di menzogna lontano un miglio. Sapevo benissimo che Eryn era la figlia di Re Nemil.»

«Perché ci hai aiutato, allora? Perché non ci hai consegnato alle guardie di Virki?»

«Perché quella ragazza non meritava di essere sacrificata per degli Dèi che le hanno portato via tutto, meritava qualcosa di più dalla vita.»

«Volevi farla entrare tra i tuoi, vero?» Cyara li ospitava solo perché voleva venderli agli Infedeli, la cosa lo fece ribollire di rabbia. "Ci ha traditi."

«Forse, un giorno, se lei lo avesse voluto» rispose seccamente Cyara. «Vuoi stare qui a farmi l'interrogatorio, o preferisci che ti porti in un posto sicuro?»

«Vuoi vendermi agli Infedeli come una bestia?»

«No, pensavo come schiavo umano, valgono molto di più.»

Ceaser le scoccò un'occhiata carica d'ira, la donna si mise a ridere.

«Andiamo, eroe, sto scherzando. Tra tutti gli arswyd che ti potevano capitare, io sono la più buona e dolce. Mi ricordi un po' mio figlio. sai?» Gli prese un braccio e se lo passò dietro al collo, in modo che lui potesse reggersi.

«Come hai fatto a salvarti?» le chiese mentre riprendevano il cammino.

«È stato facile. Non appena quell'idiota ha tagliato la gola a Rora, che riposi in pace, ho fregato la spada del soldato davanti a me e poi... Ho fatto quello per cui sono nata. Erano davvero in troppi, persino io sono dovuta scappare. Ma non preoccuparti, ne ho mandati diciotto a incontrare gli Dèi, o i titani, o qualsiasi dio pregassero quel manipolo di dementi dagli occhi gialli.»

«Ora siamo in vantaggio» affermò Ceaser. «Loro ci credono morti, è un buon momento per colpirli di sorpresa.» Voleva liberare Eryn a tutti i costi.

"Farei qualsiasi cosa per lei."

«Calmati, pensiamo a riprenderci, che adesso finiremmo solo per farci ammazzare. Tra alcuni giorni, quando saremo in forze, andremo a cercarli, e ti assicuro che li troveremo.»

«Sei riuscita a capire dove la stanno portando?»

Cyara annuì. «Probabilmente vogliono Eryn per farla sposare con qualche loro nobile in modo da poter rivendicare il trono d'Oltremare. Ho visto che stanno andando a nord, spero solo che non abbiano una barca, sennò sarà dura riprenderli.» Si fermò un secondo e lo guardò dritto negli occhi.

«Spero che non sia quello che temo...»

«Cioè? Mi stai facendo preoccupare...» le disse Ceaser.

«Prima lo spirito antico, adesso questa invasione degli uomini delle isole... dobbiamo riuscire a riprendere Eryn il prima possibile.»

«Altrimenti?»

«Altrimenti sarebbe stato meglio morire oggi.»

Nei giorni successivi non andarono verso nord come Ceaser si aspettava, Cyara continuava ad avanzare a sud, inoltrandosi sempre di più sulle montagne che precedevano la Foresta Antica.

La sera si accamparono in una grotta, al riparo dal temporale che imperversava fuori.

Cyara aveva cacciato due lepri e raccolto qualche bacca, non era come cenare nella loro casa a Layard, ma era pur sempre qualcosa.

«Perché non li abbiamo inseguiti, Cyara?» le chiese, strappò un pezzo di coscia di lepre con i denti. «Perché stiamo andando a sud? Pensavo volessi solo allontanarti un attimo per poi rifarti sotto.»

«Ci ho riflettuto molto, Ceaser.» Cyara si era spenta dal giorno in cui avevano portato via Eryn. «Non possiamo fare niente per lei. Siamo uno storpio e un arswyd.»

«Cazzo, sei una macchina da guerra! Ne hai uccisi diciotto!»

«Scherzavo...» sorrise amaramente lei. «Erano solo dodici.»

«Ne hai uccisi dodici!» la incalzò. «Forse, se ci sbrighiamo, siamo ancora in tempo!»

«È finita Ceaser!» urlò lei, i suoi occhi divennero

lucidi. «È finita...»

«Come è finita?»

«C'è una guerra civile a Oltremare, nel caso non lo sapessi.»

«Sì, ma...»

«Idiota.» Cyara scosse la testa, lasciò lo spiedo con la sua lepre nel fuoco. «E poi, sono rimasta illesa per un pelo, mi sono ritirata, sono dovuta scappare. Ho avuto paura!»

Ceaser corrugò la fronte. «E allora? È normale...»

«Non ho avuto abbastanza coraggio per salvare mio figlio, e non ce l'ho avuto per salvare lei.»

«Ma di cosa stai parlando?»

«Niente, lascia perdere.» Gli occhi della donna-arswyd erano lucidi.

Un tuono squassò la grotta, fuori il temporale era cresciuto d'intensità.

«Allora mi dici perché stiamo andando a sud?»

«Stiamo andando dagli unici che ci possono aiutare.»

«Gli Infedeli» dedusse Ceaser. «Chi ti dice che ci aiuteranno?»

«Ero sposata con un loro capo. Mi ascolteranno.»

"Se lo dici tu..."

Ceaser finì il coniglio, poi si sdraiò sulla nuda roccia, il corpo scosso da tremiti.

"Eryn... chissà dove sarai adesso? Hai paura? Certo che ce l'hai... povero stupido."

Cyara gli si sdraiò accanto e lo cinse con le braccia.

«Ma...» esclamò lui. «Cosa fai?»

«Vuoi morire di freddo? Qui siamo sulle Montagne de Ghiaccio, non sulle Colline del Vento, la notte la temperatura scende.»

«Ma c'è il fuoco.»

«Vuoi stare sveglio per continuare ad attizzarlo?»

«No, io.»

«Allora, sta' zitto e dormi.»

«Va bene, Cyara, dormo.»

Il mattino seguente ripresero il cammino all'alba.

Ceaser era al proprio limite fisico e mentale, vestito solo con camicia e pantaloni, riusciva a riscaldarsi solo a mezzogiorno, quando il sole era alto nel cielo, dopo una notte passata a congelare tra le braccia di Cyara.

«Quanto manca al posto in cui stiamo andando.»

«Un giorno, per stasera dovremmo esserci.»

«E come fai a esserne sicura?»

«Non lo sono, va bene?»

«Va bene... Va bene... Il cazzo va bene...»

«Smettila di lamentarti.»

Ceaser si cucì la bocca per il resto della giornata, avanzarono nella Foresta Antica, l'aria che si faceva più difficile da respirare man mano che salivano. La sera li colse impreparati.

«Avevi detto che saremmo arrivati» si lamentò Ceaser appoggiandosi a un tronco per rifiatare. «Mi racconti un sacco di cazzate!»

«Senti, sono vent'anni che non lascio Layard. Non mi ricordo più, va bene?»

«Eh... cosa mangiamo stasera?»

Il rumore dei grilli e delle cicale sovrastava qualsiasi altro.

«Vado a cercare qualcosa.»

«No!» La fermò Ceaser, i denti dello spirito antico ancora impressi nella mente. «Rimani qui.»

«Ma non mangeremo niente!»

«Non importa.» Ceaser si rannicchiò contro il tronco.

«Ti prego, vieni qui.»

«Va bene.» Cyara accese un fuoco ai loro piedi e si addormentarono vicini con la schiena contro il tronco.

Il mattino seguente Ceaser si svegliò con la punta di una spada in mezzo agli occhi.

«Chi siete?» disse una voce sconosciuta.

«Ti prego, ne ho abbastanza di rotture di cazzo...» sospirò Ceaser pulendosi gli occhi dalle crosticine. «Vattene.»

«Chi siete?» ripeté l'uomo.

«Ehm...» Ceaser tossicchiò. «Cyara?»

La donna-arswyd al suo fianco trasalì svegliandosi.

«Per gli Dèi...»

«Chi siete?» Ripeté l'uomo che gli aveva puntato la spada in mezzo agli occhi.

«Chi sei tu?» controbatté Ceaser. «Noi siamo due umili viaggiatori.»

«Quassù?» L'uomo increspò il labbro. «Mi viene difficile crederlo.»

Ceaser strabuzzò gli occhi e osservò meglio il proprio interlocutore, aveva entrambi gli occhi blu.

"Un altro arswyd."

Cyara doveva essere giunta al suo stesso pensiero, perché gli diede un colpetto con il gomito.

«Griepher!» esclamò. «Sono anni che non ci vediamo!»

L'arswyd abbassò la lama. «Per tutti i Tredici... Cyara?»

«Sono io!» Cyara schizzò in piedi e lo abbracciò. «Cosa ci fai qui?» Gli diede un bacio sulla barba ispida.

Ceaser si alzò in piedi a fatica, la schiena a pezzi.

«Sto andando a Heimgrad, c'è bisogno di me laggiù. Tu cosa ci fai qui?»

«Stiamo andando ad Alto Picco. Ho bisogno di aiuto.» L'arswyd rimontò in sella al proprio cavallo. «È a quattro ore di cammino da qui, sempre a sud.» Sorrise. «Non so come verrai accolta.»

«Oh non mi preoccupo.» Cyara fece l'occhiolino a Ceaser.

«Joul ha un debole per me.»

«Ve lo auguro davvero, ultimamente gli Hawl non sono molto accoglienti.»

«Ci vedremo di nuovo?» chiese Cyara.

«Non lo so, spero di sì.» L'arswyd diede di redini e partì al passo. «Buona fortuna!»

«Anche a te!»

Ceaser si massaggiò la schiena. «Ma chi cazzo era?»

«Un vecchio amico.»

«Che stava per sgozzarci.»

Cyara fece spallucce. «Griepher è fatto così, ma ha un cuore d'oro.»

«Non sei tu quella che si è svegliata con una spada puntata contro.» Sputò per terra, la vescica gli premeva, si slacciò le braghe. «Vado a pisciare, poi speriamo di arrivare al maledetto Alto Picco.»

15 - YGG'XOR

«Signore, il quartiermastro Corvo ha mandato un piccione. Sta risalendo il fiume al comando di tredici navi da guerra, ser Squalo invece, ha sgominato le ultime forze dei Ribelli e sarà presto da noi al comando di diecimila uomini.»

"E dove diamine li ha trovati altri seimila uomini?"

Squalo non aveva convinto Falco dal primo minuto, c'era qualcosa sotto.

«Grazie, Pyr'rs. Lasciami solo, ho bisogno di pensare.»

Il consigliere se ne andò. Conquistare Primo Poggio era stato facile: la città era stata colta alla sprovvista, le navi degli occhi-gialli avevano distrutto le difese portuali prima ancora che le guardie si rendessero conto di cosa li avesse colpiti. La guarnigione della città era più fornita di quanto si aspettasse, ma si erano arresi con poco spargimento di sangue.

Ygg'xor aveva offerto ai soldati di unirsi alla sua causa e un buon numero aveva accettato.

Si riempì il boccale di vino, appoggiò i gomiti sul tavolo e guardò Arthemys sulla cartina.

"Qui è tutta un'altra faccenda…"

Arthemys era sede della casata degli Excaver, da

sempre il braccio destro della corona.

Una delle casate più influenti del regno, nonché quella con l'esercito più organizzato, i migliori ufficiali dell'esercito d'Oltremare erano stati addestrati nell'accademia della città. Inoltre, ospitava la Torre dei Sacerdoti, con la tecnologia bellica che possedevano solo gli Dèi.

"Mi sono andato a mettere in un bel guaio" pensò Falco. "Considerando gli uomini miei e di Corvo superiamo di poco i quattromila, in teoria. Con quelli di Primo Poggio arriviamo a quattromila quattrocentotrenta, ma saranno fedeli quando le cose si metteranno male? Con quelli reclutati da Squalo abbiamo la vittoria in pugno, un esercito di quindicimila uomini potrebbe conquistare la città. Forse. Ma saranno fedeli a me o a lui?" Si alzò dalla sedia e lasciò il tavolo con la cartina, prese la pelliccia e uscì dalla tenda, le fiaccole dell'accampamento illuminavano la notte, ne prese una.

Arthemys si stagliava all'orizzonte, era stata costruita su una collina che dominava l'intera pianura sottostante. Era in posizione rialzata da ogni lato la si volesse attaccare. Mura alte quindici metri proteggevano i confini, la Torre dei Sacerdoti svettava su tutto il resto, il suo profilo scuro contrastava con la luna.

"Spero che la guerra con i Burnell abbia sfiancato la città almeno un po'."

Rabbrividì.

L'aria era glaciale, almeno per lui, abituato alle temperature miti delle Isole dei Titani.

"Non voglio nemmeno pensare cosa significherebbe trovarci ad assediare questa città in inverno... loro sperano di resistere, di mantenere lo stallo e lasciar fare il lavoro sporco al gelo."

In cielo non si vedeva una stella, probabilmente l'indomani avrebbe piovuto.

"Quale modo migliore di iniziare un assedio se non con una bella tempesta?"

Fece un giro nell'accampamento. Gli uomini avevano il morale alto, del resto, a parte il piccolo attacco a Primo Poggio, nessuno aveva ancora visto gli orrori della guerra.

Rivolse sorrisi e saluti ai suoi soldati, non dovevano notare alcun segno di dubbio sul suo volto. Non aveva mai guidato un assedio, sperò con tutto il suo cuore che Squalo sapesse cosa fare.

Per tutto l'accampamento erano stati accesi dei falò intorno ai quali uomini ubriachi cantavano e giocavano a Kort, un gioco che mescolava carte e dadi in cui Falco era particolarmente scarso.

«Comandante!» lo chiamò un uomo che non riconobbe. «Sedetevi con noi! Facciamo una partita!»

«Grazie, ma devo parlare con gli ufficiali.»

«La prossima volta?»

«Volentieri.» Proseguì ed arrivò alle grosse tende rosse dalle quali provenivano gemiti e urla, le tende del piacere. Le prostitute di Primo Poggio avevano deciso di seguirli fiutando l'affare, e, a giudicare da tutti gli uomini che erano entrati e usciti da quelle tende solo in quei pochi giorni, avevano fatto bene.

"Come vorrei che ci fosse Sah'wa qui con me, a scaldare le mie gelide notti."

Aveva lasciato la sua concubina in città, non voleva farle correre rischi in caso le cose si fossero messe male. Aveva una gran voglia di scopare, ma non voleva mescolarsi ai soldati semplici. Era un comandante ora, doveva dare un'immagine di sé quantomeno rispettabile.

"Cosa c'è di più rispettabile di un uomo con una puttana personale?"

Andò oltre, nell'ala dell'accampamento dove la sua vecchia ciurma aveva allestito le proprie tende. Si sedette al falò con loro, era bello vedere delle facce conosciute, e anche loro sembravano contenti di vederlo, tuttavia, il loro morale era piuttosto basso a differenza del resto dell'esercito.

«Cosa sono quei musi lunghi, ciurma?» li richiamò sedendosi intorno al falò con loro. «Sembra che non sappiate che c'è una tenda piena di puttane a pochi metri da voi!»

«Lo sappiamo» disse Grimes bevendo da un boccale di birra, il tono freddo.

Falco guardò gli altri suoi uomini, anche quelli con gli occhi-gialli non sembravano contenti.

«Nessuno mi offre da bere?» Allargò le braccia. «È così che si tratta il vostro capitano?»

Var'zhar gli sbatté in mano un calice di birra pieno a metà e si andò a sedere dal lato opposto del falò.

«Grazie, eh!» Alzò il boccale e bevve da solo, c'era un silenzio particolare, uno di quelli che precedevano un ammutinamento.

«Capitano, cosa ci facciamo qui? Questa non è la nostra guerra» gli chiese Boggs, uno degli uomini che era con lui fin da quando era ancora un pirata delle Isole Brillanti.

"Vent'anni di onorato servizio."

«Boggs» sospirò, «ne abbiamo già parlato, non ho avuto scelta.»

Era stato difficile far accettare alla sua ciurma di andare in guerra, e ogni giorno non mancavano di farglielo notare. Erano semplici briganti, non avevano ricevuto un addestramento militare, all'inizio per poco non si erano ammutinati.

"Se non fosse stato per Corvo."

«Già, lo sappiamo» rispose Grimes. «Ma noi nemmeno, ci hai trascinati qui, in questo freddo, senza chiederci nulla e noi ti abbiamo seguito perché sei un grande capitano. Però vogliamo qualcosa in cambio.»

«Vi ho già dato tre pezzi d'oro a testa, direi che sono più di quanto prendevate prima in un anno.»

«Non oro, vogliamo potere. A Primo Poggio hai messo un cagnolino di lord Shines a governare in tua vece.»

Falco scoppiò a ridere, finì la birra e poggiò il boccale per terra. «Sentiamo... chi dovrei lasciare, fra di voi qualcuno ha esperienze di amministrazione? Siete in cinquanta, pensate di fare un giorno a testa?» Non gli piacevano quei discorsi.

«Gli uomini hanno votato, sarò io a governare in tua vece» disse Ghad'an, un uomo delle Isole dei Titani che si era aggiunto alla loro ciurma da un paio d'anni, una lunga cicatrice gli attraversava il volto orizzontalmente da zigomo a zigomo.

«Ma come siamo diventati civili, avete addirittura votato! La vita sulla terraferma vi sta facendo bene. Sarà Corvo a governare Arthemys quando noi ripartiremo, alla fine dell'inverno. Mettetevelo in testa.»

«Capitano, Corvo ha i suoi uomini ormai. Lasciaci ad Arthemys con Ghad'an al comando, noi non abbiamo intenzione di combattere oltre questo assedio» disse Boggs.

"Dovrei farli impiccare tutti, come esempio." Uomini

che fino a poco tempo prima lo vedevano come un capo, lo stavano osservando come un falco osserva un coniglio indifeso.

"Il vero falco sono io."

«Boggs, Grimes, Ghad'an, è solo per il profondo rispetto che nutro verso ognuno di voi se non vi faccio impiccare seduta stante. Sappiate che mi avete deluso, siamo sempre stati dei pirati con dell'onore. Va bene, vi lascerò ad Arthemys, farete poi voi i conti col Re Prescelto, quando verrà da voi.»

Si alzò e se ne andò senza degnarli di un ulteriore sguardo.

"Del resto, non è detto che sopravvivano all'assedio... Cosa vai pensando, Ygg'xor? Questa è gente che conosci da anni. Sono tuoi uomini, uomini fedeli."

Nella tenda, Uncino lo stava aspettando appollaiato sul guanto appeso al palo centrale. Il fuoco scoppiettava in un camino improvvisato, riempiendo l'ambiente di un delicato tepore. Falco si tolse la pelliccia e andò a scaldarsi le mani intirizzite dal freddo.

«Hai freddo anche tu, eh? Non ricordavo la temperatura scendesse tanto a Oltremare, o forse è solo una serata sfortunata.»

Uncino lo fissò.

«Domani sarà una dura giornata, amico mio.»

Rimase a guardare il fuoco fino a che non si fu estinto, poi mise Uncino in gabbia e andò a dormire.

Fu svegliato dal rombo di un tuono.

Pyr'rs entrò subito dopo.

«Signore, Corvo è pronto al nostro segnale a dare il via all'attacco da sud. Di Squalo e del suo esercito invece nessuna notizia, abbiamo inviato decine di uccelli messaggeri ma son sempre tornati con il nostro messaggio.»

«Come sarebbe a dire che non ci sono notizie di Squalo? Fino a ieri sera era praticamente qui!» Falco era imbufalito.

Pyr'rs si fece piccolo piccolo e si strinse nelle spalle.

«I...io n...non lo so, signore» balbettò.

«Inizieremo l'attacco con o senza di lui, se quell'idiota crede di prendersi gioco di me, si sbaglia di grosso.»

"Cosa diamine hanno in mente quel mostro di Squalo e quell'obeso di Rubin?" Si fece aiutare dal consigliere a indossare l'armatura pesante col nuovo simbolo della sua casata inciso sopra.

"Dovrò inventarmi un nome importante." Mosse le braccia e le gambe, l'armatura era davvero di buona fattura e non gli limitava i movimenti come credeva.

"Lord Falco delle Isole Brillanti, non suona poi così male... Forse Rubin sa che il Re Prescelto vuole sottrargli le sue terre e donarle a me? Per questo non mi aiuta?"

Pyr'rs gli porse l'elmo senza celata, Ygg'xor lo odiava, si sentiva soffocare.

«Non l'elmo, Pyr'rs, passami il mio cappello, sono pur sempre un pirata. Le nostre macchine d'assedio sono pronte?»

«Abbiamo venti catapulte già pronte per colpire con massi. Le baliste montano frecce infuocate, e i nostri tre arieti sono già in posizione per sfondare la porta ovest.»

"Se quel maledetto Squalo arrivasse, perfino per loro sarebbe difficile resistere."

Uscì dalla tenda e montò sul suo purosangue, un cavallo nero che aveva preso direttamente dal lord di Primo Poggio. Davanti a lui era allineato il suo esercito di quasi tremila uomini, diviso in tre battaglioni: a comando di quello di destra c'era Boggs, che fece modo di farsi notare alzando le braccia, Boggs aveva dodici torri d'assedio piene di uomini. Il battaglione al centro rispondeva direttamente a lui, mentre quello di sinistra era composto dagli oltre quattrocento uomini di Primo Poggio, che rispondevano a un ragazzo chiamato Declan che aveva dimostrato di saperci fare con la spada. Aveva ucciso cinque uomini di Falco prima di arrendersi.

"Io comando una nave di pirati, si aspettano che faccia un discorso epico, forse? Non so nemmeno da dove cominciare." Per Ygg'xor fu più difficile trovare qualcosa da dire a quegli uomini, che non uccidere Re Nemil. «Uomini!» gridò nella lingua degli occhi-gialli. Si accorse di avere la gola secca per l'agitazione. «Siamo qui oggi, per liberare queste persone dal giogo dei loro falsi Dèi, siamo qui per portare la verità a questi uomini corrotti... e offrire loro una scelta: unirsi a noi o morire!»

Un coro d'ovazione si levò dal suo esercito di occhi-gialli, il battaglione sinistro restò in silenzio.

«Tutti ai propri posti, abbiamo una città da conquistare!»

Le righe si ruppero mentre ognuno andava al ruolo assegnato.

Un fulmine attraversò il cielo grigio, il tuono lo seguì qualche istante dopo.

Iniziò a piovere.

"Sarà un maledetto Inferno dei Tredici risalire questa collina con gli assedi se piove, dannato Re Prescelto e le sue manie di grandezza." Ygg'xor strinse i denti.

«Signore» disse Pyr'rs al suo fianco. «Volete rimandare?»

«No, non possiamo perdere giorni preziosi. Dà il segnale.»

«Subito.» Il consigliere si allontanò con un inchino.

I corni da guerra risuonarono potenti, quelli da est di Corvo echeggiarono in risposta.

Fino all'ultimo Falco sperò di sentire anche i corni da nord, quelli di Squalo, per un attimo credette quasi di averli sentiti davvero. La pioggia si fece più fitta.

Le catapulte iniziarono a lanciare massi contro le mura, mentre le baliste con i loro dardi infuocati cercavano di scavalcarle e dare fuoco a qualche edificio. I dardi venivano lanciati a caso, dato che erano in posizione di svantaggio. Del fumo salì da oltre le mura della città, segno che avevano colpito qualcosa.

«Avanzare!» gridò.

I corni risuonarono ancora potenti.

La pioggia scrosciava sui loro elmi e sulle loro armature.

Il suo battaglione fu il primo a partire. I suoi soldati avanzavano lenti, risalendo il crinale, trasportando i tre enormi arieti verso la porta ovest della città.

Falco osservava il campo di battaglia dalle retrovie. Si volse verso Boggs e fece cenno di cominciare la salita.

«Andiamo, uomini!» gridò Boggs, le torri d'assedio si misero in movimento.

Falco diede il segnale anche al giovane Declan, che non se lo fece ripetere due volte. Batté tre volte la spada sullo scudo e lui e i suoi uomini partirono di corsa verso le mura, l'avanguardia portava lunghe scale di legno e arpioni.

"Forza, se saliamo sulle mura, è fatta."

Dalle mura di Arthemys si levò una nube di frecce infuocate che ricadde sugli arieti e le torri d'assedio. Falco vide morire i suoi primi uomini da comandante dell'esercito.

Il primo ariete si fermò ancora prima di arrivare a metà strada: una ruota cedette e rotolò giù a fondo valle, un soldato rimase schiacciato.

Falco deglutì, era raggelato e questa volta non per il freddo, non era adatto a comandare un assedio e la sua inettitudine sarebbe presto venuta a galla.

"Speriamo che Corvo stia avendo una fortuna migliore."

Nel frattempo, le catapulte avevano smesso di lanciare, per non rischiare di colpire la fanteria che portava le torri d'assedio sempre più vicino alle mura della città. I difensori erano riusciti ad appiccare il fuoco su alcune di esse, ma rimanevano utilizzabili, la pioggia li aiutava.

Ancora qualche minuto e avrebbero raggiunto le mura della città, avrebbero potuto aprirsi, e vomitare sulle mura gli uomini contenuti all'interno.

Anche gli uomini di Declan stavano avanzando sotto la pioggia e sotto la selva di frecce scagliate dagli assediati, il ragazzo aveva stoffa: sempre in prima linea a motivare i suoi.

"Farà strada, se non muore oggi."

Subito dopo quel pensiero, accadde qualcosa che Falco non capì.

Un suono basso risuonò per la valle, sovrastando il rumore della pioggia e quello dei passi di migliaia di soldati che incespicavano su per la collina.

Nelle mura di Arthemys si aprirono delle feritoie che prima non c'erano.

"Cosa stanno facendo?"

Dalle feritoie fuoriuscì un liquido denso, color rosso pulsante, scese lento lungo le mura e poi giù per il versante. Vapore si levava da esso al contatto con la pioggia.

I suoi uomini non indietreggiarono, andarono incontro al liquido denso, lento e inesorabile.

Li travolse.

Delle urla si levarono nell'aria.

Le righe si ruppero, gli uomini lasciarono tutto e corsero indietro.

«Ritirata!» gridò qualcuno dal battaglione di Primo Poggio. «Ritirata! Veloci!»

Le torri d'assedio di Boggs avevano preso fuoco, gli uomini dentro aprirono i ponti e si gettarono nella speranza di riuscire a saltare sulle mura e salvarsi.

Ma erano ancora troppo lontani.

Saltavano per scappare dal fuoco per finire nel fuoco.

Falco si sentì impotente.

Gli arieti vennero abbandonati, gli uomini si ritirarono.

«Cosa ho fatto... cosa diamine è quella cosa?» la voce gli si spezzò in gola. «Avrei dovuto ordinare la ritirata?»

Pyr'rs, che era di fianco a lui, si voltò per non guardare quel massacro.

La pioggia fece indurire la viscida sostanza più o meno verso metà della collina. Il liquido rallentò l'avanzata e pian piano divenne simile a pietra. Falco alzò lo sguardo: i corpi dei soldati carbonizzati erano immobili a terra come statue inglobate in quella sostanza, distorte in posizioni innaturali.

Declan arrivò di corsa, era senza armi, un gambale sembrava essersi fuso con la sua gamba.

«Signore! È un massacro!»

Falco scosse la testa. «No... come...»

Declan si rivolse agli addetti alle catapulte. «Forza, riprendete l'attacco con le catapulte!» Poi guardò i suonatori. «Chiamate la ritirata! Fate ritornare le seconde linee qui, ditegli di annullare l'attacco!»

I soldati rimasti erano in preda al panico, correvano senza meta da una catapulta all'altra.

Falco si riscosse. «Forza!» gridò con tutto il fiato che aveva in corpo. «Avete sentito, ammasso di idioti? Vi ricordate ancora come si carica una catapulta?»

Le torri d'assedio erano distrutte ormai, il suo esercito era più che dimezzato. Gli uomini che tornavano avevano lo sguardo spento e tremavano.

"Grimes e Ghad'an erano in una di quelle torri..." Si sentì in colpa subito dopo averlo pensato. Le urla degli uomini che erano stati avvolti da quella melma di fuoco si levavano ancora per la collina in un macabro lamento di morte.

«Pyr'rs, Declan» disse Falco nella lingua comune, la voce greve, «ho bisogno di pensare. Occupatevi voi della ritirata.»

«Va bene, mio signore» rispose Declan.

"Non avrei mai dovuto essere qui." Si sentiva un inetto. "È finita." Volse il cavallo e ritornò verso l'accampamento. "Spero che Corvo sia ancora vivo."

Passò la notte chiuso nella tenda a bere.

"Il Re Prescelto mi ucciderà." Si rigirò il bicchiere con il vino in mano. "Potrei fuggire... per andare dove? Non so nemmeno se Corvo è ancora vivo."

Sentiva urla e rumore di spade che cozzavano al di fuori.

Non gliene importava più nulla. Riempì il bicchiere, poi bevve direttamente dalla bottiglia.

"Fate quello che volete. Ho fallito."

Crollò con la testa sul tavolo in un sonno senza sogni.

«Signore.» Qualcuno lo scosse dalla spalla, Falco aveva una fitta lancinante alla tempia, le dita anchilosate, ancora la bottiglia stretta in mano. «Signore» ripeté la voce con più veemenza.

«Sono sveglio...» biascicò Falco, si passò la mano sul viso e sbadigliò. «Sono sveglio, cazzo!»

«Signore.» Lo salutò Declan, il ragazzo aveva il volto pallido segnato da profonde occhiaie. «Dobbiamo riorganizzarci, signore.»

«Per tutti gli Dèi, chi sei tu? Cosa vuoi da me?»

«Signore, non ho fatto il pescatore tutta la vita. Sono stato addestrato all'Accademia Militare di Makhan grazie alla fatica fatta dai miei genitori. Sono addestrato per essere un ufficiale.»

Falco sporse il labbro inferiore, fingendosi stupito. «Ma davvero?»

«Davvero, signore.»

Lo scacciò con la mano. «Ma vattene via e non rompermi il cazzo.»

«Signore, se non ci riorganizziamo passeranno alla controffensiva.» Declan contrasse la mascella e lo fissò dritto negli occhi.

"Ha le palle."

«D'accordo...» Ygg'xor si lasciò andare indietro contro lo schienale. «Cosa suggerisci di fare?»

«Signore, io suggerirei di convocare un consiglio di guerra, ho individuato gli uomini giusti, gente fidata, nessun occhi-gialli. Non hanno idea di come si combatta un assedio.»

Falco lo scrutò dalla testa ai piedi.

"Ha gli stessi occhi verdi di Lisandre..." Scosse la testa. "Ma che cazzo mi viene in mente?"

Sospirò.

«Perché ti interessa tanto questa guerra?»

«Signore, sono stato cacciato dall'Accademia perché ritenuto non idoneo, Primo Poggio non è stata nemmeno considerata da Re Evlan per l'arruolamento. Oltremare mi ha umiliato, voglio dimostrargli che hanno commesso un errore.»

"Ma perché non pensi a scopare, ragazzo?" Si morse la lingua.

«D'accordo, farò come dici, Declan. Convoca questo consiglio, ma dopo pranzo. Fammi smaltire la sbornia.»

«Sissignore.»

Declan portò il pugno chiuso al cuore e lasciò la tenda con un inchino.

Il giovane tornò dopo pranzo, accompagnato da due uomini e da Pyr'rs.

Falco stese la cartina sul tavolo la mostrò ai suoi nuovi consiglieri.

«Forza, presentatevi e poi ditemi cosa fare» sospirò, la fitta alla testa ancora non gli era passata, «io ho finito le idee.»

«Io sono Jike Tamerlan» disse l'uomo abbronzato alla sinistra di Declan, era basso e muscoloso, con due bicipiti che gonfiavano la giubba di cuoio. «Vengo dalle Isole Brillanti.»

«Io invece sono Bromwell Locke, per gli amici Brom» disse l'altro. «Sono di Primo Poggio, è un onore che Declan mi abbia scelto.»

«Sono entrambi uomini fidati» disse Declan. «Hanno combattuto valorosamente al mio fianco.»

«Come va la gamba?» gli chiese Falco.

«Bene, signore, grazie. Fa ancora male, ma è sopportabile.»

«Gli uomini lo chiamano l'Ustionato» aggiunse Jike.

«Bel soprannome, lo vorrei io.» Falco lanciò un'occhiataccia a Pyr'rs. «Tu cosa sei venuto a fare? Non capisci una parola» gli disse nella lingua degli occhigialli.

«Sto imparando» rispose in una stentata lingua comune.

Ygg'xor assentì. «Datemi qualche consiglio, perché io ho poche idee.»

«Signore.» Declan s'impettì, unì le mani dietro la schiena. «Abbiamo perso metà degli uomini nell'assedio, la mossa più saggia sarebbe quella di ritirarsi.»

«Presto arriverà ser Squalo con i rinforzi» mentì.

«In tal caso» disse Declan, «dobbiamo fortificare l'accampamento, stringere i denti e resistere fino a quando...?» lasciò la frase in sospeso guardandolo con curiosità.

«Fin quando arriverà» rispose secco Falco, si volse verso Pyr'rs. «Notizie da Squalo?»

Sapeva già la risposta.

«Ancora niente, mio signore» rispose il Consigliere. «Corvo ci ha mandato l'ultimo conteggio delle sue perdite. Ha perso seicento uomini durante l'assedio.»

"Meno di me."

«Se posso consigliare, mio signore» s'intromise Brom, «dovremmo fortificare il lato est e nord dell'accampamento. Da sud invece basterà qualche sentinella nel bosco, non credo ci attaccheranno da lì.»

«E da ovest?» chiese Falco. «Se Re Evlan o qualcuno dei suoi decidesse di mandare degli uomini a liberare Arthemys dall'assedio?»

«Signore» rispose Brom. «Non abbiamo gli uomini

per costruire delle fortificazioni su ogni lato.»

«Potrebbe essere comunque troppo tardi» aggiunse Jike.

Ygg'xor tamburellò con le dita sul tavolo.

«Cominciate i lavori oggi stesso.» Rifletté un attimo tra sé. «Abbiamo le catapulte ancora, no?»

«Certo, signore» rispose Declan.

«Bene, voglio che continuino a lanciare giorno e notte. Ditelo anche a Corvo. Non lasciamogli tregua.»

Quella notte Falco andò a dormire più sereno, il suo pagliericcio non gli era mai sembrato così comodo.

"Declan è un ragazzo davvero con le palle. Con lui ad aiutarmi, forse riesco anche a non finire i miei giorni su questa terra prima del tempo."

Si mise sul fianco e chiuse gli occhi.

"Sah'wa... quanto vorrei fossi qui."

Vide i suoi seni tondi, i capezzoli scuri, il suo corpo sinuoso inarcarsi tra le sue mani e...

Urla.

Ferro contro ferro.

Nitriti di cavalli.

Si riscosse, mise la giubba di cuoio, estrasse la spada e uscì fuori, per poco non venne travolto da un cavaliere, che puntava un uomo poco più avanti, gli mozzò la testa in un sol colpo.

"Siamo sotto attacco?"

«Siamo sotto attacco!» urlò. «Uomini! Sveglia! Ma dove cazzo sono le sentinelle?»

Corse alla tenda di Declan, era vuota.

«Merda...»

L'accampamento era in subbuglio, dei cavalieri continuavano a passare tra le tende e passare a fil di lama i suoi uomini appiedati.

"Sono stato fortunato."

Il rumore degli zoccoli si fece più vicino.

«Uomini!» gridò con tutto il fiato che aveva in corpo.

«Combattete!»

Guardò alla propria sinistra e poi alla propria destra, il cavallo sembrava sempre più vicino ma non arrivava mai.

Le fiaccole si erano spente, la luna era coperta dalle nuvole.

"Non si vede un cazzo!"

Restò fermò lì, in attesa di un nemico che era tutt'intorno a lui eppure non arrivava mai, i muscoli delle braccia e delle gambe tesi, pronto a scattare al minimo movimento.

Il rumore dei combattimenti lo circondava.

Non riusciva a muoversi, si sentiva pietrificato.

"Cosa devo fare? Non so combattere si notte sulla terraferma."

Ripensò a quando era lui a piombare sulla propria preda col favore delle tenebre.

"È tutto diverso."

Il freddo cominciò a pungerlo, dapprima alle dita delle mani, poi a quelle dei piedi, infine cominciò a tremargli la mascella.

"Devo muovermi" si disse. "Devo farlo per i miei uomini, che razza di comandante sono?"

Annuì, si asciugò il sudore freddo dalla fronte e corse a caso nei vicoli tra le tende, in cerca di un qualche cavaliere nemico.

Svoltò un paio di angoli e lo trovò.

Il cavaliere stava galoppando proprio verso la sua direzione, la celata dell'elmo tirata giù.

"Forza, Ygg'xor, ce la puoi fare."

Impugnò la spada con entrambe le mani e si preparò.

"Devo solo colpirlo mentre si avvicina, no? È facile."

Il cavallo era a pochi metri, il cavaliere caricò il colpo di spada e Falco fece altrettanto.

Un'ombra gli calò addosso dall'altro lato della via, lo portò a terra con sé mozzandogli il fiato.

Annaspò in cerca d'aria, il rumore degli zoccoli che si faceva più lontano.

«Siete impazzito, signore?» era stato Declan a salvarlo. «Volete farvi ammazzare?»

«Cosa?» Falco tossì, ancora stordito per l'accaduto.

«Aspettare un cavaliere così mentre lui vi viene incontro? Ma che cazzo vi passa per la testa, con tutto il rispetto, signore.» Gli porse una mano e l'aiutò a rialzarsi. «State bene?»

«Sì, io... credo di sì.»

«Certo che avete due palle grandi come i barili di acciughe che scaricavo a Primo Poggio!» Declan scoppiò in una risata nervosa.

«Volevo colpire il cavallo e...»

«Con quella spada?» Il ragazzo rise ancora di più. «Non so nemmeno io come ho fatto a salvarvi.»

Falco capì solo in quel momento la follia che stava per compiere e scoppiò anche lui a ridere.

All'alba l'incursione dei cavalieri di Arthemys era cessata. Falco riunì i consiglieri nella propria tenda. Jike e Brom avevano riportato qualche contusione e graffio, niente di grave.

Pyr'rs tremava ancora dalla paura, ma era illeso.

«Come hanno fatto a colpirci di sorpresa?» chiese Falco. «Le sentinelle?»

«Sono passati da sud, dal bosco» disse Brom, lo sguardo spento. «Hanno ucciso le cinque sentinelle e poi hanno attaccato con i cavalieri.»

«Nessuno ha visto dei cavalieri nel bosco?»

«Devono avere un passaggio segreto» spiegò Declan, «tutti i castelli ce l'hanno.»

«Fantastico...» Falco si morse la lingua. «Quanti uomini abbiamo perso?»

«Trentaquattro» rispose Jike, «più le cinque sentinelle.»

«E quanti ne abbiamo uccisi?»

I suoi tre consiglieri si scambiarono un'occhiata imbarazzata.

«Cosa c'è?» li incalzò lui. «Quanti?»

«Nessuno, signore» rispose Declan.

Ygg'xor si arrese, appoggiò la fronte sul bordo del tavolo.

«Raddoppiate i turni di guardia di notte, continuate con le fortificazioni, mandato un messaggero a Primo Poggio e fategli chiedere rinforzi...»

"...E che gli Dèi ci salvino."

I giorni passarono e dei rinforzi di Squalo nemmeno l'ombra.

Il messaggero che aveva inviato a Primo Poggio non tornò.

Le notti erano il momento peggiore: il freddo, la fame e la tensione per la paura di ricevere un altro attacco, in pochi nell'accampamento riuscivano a chiudere occhio.

Era una di quelle notti in cui Falco si rigirava nel proprio giaciglio tormentato dagli incubi.

Quando ci riusciva, Falco sognava Sah'wa, sognava di fare l'amore con lei, di sentire il suo profumo di violetta, di entrare nel suo corpo umido e caldo...

"Dannazione, mi sto innamorando di una puttana. E sto anche riscoprendo la fede, Corvo sarebbe fiero di me. Sto sprecando il mio tempo."

Indossò i pantaloni e la giubba di cuoio, poi indossò gli stivali e il mantello d'ermellino per proteggersi dal freddo, un gentile regalo di Rubin.

Prese la torcia dal palo centrale della tenda e uscì nell'accampamento di notte, la temperatura si faceva più rigida notte dopo notte, il suo stesso fiato si condensava nell'aria.

"E non siamo nemmeno in inverno... un autunno così freddo non lo ricordo da anni, gli Dèi devono odiarci." Andò a controllare la palizzata sul versante est e su quello nord, il fosso era stato scavato, la palizzata eretta in poco tempo, gli uomini erano di pattuglia in coppia, come lui aveva ordinato.

"Bene, sembra tutto a posto."

Andò sul lato opposto dell'accampamento, quello sud, che si affacciava sul bosco, e trovò tutti i suoi consiglieri seduti intorno al fuoco.

Pyr'rs giaceva steso a terra con una bottiglia di vino mezza piena in mano.

«Che gli prende?» chiese Falco.

«Comandante!» lo salutò Declan, «unitevi a noi!»

«Prendete pure la sua bottiglia!» ghignò Jike indicando Pyr'rs. «Credo che non regga l'alcol.»

Ygg'xor strappò la bottiglia di mano dal giovane occhi-gialli e si sedette su un ceppo intorno al fuoco con gli altri. Il bosco era solo a qualche metro, cupo e animato dai versi dal frinire delle cicale che sovrastava ogni altro rumore.

Bevve un sorso, il vino era acido.

"Quanto mi mancano le scorte personali dei lord..."

«Di cosa si parlava?» chiese.

«Di donne» ghignò Declan. «Jike ci stava raccontando del suo amore perduto.»

«Nah!» Jike scacciò via la cosa con la mano. «Basta parlare di lei, mi deprime.»

«Per carità» disse Falco, «sono già abbastanza depresso di mio. Spero che la guerra finisca il prima possibile.»

«Io no.» Bromwell scoppiò a ridere. «Sennò mi tocca tornare da mia moglie!»

Declan e Jike si unirono alla risata, Ygg'xor accennò un sorriso.

«Andiamo, comandante, lasciatevi un po' andare!» disse il ragazzo.

«Sono ancora troppo sobrio.» E bevve altro vino. «Tu ce l'hai qualcuno che ti aspetta a Primo Poggio, Declan?»

«Più di qualcuno.» Fece l'occhiolino e bevve un po' di vino dalla propria borraccia. «Ho ben quattro donne. Certe volte me le sono scopate anche tutte insieme.»

«Non ci credo...» esclamò Brom. «Sei serio?»

«Mai stato più serio in vita mia.»

«Sei il mio eroe!»

«Se è una donna è quella giusta può valere anche cento scopate...» disse Jike, lo sguardo perso nel vuoto. «Ve l'assicuro.»

«Che cazzo dici, Jike?» Declan gli colpì la spalla con un pugno. «Mi sembra di sentire un bardo da quattro soldi!»

«È così! Io ho fatto una cazzata e ho perso il mio amore, se la trovate, non mandate tutto a puttane!»

«Magari ci riuscissi con mia moglie!» Brom scoppiò di nuovo a ridere accompagnato da Declan.

«Diteglielo anche voi, comandante!» lo esortò Jike.

«Jike ha ragione.» Falco finì il vino con un ultimo sorso e lanciò la bottiglia verso il bosco. «Ma non tutti hanno la fortuna d'incontrarla.»

«Voi l'avete incontrata, comandante?» chiese Declan tornando serio.

«Sì.» Non disse altro, non provò neppure a rievocarne il volto nella propria mente, l'ultimo ricordo che aveva di lei era la sua espressione spaventata mentre la soffocava col cuscino.

"Una morte più piacevole di tante altre."

«E...» Brom batté le mani per riportarlo alla realtà. «Cos'è successo?»

Falco alzò gli occhi verso il cielo coperto da nubi, non c'erano stelle quella notte e neppure una luna.

«L'ho uccisa con le mie mani.» Si alzò dal ceppo, raccolse la torcia. «È una bella serata questa, godetevela. Non so quante ne avremo ancora.»

«Notizie di Squalo?» chiese la mattina durante il solito consiglio giornaliero. Sapeva già la risposta. "Siamo fottuti."

«No...» rispose Pyr'rs pallido in volto, la barba a chiazze cominciava a diventare lunga. «Nessuna.» Ruttò con la bocca chiusa.

Falco rise sotto i baffi, tamburellò con le dita sul tavolo, rimuginando sul da farsi.

«Signore...» aggiunse Bromwell. «Le nostre scorte si stanno assottigliando sempre di più, le notti si fanno sempre più gelide mentre i rifornimenti da Primo Poggio tardano ad arrivare. Alcuni uomini stanno seriamente pensando di disertare, soprattutto i nostri.»

"Maledizione, sembra che siamo qui da un anno e invece sono passate appena due settimane."

«Non temere. Invierò personalmente un piccione a quell'idiota che ho messo a governare Primo Poggio, gli strapperò le budella non appena avremo preso Arthemys» rispose Ygg'xor, i suoi consiglieri non sembravano troppo convinti. "Non mi ricordo nemmeno il nome, devo smetterla di fare nomine da ubriaco." «Pyr'rs!» disse schiarendosi la voce. «Di' a Corvo di continuare con il bombardamento giorno e notte, non abbiamo le forze per un altro attacco, se loro usano di nuovo quella cosa...» Non riuscì nemmeno a finire la frase, prima del suo esilio, a Oltremare non esistevano simili strumenti di morte. «Prendiamo tempo fino all'arrivo di Squalo, se entro una settimana non è qui, ci ritiriamo. Ora andatevene, voglio stare un po' da solo.»

Fece un cenno della mano e i consiglieri lasciarono la tenda.

I pensieri andarono a Sah'wa, sperò che quel viscido verme del nuovo lord di Primo Poggio non l'avesse presa al suo servizio. Aveva visto come l'aveva guardata quando era sbarcata, l'occhiata languida che le aveva riservato. Per sicurezza, Falco l'aveva pagata in anticipo per due mesi, non gli andava che qualcuno potesse prendersi la *sua* puttana.

"Ma le puttane sono avide di soldi, potrebbe volerne di più. Tanto, come potrei saperlo?"

Liberò Uncino dalla gabbia e il falco pellegrino volò via, rapido, verso l'uscita della tenda. Falco rimase con le carte e un'ultima bottiglia di estratto di Florea, il pregiato liquore fornito gentilmente dalle cantine del precedente lord di Primo Poggio.

La stappò e bevve dalla bottiglia, il caldo nettare gli scese nello stomaco, donandogli un dolce tepore in quel freddo autunno, dopo ogni sorso le sue preoccupazioni sembravano diventare meno importanti. Si addormentò con la testa sul tavolo e la bottiglia ancora in mano.

Era nella sala del trono bianca, regnava un silenzio assoluto. A pochi metri da lui c'era una bambina dai capelli lisci e neri con le braccia incrociate e la schiena contro una colonna.

Falco le si avvicinò e lei alzò il volto, la bambina era senza occhi, due cavità nere che sembravano fissarlo.

«Mi hai fatto male!» lo accusò con una voce stridula.

«Cosa?» Si pietrificò. «Come ho fatto?»

«Per colpa tua sono morte molte persone! Mi hai portato via gli occhi!» Dalle orbite vuote scendevano lacrime rosse.

«Bambina, io ho ucciso molte persone, è vero, ma mai fanciulli» cercò di giustificarsi.

«Tu hai fatto molto di più, non ti sei mai chiesto se i figli di quelli che hai ucciso potessero cavarsela da soli? Sai quanti neonati sono stati venduti dalle loro madri dopo che tu hai ucciso i padri?»

Fece spallucce. «È la vita. Io stesso sono stato venduto da piccolo, eppure eccomi qui.»

«Questa volta, Falco, non te la caverai così semplicemente. Pagherai per tutto, tutto.»

Ygg'xor rimase senza parole, era la bambina a parlare, ma la voce era diventata quella di una donna. I muri della sala crollarono e si ritrovò immerso in un mare di lava. Uomini urlavano e morivano, Falco poteva sentire la loro sofferenza, poteva vedere la pelle sciogliersi, il loro scheletro divenire cenere e il fuoco prendersi la loro vita.

Cadde in ginocchio, le mani alla gola come a cercare di liberarsi da una stretta.

«Perché mi fai questo?» rantolò. La bambina sembrava essere immune al fuoco.

«Tu sei rimasto a guardarli morire, è giusto che tu sappia cosa hanno provato a causa tua.»

Il magma, o qualsiasi cosa fosse, lo inghiottì.

Fu Pyr'rs a svegliarlo quella mattina, entrò urlante nella sua tenda facendolo trasalire.

«Abbiamo vinto! Signore, abbiamo vinto! Nella notte è arrivato Squalo in testa al suo esercito, è riuscito a sfondare la porta nord e a entrare in città!»

"Cosa? In una sola notte ha preso Arthemys?" Non poteva credere alle proprie orecchie. "Sono ancora ubriaco?"

«Come accidenti ha fatto?» Si alzò di scatto e sbatté il ginocchio contro lo spigolo vivo della gamba del tavolo, trattenne il gemito di dolore. La testa gli vorticò per un paio di secondi.

«Non lo so, signore! Si dice che abbiano provato a usare il magma contro di loro ma nessun uomo dell'avanguardia ha subito danni, sono stati i titani a proteggerli!»

Saltellava per la stanza come una troietta eccitata.

«Calmati, Pyr'rs, voglio vedere Squalo, ora.» Si sistemò il cappello da capitano in testa e uscì, seguito dall'esile consigliere. Era una bella mattinata di sole, l'aria era mite, piacevole. Si tolse il mantello d'ermellino e lo consegnò a Pyr'rs.

In giro per l'accampamento i soldati, in balia dei festeggiamenti, erano già ubriachi.

"Le prostitute avranno molto lavoro da fare oggi."

Uncino emise un grido vedendolo e si andò ad appollaiare sulla sua spalla.

«Lui dov'è?» chiese a Pyr'rs.

«Signore» rispose, «messer Squalo è nel palazzo di lord Excaver, ha già fatto imprigionare tutti i nobili della città e in breve ha detto che deciderà cosa fare di loro.»

"Praticamente mi hanno buttato fuori dalla loro allegra combriccola."

«Quindi è lui che comanda adesso?» Il suo tono era irritato e stanco.

"Preferirei così."

«Oh no, signore, infatti mi ha mandato a chiamarla per poterle consegnare la città.»

"Ma che gentile."

«Andiamo, dunque.»

Seguì Pyr'rs lungo il versante est della collina. I corpi carbonizzati dei suoi soldati erano ancora lì, i corvi banchettavano con le loro carni. Erano morti a causa sua. L'erba che ricopriva il crinale era scomparsa, lasciando spazio alla terra bruciata.

"Il loro sacrificio è stato inutile... se quell'idiota di Squalo fosse arrivato in tempo, quante vite sarebbero state risparmiate." Strinse i pugni, era furioso.

«Corvo dov'è?»

«Anche lui è a palazzo, Squalo l'ha nominato lord di Nuovo Sole.»

"Quindi io comando, ma lui nomina i lord e decide dove spedire i miei uomini, interessante."

Arrivarono alla porta est della città, quella che gli arieti non erano nemmeno riusciti a raggiungere. Era aperta, una moltitudine di cavalli e uomini la attraversava senza nessun problema.

«Devo parlare con Corvo il prima possibile, prima che parta per Nuovo Sole.»

«Certo» assentì Pyr'rs, «si tratterrà qui per tutto il periodo dei festeggiamenti, poi dovrà tornare ai suoi domini.»

«Festeggiamenti?»

«Per la liberazione dal giogo degli Excaver.» Pyr'rs lo disse come se fosse stata una cosa scontata, naturale.

Attraversarono la porta est.

L'interno della città era un disastro.

Gli uomini di Squalo avevano distrutto, depredato, stuprato e ucciso. I cadaveri di uomini, bambini e donne completamente nude o dalle sottane strappate erano ammucchiati agli angoli delle strade; alcuni soldati li stavano perquisendo, per trovare ancora qualcosa di valore, prima di metterli su un carro e bruciarli.

Alcuni edifici erano inceneriti e altri ardevano ancora.

Quasi tutti gli uomini che erano all'opera con le razzie avevano gli occhi gialli.

"Diecimila uomini rimangono un'enormità, ma forse, inizio a capire chi glieli ha forniti" pensò Falco, butto giù un boccone amaro. "Perché farmi questo, Re Prescelto?"

«Notizie dell'esercito dei Valverk, invece?»

«Nessuna. Se arriveranno qui, troveranno un bell'esercito ad affrontarli, secondo le nostre stime sono seimila fanti e ottocento cavalieri, non dovremmo avere problemi.» Il ragazzo delle Isole dei Titani sembrava molto più sicuro di sé.

Falco, camminando, diede un'occhiata in giro: dall'interno di una locanda provenivano delle urla che invocavano aiuto, pietà e misericordia... fuori da essa, file di soldati si ammassavano, sgomitando in attesa del proprio turno.

Voltò lo sguardo per non dover vedere oltre e notò il cadavere di una ragazzina in una via laterale, era stato abbandonato così, in mezzo al vicolo, come un rifiuto.

Si fermò.

I piccoli piedi insanguinati, i capelli neri che le coprivano il volto.

S'inoltrò nel vicolo.

Per un attimo la bambina sembrò diventare quella del sogno, ma, guardandola meglio, questa doveva essere più grande: all'incirca sui dieci anni. Falco rabbrividì vedendo la pozza di sangue che si era formata in mezzo a quelle fragili gambe.

«Cosa fate, signore?» domandò Pyr'rs.

Falco prese il corpicino senza vita in braccio era ancora calda.

"Se fossi arrivato prima, forse..."

Uscì dalla porta est, al suo passaggio gli uomini si fermavano a osservarlo; Pyr'rs gli camminava dietro cercando di farlo tornare in città. Falco non sentì nulla di quello che il consigliere gli disse. Quando questi provò a farlo girare con la forza, Uncino gli beccò la mano e Pyr'rs non provò più a fermarlo.

Andò nella sua tenda, avvolse il corpo in un lenzuolo bianco e prese una torcia. Poi portò la salma nel campo a est dell'accampamento, la poggiò con cura per terra.

«Spero che gli Dèi ti accolgano tra le loro braccia» sussurrò. «Madre, proteggila in questo suo viaggio.»

Diede fuoco al lenzuolo con la torcia e restò a guardare mentre bruciava.

«Perdonami, ti prego. Se puoi, perdonami.»

16 - DORAN

Seduto a prua, con le gambe ciondolavano dal parapetto, si strinse nella pelliccia d'orso e mise le mani al caldo tra il pelo.

Erano in vista di terra, dopo quasi un mese passato per mare, a Doran sembrava un miraggio non vedere la solita distesa blu infinita. Avevano allungato per non rischiare di incrociare navi delle Isole Brillanti o di Rogh, si fermavano non appena vedevano una nave all'orizzonte e attendevano.

Ma ormai erano vicini alla costa, presto sarebbero sbarcati, non c'era modo di evitare le altre navi.

"Spero che Cento sappia cosa sta facendo."

Si girò verso il ponte cercando Kahyra, non riusciva a smettere di pensare a lei, era l'unica cosa per cui gli importava ancora essere al mondo. Eppure, non appena avrebbero toccato terra, non l'avrebbe più rivista.

Cento era al timone, il suo occhio blu che scrutava l'orizzonte. L'arswyd gli sarebbe perfino stato simpatico, con quel suo umorismo particolare, se non gli avesse amputato il braccio destro.

Rize e Owis stavano giocando a Kort sul ponte e, come al solito, Rize stava vincendo. Owis imprecò in una lingua che Doran non aveva mai sentito.

Aveva provato a giocare una volta contro Rize e aveva perfino perso la brandina in cui dormiva, alla fine erano giunti a un compromesso: la brandina sarebbe stata di nuovo di Doran, in cambio ogni sera doveva schiacciare a Rize i brufoli che aveva sulle spalle e la schiena.

Ne era ricoperto.

Era una cosa disgustosa, ma odiava non mantenere la parola data.

Trovò Kahyra seduta a terra sul ponte, dal lato opposto rispetto ai due che urlavano e sbraitavano. I loro sguardi si incrociarono in un breve cenno d'intesa.

"È giunto il momento."

Il piano che la ragazza aveva ideato era praticamente un suicidio, ma era anche l'unico modo che avevano per non diventare arswyd o essere usati per chissà quali riti demoniaci.

Quello che contava di più, per lui, è che sarebbero stati insieme. Anche se dubitava che Kahyra l'avesse ideato per quel motivo.

"Mi ero quasi lasciato convincere a farmi trasformare in uno di loro" pensò, ricolmo di disgusto verso di sé.

Andò alla stiva della nave che fungeva anche da dormitorio. Il cuore gli batteva all'impazzata, aveva il terrore che l'arswyd potesse mettere fine al loro piano ancora prima che iniziasse.

Kahyra aveva scoperto che Cento aveva nascosto le sue morfospade in un baule chiuso da un lucchetto. Avevano provato a rubare la chiave, ma ce l'aveva Rize, ed avevano imparato a loro spese che cercare di rubargli qualcosa era praticamente impossibile. L'unica via rimasta era distruggere il lucchetto, e l'unica arma che avevano a disposizione in grado di farlo era Ddrag

Du, Cento gliel'aveva lasciata, evidentemente non lo considerava una minaccia.

"Spero solo di avere abbastanza forza nel braccio sinistro." La mano gli tremava per l'agitazione.

Arrivò davanti al baule. Avrebbero sentito il baccano che stava per fare, il piano era che Kahyra sarebbe stata la prima a precipitarsi per prendere le spade, Doran doveva nascondersi e aspettare il momento giusto per colpire da dietro Cento.

"Non è il massimo come piano."

Sguainò Ddrag Du. Si asciugò la fronte con la manica e poi colpì il lucchetto. Non bastò, il metallo non cedette. Udì i passi veloci di Kahyra sul ponte.

"Forza, andiamo..." Continuò a menare sempre più veloce, il clangore risuonava per la stiva.

Passi dietro di lui.

"Forza..."

Il lucchetto si spezzò e cadde a terra. Kahyra arrivò di corsa e impugnò le spade. Doran corse a nascondersi dietro un barile poco distante mentre dalle scale arrivavano Cento e Owis.

"Dov'è quel piccolo drogato?" La stiva era nella penombra, non vedeva Rize.

«Ed eccoci di nuovo qua, ragazzina, questa scena mi pare proprio di averla già vissuta» disse Cento col suo solito tono di scherno.

«Già. Solo che adesso, una volta che ti avrò ucciso, sarò libera» ribatté lei roteando le morfospade.

«Pensi davvero di riuscire a uccidermi con quelle due spade?»

«Sì.»

«E con Rize e Owis come la mettiamo? Ucciderai anche loro?»

«Se tenteranno di fermarmi, sì.»

«E del tuo promesso sposo, Doran, cosa mi dici invece? Lo lascerai qui?»

«Verrà con me, se lo vorrà, altrimenti ci separeremo. Ciò che è certo è che non lo trasformerete in un mostro!» Kahyra cercava di sembrare sicura di sé, ma la sua voce tradiva la paura, agitò le spade nell'aria.

«Credevo di aver superato la fase in cui mi chiamavi mostro...» sospirò Cento, «dove si è cacciato il ragazzino? Rize, trovalo.»

«Già fatto.»

A Doran si gelò il sangue nelle vene, la squillante voce di Rize proveniva dalle sue spalle.

Senza nemmeno capire come, si ritrovò un coltello alla gola.

«Forza, alzati» gli intimò Rize.

Fece come gli venne ordinato, fu portato davanti all'arswyd. «Cosa non si fa per la patata, eh?» Cento gli diede un colpetto sulla spalla. «Kahyra, scegli: la tua libertà in cambio della vita di Doran. Se vuoi essere libera, non appena sbarcati ti lasceremo andare. Doran, però, morirà. Altrimenti, tu rinfoderi le spade e lui vive, la scelta è solo tua.»

Doran la fissò negli occhi di ghiaccio, non c'era pietà.

"Non le importa di me così tanto da rinunciare alla libertà. Sono stufo di essere una pedina, sono sempre gli altri a decidere il mio destino... Come vorrei avere ancora il mio braccio destro."

«Perciò, se io me ne vado, voi lo uccidete?» chiese Kahyra.

«Non mi sembra così difficile da capire» le rispose Owis.

«Va bene» annuì lei, «uccidetelo allora.»

"Stupendo."

«Posso almeno poter dire la mia?» chiese Doran. «La mia vita ve la siete già presa. Non ho più il mio braccio, lasciatela andare e fate di me ciò che volete.»

«Doran, forse non l'hai capito» disse Cento. «Quello sacrificabile qui, sei tu. Cosa ce ne facciamo di un Cacciatore storpio? Mentre di una Lady Reggente, bella come Florea in persona, nonché Cacciatrice, beh... puoi capire anche tu che potremmo trovarle molti utilizzi.»

«Quindi hai deciso, Kahyra? La sua vita per la tua libertà?» ghignò Owis.

«Sì» rispose lei, poi sospirò a fondo. «Perdonami, Doran.»

«Vaffanculo, Kahyra.» Le disse, sottolineando ogni singola sillaba. «Vaffanculo!»

«Rize, fallo» ordinò Cento.

"Padre, spero di incontrarti nel regno dei Tredici."

«Fermo, ho un'idea migliore» intervenne Owis. Si avvicinò alla ragazza con passo lento, quando fu a portata, Kahyra cercò di colpirlo con un affondo che lui schivò di lato, mentre il secondo colpo lo costrinse ad un salto all'indietro.

«È brava, la ragazzina.»

«Te l'ho detto» confermò Cento. «È combattiva come una leonessa; lascia fare a me.» In un paio di secondi coprì la distanza che c'era fra lui e Kahyra, lei non ebbe nemmeno il tempo di reagire. Le afferrò un braccio e lo storse con violenza. La ragazza strillò e scoppiò a piangere crollando in ginocchio, lasciando cadere le spade.

«Bene, preparatevi, tra poco saremo a terra» ordinò l'arswyd. «Doran, non ti azzardare ad aiutare una stronza simile.» Sputò per terra e se ne andò sul ponte.

Rize tolse il coltello dalla sua gola e seguì Owis su per le scale.

Rimasero lui e Kahyra.

"Sono innamorato di una ragazza che mi ritiene nient'altro che una zavorra da scaricare..."

Le lanciò un'occhiata piena di risentimento, sperando che la notasse seppur nella penombra, poi se ne andò sul ponte anche lui.

Sbarcarono che il sole lanciava sulla città gli ultimi raggi di luce.

Il porto era in pieno fermento: uomini in armatura correvano da tutte le parti gridando ordini, casse con armi e provviste venivano caricate e scaricate. Doran riuscì a contare una decina di navi da guerra pronte a salpare.

«Cosa sta succedendo?» chiese a Cento, dall'espressione dell'arswyd, anche lui non riusciva a capire il perché di quell'agitazione. L'occhio meccanico coperto da una benda per non farsi riconoscere.

«Non lo so, ragazzo, ora stammi vicino e fa' silenzio.»

Si misero in marcia nella fiumana di gente del porto, si muovevano lenti.

Kahyra apriva la fila, silenziosa, avvolta nel suo mantello nero. L'arswyd le aveva sistemato il braccio dopo averglielo torto, ma non poteva ancora muoverlo. Dietro di lei c'era Rize, con la sua andatura ciondolante e le spade di Kahyra fissate sulla schiena; davanti a Doran, Owis portava una borsa con le ultime provviste sopravvissute al viaggio, mentre Cento chiudeva la fila.

Non appena furono fuori dal marasma del porto, l'arswyd li guidò in una stradina laterale fino a sbucare in un'altra grande via, da qui si diressero verso la piazza della locanda: un edificio fatiscente alto quattro piani e con tendoni rossi alle finestre.

«Owis e Rize, rimanete fuori con la ragazzina e tenetela d'occhio. Doran, vieni con me.»

Doran seguì Cento dentro la locanda, c'era uno strano profumo, un miscuglio di incensi vari e di spezie da cucina. La sala grande era gremita, i tavoli erano occupati da uomini in arme che bevevano birra e si intrattenevano con le fanciulle che servivano ai tavoli.

Per un attimo perse di vista Cento e si ritrovò smarrito in quel miscuglio di gente d'ogni tipo.

Si guardò intorno stranito, una bella ragazza dalla pelle scura gli prese la mano. «Benvenuto, mio signore, cosa vuoi che ti faccia?» Portò la mano di Doran al suo seno.

«Io... io...» Era morbido e caldo, il capezzolo turgido... Rimase imbambolato, tutto il sangue che aveva al cervello era confluito alla sua virilità.

Qualcuno lo prese dal colletto e lo strattonò via.

«Forza, Doran, anche io ho voglia, ma non siamo qui per questo. Non ti facevo così intraprendente, i miei complimenti.» Cento fece una specie di riverenza col capo e lo portò fuori, dove gli altri li stavano aspettando.

«Cosa succede qui?» chiese Owis.

«Il locandiere mi ha detto che dopo la morte di Re Nemil, le città dell'ovest hanno accusato Berser di fratricidio. È scoppiata una guerra civile, inoltre gli occhi-gialli hanno invaso il continente.»

Doran lo sapeva, la notizia aveva fatto molto scalpore a Città degli Dèi, tanto che si pensava a un intervento del Lord Sacerdote in persona a Oltremare, per riportare l'ordine.

«Ma non immaginavo che gli avessero dichiarato

veramente guerra.» Continuò Cento. «Le Isole Brillanti si sono schierate con gli occhi-gialli e nelle scorse settimane hanno lanciato un'altra offensiva, conquistando Nuovo Sole ed Arthemys. Relon di Rogh ha liberato le Colline del Vento dalle truppe reali, poi ha chiamato gli alfieri di suo padre a raccolta per attaccare via mare Primo Poggio e riconquistarla, mentre lui marcia col suo esercito verso Arthemys. Qui si stanno organizzando per partire.»

«Era informato, il locandiere» osservò Kahyra.

«Il sacerdote del posto dev'essere un maledetto ubriacone.»

«Brutta storia.» Owis si lisciò i baffetti che gli erano cresciuti in viaggio. «Città Cava immagino sia rimasta neutrale come al solito.»

«Esatto, probabilmente aspetta notizie dal nuovo Lord Sacerdote, che tra l'altro...» Cento si rivolse a Kahyra guardandola negli occhi. «Non è stato ancora eletto, per ora il reggente del regno di Gorthia è Arhak.»

"È un buon comandante, sono sicuro che sarà anche un buon reggente."

«C'è un letto caldo dove dormire?» chiese Doran speranzoso, non ne poteva più di quell'umida brandina nella stiva, ogni mattina si svegliava con male al collo e alla schiena.

«Il letto di quella ragazza secondo me è disponibile se ti sbrighi...» ghignò Cento, tirò una gomitata ad Owis. «Dovevate vederlo, l'ho perso di vista solo un secondo e me lo ritrovo con la mano su una tetta di una prostituta! Ne avrà anche una sola, ma di sicuro sa dove metterla!» Scoppiò una risata generale, perfino Doran stesso rise, per un attimo gli sembrò di notare una nota di gelosia nello sguardo di Kahyra.

«Comunque» proseguì Cento, «nessun letto libero per dormire, sono tutti occupati dai soldati. Dovremo tornare alla nave.»

"Fantastico, un'altra notte con la puzza di pesce marcio e dei piedi di Rize."

Si fermarono in una locanda del porto, un oste barbuto li condusse a un tavolo da cinque.

«Cosa offre la casa?» chiese Cento.

«Qui all'alice fritta serviamo alici fritte.»

«E...?»

«Alici fritte» rispose sicuro l'oste, l'arswyd annuì.

«Ce ne porti dieci.»

«E delle birre» disse Owis.

«Per me solo acqua» sorrise Kahyra.

«Per me del vino bianco» aggiunse Cento.

L'oste li guardò torvo.

«Io vi porto il cazzo che mi pare da bere e ve lo bevete?» urlò. «D'accordo?» Gli diede le spalle senza aspettare una risposta e se ne andò borbottando. «Ma roba da matti, dove si credono di essere?»

«Simpatico» ghignò Cento.

«Molto scortese» commentò invece Kahyra.

«Sei una vera rompicazzo» le rispose l'arswyd. «E lasciati un po' andare! Che la vita è una!» Le diede una pacca sulla spalla.

Kahyra schizzò in piedi. «Come osi?»

«Siediti e fa' amicizia con Owis e Rize, saranno i tuoi compagni di viaggio.»

«Sarò sola con loro?» disse lei risedendosi.

«Sì» assentì Owis, Rize invece rimase zitto, gli occhi persi nel vuoto, si era fumato un'intera beuta di erbasecca solo mezz'ora prima.

"Drogato schifoso. Se le mette le mani addosso giuro che lo ammazzo."

«Perché ci separiamo?» chiese Doran. «Non sarebbe più sicuro stare insieme? Voglio dire, c'è una guerra civile in corso nel regno.»

«Un gruppo più piccolo dà meno nell'occhio» spiegò Owis. «E poi stiamo andando in due posti diversi.»

«Lei non viene a Città delle Sabbie?»

«Eccoci!» gridò l'oste portando due vassoi pieni di alici fritte. «Arrivo con le prossime e con le birre!»

«Oh finalmente si mangia!» Cento si gettò sul primo vassoio, prese una manciata di alici fritte e se la lanciò in bocca intere, la lisca scrocchiò sotto i suoi denti. «Perché mi guardate così?» disse con la bocca ancora piena. «Forza! Mangiate che offro io!»

Lo stomaco di Doran brontolò, non se lo fece ripetere due volte e prese un'alice dal vassoio, seguito da Kahyra e Owis. Poco dopo arrivarono altri vassoi di alici fritte e cinque boccali di birra fresca, che ben presto divennero dieci boccali di birra fresca.

Doran non aveva mai bevuto così tanto alcol in vita sua.

«Dicevi, Doran?» sghignazzò Cento, l'arswyd sembrava più allegro del solito, era giunto al quarto boccale.

«Di cosa?» chiese lui.

«Mi hai chiesto perché Kahyra non venisse con noi, giusto?»

«Sì.»

"Mi pare."

«Lei andrà da un'altra parte, mentre noi andremo a Tywod per farti diventare un arswyd. Lei invece è destinata ad altro.»

«A cosa?» domandò Kahyra bevendo un sorso di birra.

«A qualcosa di grande, te l'assicuro» sorrise Owis.

«Ma basta parlare di cose noiose!» Cento sputacchiò un pezzo di pesce sul tavolo, lo buttò per terra col dorso della mano. «Parliamo di storie!» Si volse verso Kahyra. «Tu hai qualche bella storia da raccontare?»

Lei scosse la testa.

«La solita delusione.» Guardò Doran. «Tu, ragazzino?»

«Beh io... mia madre me ne raccontava tante, sui ddrag, le lucertole che popolavano queste terre centinaia di anni fa.»

«Sentiamo» lo incitò Owis, «sono curioso.»

«Mmmhhh...» Doran bevve un sorso di birra per schiarirsi la memoria. «C'è la storia di Ddrag Teine, anche chiamato il Terrore Rosso.»

«Sono tutt'orecchi» disse l'arswyd, anche Kahyra sembrava ascoltarlo interessata.

Si schiarì la voce, il cuore aveva accelerato i battiti.

«Ddrag Teine ha combattuto con gli Antichi a Baluardo degli Uomini nell'Ultima Battaglia. È stato uno degli ultimi ddrag a sopravvivere al morbo» deglutì, «nella storia di mia madre, Teine, consapevole di essere uno degli ultimi della propria specie, ha scelto di donare il proprio cuore a Gorth il Flagello dei Titani, che era rimasto ferito durante la battaglia. Un tempo la magia era potente a Oltremare e Teine ha potuto continuare a vivere finché Gorth è sopravvissuto. È stato un bel sacrificio, anche perché gli uomini vivevano molto meno dei ddrag.»

«È una storia magnifica» commentò Kahyra con gli occhi lucidi. «Grazie.»

«Figurati.»

Cento storse il labbro. «Che storia di merda!» Batté la mano sul tavolo. «Neanche una tetta, un po' di sesso? Ma che storia è?»

«Ve ne racconto una io» disse Owis. «Allora, ero con tre puttane, un nano e un nobile d'Oltremare, forse un Riddell...» Gesticolò vago con la mano. «Non importa di che casata fosse. Insomma, entriamo in un monastero e...»

«Sveglia, ragazzino, è tempo di andare!» La voce raschiante di Cento lo rubò dalle braccia della Musa. «Muovi quel culo!»

Doran strabuzzò gli occhi, si stirò i muscoli indolenziti e si alzò. Nella stiva non c'era più nessuno.

«Dove sono andati gli altri?»

«Via, non ti interessa il luogo. Te l'avevo detto che ci saremmo separati una volta arrivati.»

"Non ho nemmeno potuto salutarla."

«Potevi svegliarmi, li avrei salutati almeno.»

«Ma non rompere il cazzo.»

Doran si mise seduto sul bordo della branda, lo guardò torvo.

«Cosa c'è?» L'arswyd inarcò un sopracciglio. «Su, non tenere quel broncio. Se vuoi prima di andare via puoi passare dalla locanda, vedrai che ti tornerà il buonumore. Ti aspetto tra cinque minuti sul ponte.»

Cento salì i gradini della stiva con passo svelto, Doran si sciacquò la faccia con la tinozza d'acqua che teneva sotto la brandina... questa volta non era come al solito, aveva un odore strano...

"Rize, quel lurido figlio di cagna, ci ha pisciato dentro!"

Si allontanò schifato.

"Ma perché mi pisciano sempre tutti nella tinozza?"

Si rivestì, indossò la cintura con Ddrag Du nel fodero e salì sul ponte.

«Che odore schifoso che hai!» commentò Cento.

«Merito del tuo amico.»

«Ah!» rise. «Rize è proprio un gran burlone.»

"Non direi proprio burlone."

«Tieni questa.» L'arswyd gli caricò a tracolla una pesante borsa con quelle che dovevano essere le loro provviste. Doran grugnì, ma non si lamentò per non dargli la soddisfazione.

«Seguimi, ragazzino.»

Scesero dalla nave, un uomo cicciottello e col doppio mento si avvicinò, Cento gli lanciò una moneta di rame. L'uomo si prodigò in un goffo inchino che gli fece uscire le natiche dalle brache, poi, tirandosele su, salì sulla barca attraverso la passerella.

«Chi era?»

Non ottenne risposta.

Proseguirono lungo il molo. Le barche da guerra del giorno prima erano salpate e con loro anche gli uomini che affollavano la piccola città, in cui ora regnava la quiete. Poche persone in giro, perlopiù mendicanti e storpi.

«Chi era quell'uomo?» ripeté Doran.

«Non ti riguarda» lo liquidò l'arswyd.

«Sei sempre così simpatico o sei nel tuo periodo, Occhio Blu?» Non si era mai rivolto così a Cento, ma visto che li attendeva un viaggio lunghissimo, sperava di poter creare un po' di cameratismo. Per tutta risposta Occhio Blu continuò a camminare in silenzio a passo svelto.

Lasciarono il molo e proseguirono lungo le strade

maleodoranti fino a fermarsi davanti a una macelleria, Cento gli fece cenno di aspettare fuori.

Doran si sedette sui gradini in pietra dell'entrata, rimase a osservare due cani randagi che si contendevano un pezzo di carne rancida dall'altra parte della strada.

Un mendicante arrivò zoppicando, le mani a coppa per chiedere soldi, emise un verso indistinto.

«Mi dispiace, non ho soldi con me» disse Doran. Era vero, Cento non gli lasciava niente, forse per paura che potesse scappare.

Il mendicante aveva la pelle scura solcata da rughe, i piedi nudi erano ricoperti di vesciche, aprì la bocca per parlare ma uscì solo un suono indistinto: non aveva la lingua.

«Non ho niente da darti, mi dispiace!» Ripeté, ma il mendicante gli si fece ancora più appresso, si inginocchiò davanti e chinò il capo tenendo le mani alzate.

Doran si alzò. «Va bene. Apri la borsa e prendi qualcosa da mangiare.»

Si girò di schiena, mentre il mendicante affamato si precipitava a mettere le mani rugose nella borsa.

«Vai via!» La voce arrivò come un tuono. Cento era sulla soglia della macelleria e fulminò con il suo unico occhio umano il vecchio, che corse via con in mano una pagnotta stantia.

«Perché l'hai fatto? Stava solo cercando qualcosa da mangiare.» Doran allargò il braccio.

«Un giorno quella pagnotta sarebbe potuta servire a te, mai dividere il tuo cibo con chi non ti può ripagare in qualche modo.»

Cento gli infilò altre provviste nella borsa, che

divenne ancora più pesante, poi gli diede uno spintone. «Forza, in marcia, dobbiamo arrivare al prossimo paese a piedi. I soldati si sono portati via i cavalli, speriamo di trovarne qualcuno andando verso sud.»

Mentre camminavano sulla strada sterrata, a Doran tornò in mente Kahyra.

Non riusciva a dimenticare quando i loro sguardi si erano incrociati per la prima volta nell'Arena, sembrava passata una vita da quel giorno.

"Chissà dove sarà ora... Mi avrebbe lasciato uccidere in cambio della libertà. Vorrei che tutto fosse diverso, forse saremmo potuti anche stare insieme. Magari un giorno potrebbe anche essere..."

Erano solo i sogni ad occhi aperti di un ragazzo innamorato, Doran lo sapeva, non avrebbe mai più rivisto Kahyra, come non avrebbe mai più rivisto sua madre.

Sarebbe diventato un arswyd.

Strinse forte l'elsa di Ddrag Du. La sentiva come un uccello in gabbia, un'arma capace di mutare in innumerevoli altre, costretta nella sua forma originaria.

Marciarono tutto il giorno, facendo una breve pausa per mangiare qualche striscia di carne essiccata. Non incontrarono nessuno sulla strada, i campi della pianura erano abbandonati.

Doran ricordava che Oltremare fosse così desolata.

"La guerra ha distrutto tutto."

«Dove siamo?» chiese, all'orizzonte si intravedeva la sagoma di un villaggio.

«In nessun posto in particolare.» Il tono freddo e distaccato dell'arswyd gli diede i nervi, Doran si fermò. «Dimmi dove siamo!» urlò. «Io sono nato a Oltremare, mi so orientare meglio di te qui!»

L'arswyd lo scrutò con l'occhio umano, aveva ancora la benda su quello blu.

«Se proprio ci tieni tanto, siamo sbarcati a Wesser. E ora fai silenzio, che con le tue urla mi hai fatto venire mal di testa.»

"Lorsgate dovrebbe essere di strada, se stiamo andando a sud." Valutò, quando quattro anni prima era partito con Arhak, erano salpati proprio da Wesser. La sera raggiunsero un piccolo villaggio nella pianura. Nemmeno qui trovarono cavalli, tuttavia, riuscirono a mangiare una zuppa calda per cena nella locanda.

«Perché non mi hai ucciso?» chiese Doran, durante il pasto.

«In che senso?» Cento sembrò scegliere bene le parole, si accarezzò la barba con una mano, pensieroso.

«Tu avresti potuto uccidermi subito anziché mozzarmi il braccio, perché non l'hai fatto? Perché continui a portarmi dietro?»

«Perché le fila degli arswyd si assottigliano ogni anno, un uomo abile come te ci farà comodo.»

«E perché continuate con questi assassini da centinaia di anni?»

«Non sono centinaia di anni.»

«Come no?» Si portò la ciotola alla bocca e bevve un sorso di zuppa di cinghiale.

«Hai mai sentito parlare dello Scisma?»

Doran scosse la testa.

«Grande Ribellione?» tentò l'arswyd.

«Sì, questa sì.»

«Sono quasi la stessa cosa, la Grande Ribellione è stato il tentativo di re Lucas di far tornare le cose com'erano prima. Trent'anni fa arswyd e umani convivevano senza problemi, prima dello Scisma.»

«Non ci credo... stai mentendo.»

«Pensala come vuoi.»

«Non hai risposto alla mia domanda: perché continuate a compiere assassini?»

«Perché non possiamo fare altro che fare guerriglia, non abbiamo le forze per combattere a viso aperto. Oltretutto, fra di noi ci sono diverse correnti di pensiero che frammentano le nostre forze...»

«Quindi perché combatti?»

«Certi giorni me lo chiedo anche io, mi chiedo perché continuo a combattere per una causa persa, una causa in cui nessuno del popolo crederebbe mai.»

«E quale sarebbe questa causa?»

«Un folle ideale che mi accompagna da quando avevo più o meno la tua età: la libertà» pronunciò la parola in modo solenne, come se fosse sacra per lui.

«La libertà degli uomini, o la tua?»

«Io non sono forse un uomo? Non fraintendermi, io non sono mosso da principi divini come credete voi Cacciatori. Secondo me molti uomini più che la libertà meriterebbero la gogna, però mi piace pensare di combattere per la libertà, di combattere per liberare il popolo dalle catene che si è autoimposto e sperare che un giorno apra gli occhi. Purtroppo, la maggior parte delle persone preferisce pensare di avere un posto nel mondo, che ci sia qualcosa, oltre la misera vita che ha in questa terra, accettare che non ci sia nient'altro li lascerebbe perduti.»

«Secondo me ti sbagli. C'è qualcosa aldilà di questa vita, mio padre è insieme agli Dèi, e mi protegge.»

Cento fece una pausa, tirando su un cucchiaio di zuppa.

«Sono solo le speranze di un vecchio. E si sono già infrante una volta. Il popolo non dimentica mai le tradizioni, il figlio continua a credere a quello in cui suo padre ha creduto, e suo figlio dopo di lui. Ci sono alcune eccezioni, certo, ma quelli troppo intelligenti per porsi determinate domande vengono presi a fare i sacerdoti e alimentano l'indottrinamento del popolino. Non c'è un'arma più potente della religione, Doran, ricordatelo. Della religione, o della moneta, ma questa è un'altra storia...»

«Quindi gli Dèi non esistono? Secondo te sono solo un modo per controllare le persone?»

Cento assentì. «Se perfino il Lord Sacerdote si è messo a dubitare...»

Doran si accigliò.

«Ascoltami, ragazzo, non voglio distruggere tutte le tue certezze. Però sì, non c'è niente aldilà di questo mondo. Goditi la tua vita perché è l'unica che ti è concessa, ho notato che hai la tendenza a cercare di farti ammazzare.»

«E i titani, quelli esistono?»

«Sì, sono esistiti davvero.»

«E le streghe della foresta? Quando ero piccolo circolavano tante voci a Lorsgate.»

«Oh quelle esistono ancora oggi. Avrei tante storie da raccontare a proposito, pensa che una volta Connor...» Cento esitò, guardò prima il cucchiaio e poi Doran. «Ma che diamine! Finisci la tua zuppa e fila in stanza! Domani ci aspetta un lungo cammino.»

17 - ERYN

Il sole si era eclissato dietro le colline e loro avevano continuato a cavalcare nel buio, avevano solo una torcia di fortuna che faceva ben poca luce.

Era una bella serata d'autunno, le stelle brillavano nel cielo.

«Basta, accampiamoci qua» ordinò Mylej.

Si fermarono nei pressi di un torrente, avrebbero potuto sciacquarsi, riempire le borracce e far abbeverare i cavalli.

Eryn non aveva idea di dove si trovasse. Da quando era nata aveva viaggiato in tutto il regno insieme a suo padre e a sua madre, eppure quella zona le sembrava sconosciuta.

Il giorno dopo che era stata rapita, Mylej si era separata dal resto della dei cavalieri e l'aveva portata con sé, insieme a due soldati: Karmer e Pax. Non erano occhi-gialli, e parlavano bene la lingua comune dei Due Continenti.

"Traditori."

Mylej era una donna scontrosa, combattiva, crudele. Bastava dare un'occhiata al suo volto per rendersene conto: una maschera impenetrabile, aveva sempre la stessa espressione austera.

Il suo viso era brutto, il naso era sproporzionato e adunco, gli zigomi sporgenti, gli occhi infossati la facevano assomigliare a un teschio. Aveva i capelli rosso vivo e la carnagione pallida e lentigginosa.

Non sembrava venire dalle Isole dei Titani, tranne che per gli inconfondibili occhi gialli.

Karmer la intimidiva, Eryn aveva notato come la fissava con la bava alla bocca.

Pax invece la ignorava, sembrava non accorgersi neppure della sua presenza, doveva essere un uomo mite. Eryn si domandava che cosa ci facesse un uomo di quell'indole nell'esercito; le ricordava Masell, il vecchio addestratore di cavalli di Layard.

"Sono morti tutti a causa mia. Se io non fossi rimasta lì adesso sarebbero ancora vivi. Anche Ceaser..."

Eryn scese da cavallo e, tenendolo per le redini, andò verso il torrente.

Si sciacquò il viso. La lasciavano cavalcare da sola, non temevano più che tentasse di fuggire. E lei era abbastanza furba da non tentare più di farlo.

"Mi taglieranno i piedi."

Karmer, dopo il secondo tentativo di fuga, l'aveva avvertita: al loro re dagli occhi-gialli non serviva che lei sapesse camminare, bastava che potesse portare un figlio in grembo.

Mylej l'aveva frustrata dieci volte dopo il primo tentativo di fuga e ben trenta dopo il secondo, le ferite che aveva sulla schiena non si erano ancora rimarginate e le continuavano a bruciare. Per Eryn era un incubo quando il vestito si incollava alla carne viva.

«Forza, spogliati, dobbiamo sciacquare le ferite» le ordinò la donna dai capelli rossi, Eryn esitò.

«Muoviti!»

«D'accordo...» Eryn si sfilò a fatica il mantello, la giubba e la tunica.

Si sentì arrossire per l'imbarazzo del dover stare a seno scoperto davanti a quel gruppo di sconosciuti, si coprì con il braccio e rimase ad aspettare, mentre Mylej finiva di sciacquarle la schiena.

Il bruciore la paralizzava.

Tenne lo sguardo basso a terra, sapeva che Karmer la stava fissando, fissava i suoi piccoli seni a punta.

"Se ci fosse Ceaser qui non faresti tanto lo spavaldo."

Mangiarono il coniglio che Pax aveva cacciato, non era molto, ma perlomeno Eryn si tolse la fame. Nessuno le prestava attenzione né le rivolgeva la parola. I tre, per non farle capire di cosa parlassero, usavano una lingua che lei non conosceva, probabilmente era quella delle Isole dei Titani; così si andò a sdraiare sotto le pesanti coperte e sprofondò in un sonno senza sogni.

L'indomani fu destata con uno schiaffo da Mylej.

«Alzati principessa.»

Eryn caricò le coperte sul cavallo e si rimisero in marcia. Il sole doveva ancora spuntare e sentiva le dita delle mani congelate, poteva vedere la condensa del proprio respiro.

I tre soldati cavalcavano davanti a lei, per un attimo l'idea di fuggire le riattraversò la mente.

"Sarò costretta a portare in grembo il figlio di quel loro Re Prescelto. Dèi, perché mi fate questo? Perché non proteggete una delle vostre figlie da questi mostri?"

Il sole sorse da dietro l'orizzonte. Eryn rimase a bocca aperta, era uno spettacolo magnifico, l'unica altra volta che aveva visto l'alba era stata quando lei e Ceaser erano stati inseguiti dallo spirito antico a Layard.

"L'alba mi porta sempre disgrazie."

Il paesaggio da collinare si appiattì, segno che dovevano essersi allontanati molto da Layard.

Eryn ripensò alla marcia forzata verso nord e cercò di orizzontarsi.

"Dovremmo essere più o meno all'altezza di Baluardo, se solo sapessi se andare a est o a ovest, potrei perfino avere una possibilità di fuggire." Ma Eryn sapeva solo che Baluardo degli Uomini si trovava nelle Colline del Vento, la catena collinare attraversata dal Fiume della Foresta. Non appena avrebbe attraversato quelle colline, ogni speranza di fuga per Eryn sarebbe morta: le grandi pianure si estendevano fino alla costa, ed era un territorio piatto, con poche radure e alberi, l'avrebbero potuta individuare anche a chilometri di distanza.

Superarono una collina e in una conca accanto a un torrente apparve un villaggio. Una decina di case in legno dai cui comignoli usciva fumo grigio. Vide anche il campanile di una chiesa dei Tredici Dèi.

"Almeno loro sono al caldo." Il sole autunnale non riscaldava con i pallidi raggi di luce ed Eryn aveva sempre più freddo alla punta delle dita, ma sapeva che doveva cercare di pensare lucidamente. "Se c'è una chiesa, c'è anche un sacerdote... e se c'è un sacerdote posso chiedere aiuto!" La speranza le diede nuove energie, fece accelerare il suo cavallo e si assestò allo stesso ritmo di Mylej, che viaggiava in testa al gruppo.

«Ci fermiamo là?» le chiese.

La donna dai capelli rosso fuoco annuì. «Abbiamo bisogno di fare rifornimento.»

«Potrò andare a pregare i miei Dèi?» Sperò che il suo tono troppo accondiscendente non insospettisse la donna.

«Se proprio ci tieni...» Mylej si volse indietro. «Karmer, accompagnala alla chiesa, la principessa deve pregare!»

«Che ci vada da sola sulle sue gambette reali alla chiesa» sghignazzò lui. «Io ho intenzione di ubriacarmi un po' e magari farmi anche una bella scopata!»

«Pax, scortala tu allora.»

«Va bene, mia signora.»

Eryn non poteva sperare in una sorte migliore, trattenne a stento un sorriso di vittoria.

"Con Karmer sarebbe stato difficile, ma con Pax... Posso abbindolarlo e fare in modo di essere da sola col sacerdote. Gli Dèi hanno esaudito le mie preghiere." Era entusiasta, tutto dipendeva da lei. Aveva la sua occasione per fuggire.

Mylej si tirò su il cappuccio entrando nel villaggio, Karmer e Pax invece attiravano gli sguardi delle donne e dei bambini. I pochi uomini che Eryn scorse erano emaciati o vecchi.

"Dove sono finiti tutti i ragazzi?"

Dei bambini si avvicinarono ai loro cavalli.

«Una moneta, cavalieri?» chiesero in coro. «Solo una moneta!»

«No» rispose secco Karmer. «Andatevene.»

«Solo una moneta!» insistettero.

«Volete assaggiare l'acciaio?» Estrasse per metà la spada dal fodero, i bambini lanciarono un urlo e se ne andarono.

Mylej li fece fermare a un incrocio da cui si intravedeva il campanile della chiesa tra i tetti delle case. «Noi andiamo a fare rifornimento. Pax, porta la principessa a pregare. Ne avrò bisogno.»

"Se tutto va bene, ne avrai anche tu."

Si separarono, Mylej e Karmer svoltarono in direzione di una locanda mentre Eryn e Pax proseguirono per la strada principale.

La chiesa del villaggio era spoglia: i vetri del rosone e della cupola non erano decorati, l'altare non era altro che una lastra di pietra e le statue dei Tredici Dèi erano poco lavorate, tanto da renderli indistinguibili l'uno dall'altro. Eryn era abituata all'enorme cattedrale di Makhan e alle sue statue gigantesche finemente scolpite nel corso degli anni dai migliori scultori di Warest, come venivano anche chiamati i Due Continenti dell'ovest. Eryn poteva ancora visualizzare nella propria mente il volto del Padre o quello scheletrico dell'Estraneo.

Pax si fermò all'entrata, aveva lo sguardo perso nel vuoto.

"Cosa c'è? Perché non vieni con me? Hai timore dei veri Dèi?"

«Non vieni?» lo stuzzicò.

«No, io... preferisco rimanere qui.»

"Meglio per me."

La chiesa era vuota, Eryn entrò, percorse la navata e si inginocchiò dinnanzi ai gradini che portavano all'altare, con le mani giunte e gli occhi chiusi pregò i Tredici per la sua salvezza.

Sentì dei passi, un sacerdote le spuntò davanti all'improvviso ed Eryn cadde all'indietro battendo l'osso sacro, grugnì di dolore.

«Perdonatemi, mia signora, non volevo spaventarvi.»

Il sacerdote era giovane, aveva un viso cordiale e paffuto, i capelli corti e ben ordinati, indossava la tunica blu, tipica dei sacerdoti dei villaggi. Le porse la mano e lei l'accettò per rialzarsi.

«Mio signore, è un piacere vedervi» gli disse con tono riverente, s'inchinò.

«Cosa può fare un umile servo degli Dèi per voi?» Eryn si volse verso la soglia, per controllare che Pax non si fosse avvicinato, poi sussurrò all'orecchio del sacerdote: «Devo mandare un messaggio al sacerdote di Baluardo. Sono stata rapita, vi prego aiutatemi.» Con la coda dell'occhio controllò che Pax non si insospettisse, si stava guardando la punta degli stivali.

«Certo, milady» rispose il sacerdote, «venite con me ed espierò i vostri peccati.» Alzò la voce, in modo da farsi sentire, l'eco rimbombò per la navata.

"Ha capito. Bene."

Lo seguì in una stanza a sinistra dell'altare, il sacerdote richiuse la porta dopo che fu entrata.

L'uomo si sedette alla scrivania, estrasse una tavoletta nera con dei buchi sui quattro angoli, dei cristalli e un lungo filo d'argento.

Eryn poteva vedere la propria immagine riflessa sulla strana superficie liscia della tavoletta.

Sospirò. Aveva l'aspetto di una guardiana dei polli.

«Spero che ci sia...» Il sacerdote dispose i cristalli ai quattro angoli della tavoletta nera e li unì con il filo. La superficie della tavoletta vibrò, attraversata da una qualche forma di energia. Dopodiché, l'uomo afferrò i due cristalli superiori e chiuse gli occhi.

«Sennò?» chiese Eryn.

«Dovremmo mandare un piccione, ma sarà molto più lento.»

Il sacerdote respirò a fondo. «Sigmeur?» disse. La tavoletta vibrò sul tavolo, spostandosi di qualche centimetro. «Che piacere sentirti!» Sorrise. «Sono Paul di Nimaver. C'è una ragazza che ha bisogno d'aiuto, è stata rapita e si è rivolta a me. Presto, mandami una squadra di cavalieri più in fretta che puoi.»

«Chi è?»

Paul di Nimaver aprì un occhio.

«Chi siete, mia signore?»

"Non posso dire Eryn Riddell..."

«Elenoire Valqueverk.»

«Siete lontana da Poivers.»

Il sacerdote richiuse l'occhio. «Emlyn Valqueverk» disse, poi annuì, lasciò andare i cristalli e aprì gli occhi, aveva l'aria un po' affaticata. «Bene, milady, gli Dèi ci sorridono, Sigmeur era alla tavoletta per la divinazione. Non ci resta che aspettare, probabilmente ci metteranno un giorno ad arrivare, basterà?»

«Hanno detto che ci fermeremo qui per la notte, lo spero. Grazie.»

"Avrete una bella sorpresa domani mattina."

L'uomo slegò il filo d'argento dai cristalli, lo avvolse in un piccolo gomitolo e lo rimise nel cassetto, insieme alla tavoletta e ai quattro cristalli.

«Come sei finita nelle mani di quei brutti ceffi?»

«Mi hanno rapito di notte, hanno intenzione di chiedere un riscatto alla mia famiglia.»

"Speriamo mi creda." Eryn conosceva bene il lord Valqueverk e non aveva figlie della sua età, Elenoire aveva a malapena dodici anni.

«Non sapevo che lord Valqueverk avesse figlie così grandi. Non temere, domattina sarai di nuovo libera.»

Lei gli rivolse un sorriso e si avviò alla porta. Fece per prendere il pomello ma venne sbalzata indietro. Sbatté la testa a terra e sentì il sapore metallico del sangue.

Pax entrò con la spada sguainata, si avventò sul sacerdote piantandogli la lama nella gola. Paul di Nimaver ricadde sul pavimento tra fiotti di sangue. Eryn urlò, Pax l'afferrò per i capelli e la trascinò fuori attraverso la navata riaprendole le ferite sulla schiena.

«Aiutooo! Aiutooo!» gridò Eryn, sperando che qualche abitante arrivasse a soccorrerla.

Due uomini armati di forconi uscirono da una casa poco distante e corsero verso Pax, che con la mano destra teneva la spada insanguinata e con la sinistra stringeva i capelli di Eryn.

"Dèi, grazie" pensò continuando a divincolarsi.

«Lascia andare la ragazza, assassino!»

Pax non rispose.

Una piccola folla si stava creando intorno a loro.

«Presto chiamate, Adrian!» gridò qualcuno.

I due contadini si avvicinarono, i forconi puntati verso il soldato.

La schiena la faceva impazzire di dolore, le cicatrici continuavano a bruciarle. Strinse il braccio di Pax con le unghie così forte da farlo sanguinare, ma lui non mollò la presa.

«Lasciala andare, ora!» Un uomo possente si fece largo tra le persone, impugnava una spada e uno scudo di ferro, indossava anche un'armatura leggera.

Gli uomini coi forconi si fecero da parte e l'uomo chiamato Adrian si posizionò a pochi passi di fronte a Pax.

Il primo a fare una mossa fu il soldato delle Isole dei Titani.

Eseguì un rapido affondo verso Adrian, che parò con lo scudo. Eryn venne trascinata, facendole strisciare la schiena per terra, le ferite la paralizzarono dal dolore.

Adrian rispose con un colpo di scudo che fece indietreggiare Pax, poi colpì con la punta della spada mirando il petto, Pax fu costretto a mollare la presa su Eryn e schivare facendo una capriola indietro.

Eryn rotolò di lato, evitando per un soffio di non essere calpestata da Adrian che andava alla carica.

Pax era in evidente difficoltà, senza scudo e di stazza molto più piccola rispetto al suo avversario. Eryn vide la paura nei suoi occhi.

"Ora non fai più il gradasso, eh?"

Pax azzardò una finta alla gola per distrarre l'avversario, ma questo gli deviò la spada con lo scudo ed eseguì un fendente laterale. La lama colpì di traverso la spalla sinistra di Pax, affondando nell'armatura di cuoio e nella carne.

Il soldato delle Isole dei Titani cadde in ginocchio.

"È finita, finalmente." Era colma di gioia.

Adrian si preparava per il colpo ferale, alzò il braccio destro caricando il colpo. La punta di una freccia uscì dal suo occhio, il cavaliere cadde prima in ginocchio e poi franò addosso a Pax.

Dalla folla emersero Mylej e Karmer.

"Oh no, no, no..." La gioia cedette il passo alla disperazione, la avrebbero punita duramente per quello che aveva fatto.

Strisciò indietro.

«Aiuto...» singhiozzò, la donna dai capelli rosso fuoco le piombò addosso.

«Ora la pagherai.» Mylej le prese la mano sinistra, Eryn provò a divincolarsi e la donna la colpì al volto con un pugno così forte da lasciarla stordita.

Eryn restò con la testa molle piegata verso il petto.

Mylej estrasse il pugnale, le fece mettere la mano

sinistra aperta a terra e le tranciò di netto il pollice.

18 - CEASER

Alto Picco era un piccolo villaggio sul grande Massiccio d'Oltremare, era simile a qualsiasi altro villaggio di montagna in cui era stato, salvo per un particolare: era degli Infedeli.

Perfino lì, ai confini d'Oltremare, erano giunte notizie della caduta di Arthemys. Anche se le voci erano parecchio confuse a riguardo: alcune sostenevano che le Isole Brillanti l'avessero conquistata per conto di Re Berser, altre invece asserivano che fossero stati gli occhi-gialli a catturarla, le più fantasiose sostenevano che fossero stati gli Infedeli, con un incredibile dispiegamento di arswyd.

A Ceaser tornarono in mente gli uomini con lo strano stemma del falco che li avevano attaccati sulla strada per Virki.

"Se sono state le Isole Brillanti a conquistare Arthemys allora probabilmente Eryn sarà lì. Sette isole per sette stelle, lo stemma ha senso, i soldati portavano il loro simbolo... ma il falco in mezzo cosa significa? Forse le Isole Brillanti sono davvero con il Re Prescelto. E se sono con gli occhi-gialli, significa che Eryn è veramente in pericolo." In qualsiasi luogo fosse, si augurò che stesse bene. "È una principessa, devono trattarla comunque con il dovuto rispetto, anche se è una prigioniera." Tentò di convincersi di ciò, gli occhi-gialli non seguivano lo stesso rispetto che i nobili d'Oltremare riservavano alle altre casate.

Indossò la camicia e i pantaloni, poi la giacca di cuoio che si era comprato nella bottega del villaggio mettendo tutto sul conto di Cyara. Rabbrividì e ci mise qualche secondo a riprendersi dal freddo, A Oltremare gli inverni erano rigidi ovunque, solo le città della costa potevano vantare un clima più mite. Era abituato ai freddi inverni di Makhan, ma ad Alto Picco, il freddo era troppo anche per lui. Si sciacquò il viso nella bacinella d'acqua e uscì dalla stanza della locanda che gli avevano assegnato quando era arrivato.

Il legno del pavimento del corridoio scricchiolò sotto i suoi stivali.

Storse il naso per la puzza di muffa.

"Ma chi diamine può venire in mente di aprire una locanda in un posto come questo?"

Cyara era stata accolta come una regina. Non appena era stata avvistata, il piccolo villaggio era sceso per renderle omaggio. Era ospite nella villa del prefetto.

Di Ceaser si erano disinteressati e l'avevano confinato lì, senza più avere notizie che non fossero quelle che sentiva da Beep, il locandiere-arswyd.

Scese le scale e si ritrovò nel salone centrale, pieno di tavoli e sedie vuote. Strinse gli occhi, per non farsi accecare dalla luce del mattino. La sala era costruita in modo circolare, con una grande finestra in vetro piombato, che al mattino veniva irrorata dal sole.

«Buongiorno, Ceaser.» Lo salutò freddo l'arswyd dietro al bancone, un uomo dai corti capelli neri con entrambi gli occhi blu senza pupilla. Aveva detto di chiamarsi Beep, ma Ceaser aveva il sospetto che fosse una presa per il culo.

«Buongiorno, Beep» disse appoggiandosi al bancone. «Fammi un tè.»

L'arswyd prese un pentolino alto e stretto e lo riempì d'acqua, aggiunse le foglie di tè triturate e mise il tutto sul fuoco che ardeva nel camino alle sue spalle, l'aroma iniziò a diffondersi nella stanza.

«Cyara ti sta aspettando, è con Galladem» gli disse, mentre l'acqua bolliva.

«Meno male, iniziavo a sentirmi abbandonato» rispose Ceaser.

Galladem gestiva quel piccolo villaggio, Cyara gli aveva raccontato che avevano combattuto insieme, molti anni prima, durante la Grande Ribellione.

«Come va la vita?»

«La solita noia, Beep, che cazzo vuoi che ti dica.»

«Strano, penavo ti divertissi qui ad Alto Picco.»

Ceaser rise amaramente. «C'è la stessa vitalità che ci può essere in un monastero.»

Beep gli servì una tazza fumante che lui bevve tutta d'un fiato, l'esofago gli bruciò.

«A dopo, Beep, ci vediamo stasera.»

«Per cena ti preparerò un buon stufato di capra.»

"Strano, negli ultimi tre giorni l'aveva fatto di montone."

Uscì. La neve che era caduta la sera prima aveva coperto la piazza principale di un bianco candido. Durante la notte si era ghiacciata e per poco Ceaser non cadde su una lastra dopo aver fatto un paio di passi.

«Merda...» sospirò. "Si preannuncia una giornata pessima."

Si diresse verso la casa del prefetto. I tre bambini del villaggio stavano giocando a palle di neve lì vicino, uno gli passò accanto e una palla di neve lo colpì alla schiena. I bambini corsero via urlando e ridendo. «La prossima volta mi vendico!» scherzò. "Poveretti, chissà come devono sentirsi a far parte dei pochi umani in un villaggio composto quasi interamente da arswyd."

La casa del prefetto era l'unico edificio in mattoni rossi del villaggio, su due piani, dal comignolo fuoriusciva un fumo grigio. Usò il batacchio, un anello che pendeva dal naso di un leone, e bussò due volte sul portone in legno scuro.

Si alzò il vento.

Ceaser si strinse le braccia al petto.

"E andiamo..."

Ad aprirgli fu una ragazza dai capelli castani, indossava un abito azzurro chiaro che le ricadeva in maniera perfetta. Aveva gambe snelle e affusolate, i fianchi erano un filo larghi e il seno abbondante. Ceaser riusciva a intravedere i capezzoli attraverso il tessuto. Aveva un viso tondo, dai lineamenti delicati, un naso a patata, e labbra carnose... Solo alla fine si accorse che l'occhio destro era blu fluorescente.

"È molto carina, non avesse quell'occhio inquietante..."

«Voi dovete essere scr Ceaser» disse la ragazza con un sorriso, «è un onore incontrarvi, io sono Muireann.»

Ceaser si accorse di avere la bocca aperta, la richiuse.

«Ehm...» si schiarì la gola, «è un piacere anche per me, signorina. Sono qui per vedere Cyara e Galladem, mi è stato detto che mi cercavano.»

"Ma non ha freddo?"

«Entrate» si mise di lato, «sono al piano di sopra che

vi attendono.»

Entrò. Fu accolto da un gradevole tepore. La casa era essenziale, senza particolari adornamenti o decorazioni, salvo i tappeti e gli arazzi sui muri, utili per tenere caldo.

Seguì Muireann nel corridoio del piano di sopra e si stupii nel vederlo illuminato con luci fredde.

«Come fate ad avere quelle?»

«Guardatemi, ser, vi sembra che ci manchi la tecnologia degli Antichi?»

"Giusto, che domanda idiota."

Lo condusse fino a una porta in legno bianco, bussò tre volte.

La porta si aprì e un uomo alto almeno una spanna più di Ceaser comparve sulla soglia, per poco non sbatteva con la testa contro lo stipite.

«Grazie, Muireann, puoi andare.» Il suo tono era perentorio. «Ser Ceaser, Cyara mi ha parlato molto di voi. Prego, accomodatevi, ma non troppo.»

Ceaser entrò nello studio del prefetto, anche questa stanza non presentava particolari arredamenti, c'era un tappeto ricamato per terra, una scrivania in mogano, con due sedie per gli ospiti. Una era occupata da Cyara, che lo salutò con un cenno del capo.

«Guarda chi si rivede...» esclamò lui.

Un caminetto acceso riscaldava l'ambiente. Dalla vetrata posta dietro la scrivania si potevano ammirare le cime innevate delle montagne.

Ceaser prese posto sulla sedia libera. Galladem si sedette davanti a loro, dall'altro lato della scrivania. Era un uomo che si muoveva come un capo: alto, forte, sicuro di sé. La barba nera, folta e lunga fino al petto, gli conferiva un aspetto ancora più autoritario.

"Non sembra nemmeno un arswyd."

«Ser Ceaser» esordì Galladem, «so chi siete, perciò veniamo al punto. Non vi voglio qui un giorno di più.»

Ceaser alzò gli occhi al cielo. "Mi sembra di sentire il capo della guardia reale."

«Perché? Se posso chiedere.»

«Voi eravate incaricato di portare una ragazzina innocente al macello, mi chiedete anche perché?»

«Galladem, te l'ho già spiegato, lui amava quella ragazza. È stato costretto da Re Berser a farlo» lo difese Cyara.

«Non mi fido di lui, comunque. Inoltre, tu gli hai fatto vedere la strada per arrivare fin da noi, non saremo più al sicuro.»

«E invece mandarlo via da Alto Picco ti sembra più intelligente?»

«Sì, se lo mandiamo a Tywod» esclamò con un ghigno.

«Tywod?» chiese Ceaser. «Il nome mi è nuovo.»

«Voi lo chiamate Città delle Sabbie.»

Fu attraversato da un brivido.

"Se finisco in quel posto, posso pure dire addio alla mia speranza di partire per trovare Eryn."

«Sono giorni che ne parliamo» sospirò Cyara, «è più sicuro tenerlo qui fino a quando non si sarà ripreso del tutto, era ferito gravemente ed è ancora molto provato dal viaggio.»

«Anche se dovesse morire non sarà poi una grande perdita» le rispose Galladem.

Cyara si sporse oltre la scrivania e gli tirò uno schiaffo.

«Ricordati chi ti ha messo dove sei ora, Galladem.»

Ci fu un attimo di silenzio.

Ceaser guardò prima Cyara e poi Galladem, indeciso se dire o fare qualcosa.

«Scusate, posso?» si decise infine.

«Cosa c'è?» biascicò Galladem, massaggiandosi la guancia arrossata.

«Io vorrei partire per liberare la principessa Eryn, potrebbe essere ad Arthemys. Se quello che mi ha detto Beep è vero...»

«I miei informatori ci hanno comunicato che la principessa non è stata avvistata in città, perciò lo escludo.»

"Hanno informatori persino dopo l'assedio" pensò stupito. "Sono molto più infiltrati nelle nostre città di quanto credessi, perciò lui sa chi ha conquistato Arthemys..."

«Allora, hai deciso cosa fare?» chiese Cyara.

«Sì...» disse Galladem, arrotolandosi la barba tra le dita.

«Posso saperlo anche io?» chiese Ceaser.

«Rimarrete qui da noi ancora una settimana.» Galladem lo guardò in tralice. «In modo che possiate riprendere le forze. Poi, voi e Cyara partirete verso Yldorraine. La storia che mi ha raccontato dello spirito antico non mi piace per niente. È un brutto segno, se creature così antiche e rare si avvicinano nel territorio degli uomini. Se c'è una risposta al perché uno di loro si aggirava così lontano dalla Foresta degli Antichi, sarà lì. Ma...»

«Ma?» lo incalzò Cyara, alzando un sopracciglio.

«Non abbiamo notizie dalla città da mesi. Non ho uomini per andare a indagare, perciò voglio che andiate voi.»

Cyara si morse il labbro, l'aria sospettosa. «Questo

non me lo avevi detto.»

«Ho riflettuto a lungo se mandarvi a Yldorraine o meno. Aspettavo una risposta da Joul.»

«E cosa ha detto?»

«Che la cosa migliore da fare era mandare te.»

«E dove sarebbe Yldorraine?» domandò Ceaser.

«È nella Foresta degli Antichi» rispose Cyara. «Sulla Grande Dorsale.»

«No, no! Io devo andare a salvare Eryn!» urlò, sbattendo il pugno sul tavolo.

«La vostra principessa ormai sarà da qualche parte alle Isole dei Titani, lo stemma che avete visto è il simbolo di un nuovo lord del Re Prescelto chiamato Falco» disse Galladem. «Non la vedrete più.»

«Dimmi chi ha preso Arthemys!» Picchiò di nuovo il pugno sul tavolo, furioso.

«Calmatevi.» Galladem lo ghiacciò con la voce. «Arthemys è stata presa da lord Falco, che è il lord di cui vi accennavo. Noi di Alto Picco non siamo in cima alla lista delle persone da informare, so solo questo. Mi raccomando, non ditelo in giro, specialmente a Beep. Quello come va a farsi un giro in qualche villaggio umano, si ubriaca e spiffera tutto.»

«E di Eryn sapete niente?»

«Nulla, tranne quello che ci ha detto Cyara, probabilmente la vogliono dare in sposa a qualcuno dei titani. Ve lo ripeto, andate a Yldorraine, lì troverete tutte le risposte che cercate. E che cerco anche io.»

Ceaser restò in silenzio, rimuginando su quello che doveva fare.

"Non posso abbandonare Eryn..."

«Ceaser, fidati.» Cyara gli poggiò una mano sulla spalla. «Eryn è scortata da un intero esercito, non credo vogliano farle del male. Per ora non possiamo fare niente. Quando avremo delle informazioni precise potremo anche organizzare un salvataggio, ma adesso la cosa migliore è andare a Yldorraine e capire cosa sta succedendo.»

«Bene, quindi è tutto deciso, ora andatevene. Sono stufo della tua faccia, Cyara.» Galladem li scacciò con un gesto della mano.

Mentre usciva dalla casa del prefetto, Ceaser non poté non notare l'occhiata che gli lanciò Muireann in corridoio.

"Però, che occhietti... Cioè, che occhietto, perché l'altro non è che mi ispiri molto."

«Dormirò anche io qui nella locanda d'ora in poi. Abbiamo avuto diversi punti di divergenza, io e Galladem» disse Cyara mentre cenavano con lo stufato di capra.

«Che genere di punti di divergenza?» volle sapere Ceaser.

«Del tipo se scuoiarti e stendere la tua pelle come tappeto davanti al suo caminetto, oppure se mandarmi a Città delle Sabbie e farmi uccidere, come punizione per aver disertato, cose di questo genere...» Si mise in bocca un pezzo di carne. «Ho dovuto riscattare un paio dei miei vecchi favori per dissuaderlo. Vedi, tra gli Infedeli, come ci chiamate voi, quasi tutti hanno un debito nei miei confronti.» Sorrise. «Perlomeno gli arswyd. Galladem è un uomo rigido e impulsivo, può apparire burbero, ma lui è fatto così: gli piace apparire rude e scontroso. Basta saperlo prendere.»

«Eri la loro comandante? Quello con cui eri sposata era uno importante?»

«Ero molto di più.»

Ceaser si accigliò. «In che senso?»

«Nel senso che non sono affari tuoi.» Cyara rise, aveva un bel sorriso, femminile, a dispetto del suo corpo, un po' mascolino per i suoi gusti.

«Cosa dovremo fare a Yldorraine?» cambiò argomento lui.

«Yldorraine si può definire la capitale della rete di spie e informazioni. Lì abbiamo anche un'università che si occupa di studiare l'arsite, i titani, gli spiriti antichi e tutte le creature esistenti, anche quelle di cui si parla nelle leggende.» Si mise in bocca un altro cucchiaio di stufato. «Se davvero non arrivano più comunicazioni da loro, vuol dire che le cose si mettono davvero male per noi.»

«Magari si stanno preparando a colpire in vista della guerra, no?»

«Può darsi...» rispose Cyara, poco convinta.

«E invece sugli spiriti antichi cos'hanno scoperto?»

«Sono delle creature temibili, in un combattimento corpo a corpo un uomo non ha scampo. Sono dotati della capacità di soggiogare mentalmente le vittime con il contatto visivo, praticamente fanno cadere le loro prede in uno stato molto simile all'ipnosi e poi le mangiano.»

«L'ho provato sulla mia pelle.» Un brivido gli corse lungo la schiena. Le zanne del mostro a pochi centimetri dalla sua faccia, gli artigli che si facevano largo nei tessuti come se fossero burro...

«Da dove provengano però» proseguì Cyara, «rimane un mistero. Gli unici testi scritti che parlano di quegli esseri risalgono a migliaia di anni fa. Sappiamo che una volta erano diffusi in tutta Oltremare. Ora ne è rimasto qualche esemplare nella Foresta degli Antichi, da quando sono stata trasformata in arswyd, non si era mai sentito di uno spirito antico avvistato così lontano. Sempre se la mia memoria non sbaglia.»

«E nel nostro viaggio verso Yldorraine potremmo incontrarne uno, vero?» Ceaser era preoccupato, non aveva alcuna intenzione di rivivere quell'esperienza.

«Non ti dirò cazzate.» Storse la bocca. «Sì, potremmo, ma i nostri hanno una strada sicura che viene pattugliata costantemente proprio per evitare incontri sgradevoli. Gli spiriti antichi non sono la cosa peggiore che puoi incontrare nella Foresta, credimi.» Il tono di voce di Cyara si era incupito.

"Fantastico, proprio quello che ci voleva per motivarmi."

«Quindi se passiamo per questa strada sicura non dovremmo avere problemi, vero?»

Cyara rise. «Ceaser, hai un arswyd con te.» Gli fece una carezza. «Non hai nulla da temere.»

Ceaser si alzò dalla sedia, accennò un sorriso.

"Sarà, ma io non mi sento così convinto."

«'Notte, Cyara. Sono stanco.»

«Fai bei sogni, ser.»

Ad Alto Picco non c'era molto da fare, specialmente in inverno, così Cyara lo aiutò a riprendere l'allenamento con la spada.

Galladem li aveva riforniti di abiti pesanti, pellicce, coperte, e tutto il materiale necessario per il viaggio che dovevano intraprendere, comprese due spade nuove di zecca.

I giorni si susseguirono l'uno uguale all'altro: si allenava con Cyara usando dei bastoni al mattino, pranzava, si allenava al pomeriggio, cenava e andava a dormire.

"Alla fine di questi allenamenti sarò ricoperto di lividi. Cyara picchia forte... Ma il femminile di arswyd è arswyddessa? O forse arswyda? Glielo devo chiedere..."

Ritornò alla locanda dopo un intenso pomeriggio di allenamenti, Cyara era dovuta andare via prima, aveva delle faccende da sistemare con Galladem e Ceaser era rimasto ad esercitarsi da solo.

Incrociò Muireann nella piazza del villaggio, il suo occhio blu brillava nella luce del crepuscolo, si fermò a salutarla.

«Ser Ceaser, che piacere rivedervi» sorrise lei.

«Anche per me, Muireann.»

«Non vi sentite solo? Tutte le notti in quella fredda locanda?»

"Eryn è dispersa chissà dove, non posso divertirmi con la prima che capita."

«Non è poi così tanto fredda» disse, con un filo d'imbarazzo nella voce.

Muireann gli si avvicinò talmente tanto che avrebbe potuto baciarla, Ceaser fissò il suo occhio blu.

"È davvero inquietante, su una ragazza così bella poi. Potrebbe tenerlo chiuso... Pensa ad Eryn, Ceaser, pensa ad Eryn..."

«Se volete qualcuno che vi riscaldi, non esitate a chiamarmi» gli sussurrò, gli accarezzò il volto con le sue mani delicate come velluto, gli diede un fugace bacio sulle labbra e se ne andò.

Ceaser rimase un attimo impalato, si asciugò la fronte imperlata di sudore.

"Ma da quando faccio questo effetto alle donne?"

«Hai fatto colpo! Complimenti, Ceaser!» Lo schernì Cyara a cena, che per cambiare, era stufato di capra.

«Come fai a saperlo?»

«Me l'ha detto un uccellino» rise.

«È stato imbarazzante. Muireann è davvero bella... Insomma, l'occhio è parecchio inquietante, però è davvero bella.»

«L'hai baciata?»

«Cosa? Io... No, non l'ho baciata.»

Cyara lo guardava con l'aria di chi la sapeva lunga.

«Davvero, non ci ho fatto niente!» si schermì Ceaser.

«Sei stato bravo a non cedere. Eryn sarebbe orgogliosa di te.»

"Sono stato un idiota, domani potrei essere morto e mi metto a fare il sentimentale. Sono davvero così innamorato di Eryn o forse è solo senso di colpa?"

«Chissà dove si trova ora...» Girò lo stufato con il cucchiaio, non aveva appetito.

«Pensa a riprenderti, Ceaser. Anche a me dispiace per Eryn. Arriviamo a Yldorraine e poi penseremo come fargliela pagare a quei figli di puttana con gli occhi gialli.»

Ceaser scosse il capo. «Non riesco nemmeno a colpirti, non tornerò più quello di un tempo.»

«Ragazzo mio, non mi riusciresti a colpire nemmeno se fossi nel pieno delle tue forze.» Sul volto di Cyara si dipinse un sorrisetto furbo.

«Vuoi scommettere?» la sfidò.

«D'accordo, qual è la posta?»

«Se, e quando, sarò nel pieno delle mie forze ti batterò, allora tu mi dovrai dire chi eri negli Infedeli. Da come le persone ti trattano qui, ho il sospetto che tu sia stata qualcuno di molto importante.»

«Ormai sei uno di noi, chiamaci Hawl, non Infedeli, suona così brutto...» disse lei. «Se, invece, io batterò te, non mi potrai mai più fare domande sul mio passato.»

Ceaser valutò la proposta.

«Andata?» gli porse la mano aperta.

«Andata!» esclamò Ceaser, stringendola.

19 - YGG'XOR

Diede gli ultimi due colpi di bacino e venne dentro Sah'wa, che mugolò di piacere. Era sudato fradicio, i capelli bagnati attaccati alla fronte.

Uscì da lei e le si stese accanto, il cuscino era morbide, le coperte calde come le labbra di una donna. Chiuse gli occhi. Con le dita giocherellò con il capezzolo di Sah'wa.

«Siete stato fantastico, mio padrone.»

Lui restò in silenzio.

Dalla finestra aperta arrivavano le urla e la musica della festa, che ormai imperversava senza sosta per la città da più di una settimana.

"Hanno fatto presto a dimenticare gli stupri e le violenze..."

Da quando era entrato in Arthemys con ciò che restava dell'esercito era stato spettatore di fatti a cui non riusciva a darsi una spiegazione, e ogni notte, dopo aver scopato Sah'wa, il suo cervello tornava ad arrovellarsi su ciò che era accaduto...

...Dopo aver bruciato la piccola salma rientrarono in città. Pyr'rs lo accompagnò per i gradini del grande palazzo di Arthemys: si ergeva per sei pian e si diceva che ne avesse altrettanti nascosti sottoterra. La sala di lord Excaver era all'ultimo.

"Naturalmente." Falco non si era mai sentito così vecchio in vita sua, saliva la scalinata lentamente, strascicando i piedi.

Il consigliere Pyr'rs continuava a saltellargli intorno. Tesseva le lodi di Squalo e di come, grazie agli agenti che aveva all'interno, fosse riuscito a espugnare la più impenetrabile fortezza di Oltremare in una sola notte.

"Nessuno ha pensato di avvertirmi di questi agenti, se ne sono rimasti buoni buoni, ad aspettare che arrivasse Squalo per aiutare. Qui qualcuno mi prende per il culo."

«Basta, Pyr'rs! Ho mal di testa.» Non sopportava più quella zavorra che il Re Prescelto gli aveva affibbiato. «Non mi interessa sapere quanto è bravo Squalo nel reclutare gli uomini o cazzate simili. Piuttosto, dimmi che sostanza hanno usato contro di noi, non l'ho mai vista prima.»

«Signore, non ne abbiamo idea. La torre che ospitava l'ordine dei sacerdoti è andata completamente distrutta stanotte, le nostre truppe stanno togliendo le macerie, ma ci vorrà molto tempo. Suppongo l'abbiano fatta crollare loro con qualche diavoleria. Non volevano che quelle informazioni arrivassero a noi. Hanno preferito uccidersi.»

«E perché mai avrebbero dovuto suicidarsi, se pensavano che fossimo con Re Berser? Non ne avrebbero avuto motivo...» Qualcosa non gli tornava. «Come facevano a sapere che le Isole Brillanti si fossero alleate con gli occhi-gialli?»

Pyr'rs fece spallucce. «Signore, io sono stato a palazzo

pochissimo e poi sono venuto subito ad avvisarvi, ne so quanto voi.»

"Odio i sacerdoti, e odio anche questi fottuti titani e il loro popolo, che se ne andassero tutti in fondo al mare. Avrei dovuto arruolarmi negli Infedeli quando ne ho avuto l'occasione."

«Signore, io devo aspettare fuori» disse Pyr'rs sulla soglia.

Senza degnarlo di uno sguardo, Falco entrò nella sala del lord. Le pareti in vetro istoriato riflettevano la luce esterna, creando mille colori e riflessi all'interno.

Squalo sembrava un re. Seduto sul trono, sul capo portava un anello di ferro, simbolo di comando nelle Isole Brillanti, sopra l'armatura di cuoio indossava uno scialle dorato, alla cintura portava una spada lunga ancora ricoperta di sangue.

«Da quando tu decidi dove mandare i miei uomini?» Falco saltò i convenevoli.

«Da quando senza di me sareste nella merda, allo scoperto, in pieno autunno e senza provviste.»

«Sono io che comando qui, ficcatelo bene in quella tua testa vuota.»

"Non ci credo nemmeno io a quello che sto dicendo, figuriamoci lui…"

Squalo scoppiò in una risata fragorosa, che rimbombò per la sala. Era un uomo imponente, e, seduto sul semplice trono del lord di Arthemys, sembrava ancora più grosso.

«Certo, Falco, per tutti sei tu il grande condottiero, quello che guida gli uomini in battaglia… ma diciamoci la verità, tu non sai niente di come si comanda un esercito.»

«È stato il tuo Re Prescelto a scegliermi, perciò scendi

da quel trono prima che ficchi la tua testa su una picca.»

«Il Re Prescelto ti ha scelto come pedina. Come suo braccio destro, ha scelto me. Ma non temere, tu puoi ancora essere utile alla nostra causa.»

Il tono con cui lo disse non gli piacque per niente. «E come, di grazia?»

Squalo lo guardò torvo. «Guidando l'assedio a Baluardo degli Uomini, ad esempio.»

"Non intenderà quello che penso." Un brivido di terrore attraversò la sua schiena.

«Quando?» si costrinse a chiedere.

«Alla fine dei festeggiamenti, ovvio. Preparati, ti assegnerò quattromila uomini.»

«Tu vuoi mandarmi ad assediare Baluardo? Tra poco sarà inverno! Sarà un suicidio!» Falco era sgomento. «Quattromila uomini?»

«Sono il doppio di quelli che avevi qui.» Squalo minimizzò la cosa con un gesto della mano. «Non dovrai fare altro che infastidirli, distruggergli qualche approvvigionamento, al resto ci penserò io una volta che sarà primavera.»

«Siamo senza provviste, cosa pensi che mangeremo?»

«Sapete cacciare, no? Il falco non è un cacciatore?» rispose Squalo, snudando i suoi denti aguzzi.

«E Corvo? Lo rimandi a Nuovo Sole?»

«È un ottimo comandante, sono certo che governerà bene in nome del Re Prescelto.»

Corvo erano vent'anni che era il suo quartiermastro, l'idea di separarsi per sempre da lui per Falco era come rinunciare ad un arto.

"Sono in trappola, non ho nessuno dalla mia parte."

«I tuoi uomini sono bestie, hanno stuprato e ucciso decine di donne e bambine. Non me lo sarei mai

aspettato da un uomo tanto dedito all'onore come te!»
Falco non sapeva più cosa dire.

«Io sono dedito all'onore, non i miei uomini.» Squalo ridacchiò.

«Non sei stato neanche capace di tenerli a bada? Il grande Squalo che non sa tenere al guinzaglio i suoi uomini, sei una delusione...»

«Questa è bella, io sarei una delusione? Per colpa tua oltre mille uomini sono morti sotto queste mura. O te lo sei già dimenticato?»

"Non dimentico, sento ancora le loro urla nella mia testa."

«Verrà il giorno in cui sarai giudicato, Squalo.»

«Hai ritrovato la fede, Falco? Io servo i titani, e loro non giudicano. A differenza dei tuoi Dèi, sempre che tu ne abbia. Il tuo bell'uccellino dov'è? Ho giusto tenuto un po' di spazio per un pollo allo spiedo.» Si massaggiò la pancia e si leccò le labbra.

Falco decise che ne aveva abbastanza di quella farsa, si voltò e si diresse verso la porta, ma le due guardie sulla soglia incrociarono le alabarde.

«Cosa c'è ancora?» chiese, stanco e stufo, senza voltarsi.

«Devi inchinarti di fronte al lord di Arthemys, prima di andartene.»

Ygg'xor strappò di mano un'alabarda e la usò per colpire una guardia in faccia. Fu colpito alle reni dall'altro soldato e cadde in ginocchio.

Il fiato spezzato, annaspò in cerca d'aria.

«Lasciatelo andare, è solo un povero vecchio!» Squalo scoppiò a ridere a crepapelle.

"Strozzati, idiota."

Il bacio di Sah'wa lo fece ritornare al presente.

«Il mio signore è stanco di me per stasera?» chiese con la solita aria da bambina.

«Stavo pensando... Sah'wa, tu hai attraversato mezzo mondo solo per i soldi, o c'è dell'altro?»

«Io vado dove il mio signore comanda» rispose lei, gli prese in mano il membro, bastò che lei lo massaggiasse qualche secondo che ritornò duro.

«Fermati, sono serio. Presto Arthemys sarà sotto assedio e quegli idioti là fuori continuano a festeggiare come se la guerra fosse finita.»

«*Shhht*» fece lei, continuando ad andare su e giù, su e giù.

«Devi andare via da qui, Sah'wa. Sei in pericolo.»

Ma lei non lo ascoltò ed aumentò il ritmo.

Lo guardò piena di desiderio con i suoi occhi gialli.

"Sono cazzi tuoi, io ti ho avvisata."

Salì sopra di lei e la scopò con tutto il vigore che aveva in corpo, stringendo i suoi grossi seni fino a farle male.

Quando ebbero finito, Sah'wa si addormentò. Falcò si mise sul fianco e fissò le stelle dalla finestra aperta.

L'aria che arrivava da fuori era fredda, l'aria dell'inverno che incombeva.

"Presto sarò là fuori, in mezzo al nulla. A congelare in mezzo alla neve tra le Colline del Vento. Per le manie di grandezza di un pazzo."

Per strada qualcosa prese fuoco, scatenando una vampata che illuminò il cielo, accompagnata da una risata generale.

"Idioti. Voi, chi vi comanda, e quella puttana che ho nel letto."

Si rivestì, indossò un pesante mantello di lana nera e

uscì dalla stanza.

"Devo trovare Corvo, domani la festa sarà finita e io verrò spedito a crepare. Devo riuscire a farlo scappare, prima che lo incastrino come hanno incastrato me." In quei giorni Sah'wa non gli si era scollata di dosso nemmeno un minuto e Squalo era stato ben attento a tenere Corvo lontano da lui. Era tutto organizzato, Falco lo sapeva. Ma non riusciva a comprendere il senso di averlo nominato comandante per poi affidare i pieni poteri a Squalo.

"Fottuti uomini delle Isole dei Titani."

La stanza di Corvo a palazzo era vuota.

"Ovviamente."

Il chiarore della luna rischiarava il cortile interno del terzo piano, Uncino amava appollaiarsi durante la notte su quegli alberi.

Falco si sedette a terra, scrutando il cielo.

"Forse dovrei lasciarlo libero."

Come se gli avesse letto nel pensiero, Uncino stridette nel cielo e si posò sulla sua spalla, affondando gli artigli nel tessuto del mantello.

«Ciao, bello» disse accarezzandolo sul capo. «Quanti anni sono ormai che viaggiamo insieme?»

Uncino in tutta risposta emise un verso acuto.

«Tu e Corvo siete gli unici amici che mi sono rimasti, avrei voluto passare più tempo con te in questi giorni. Addio, amico mio.»

Fece salire Uncino sull'avambraccio e gli fece spiccare il volo, lo guardò volare via. Lacrime gli rigarono le guance, l'ennesimo punto fermo della sua esistenza che lo abbandonava.

"Scegliti il tuo destino, tu che puoi. Le uniche cose

che ho sempre voluto dalla vita erano soldi, puttane e schiattare con la pancia piena. Invece creperò al freddo, solo e affamato."

Si tastò il borsello alla cintura che conteneva ancora le circa trecento rose d'oro.

"Almeno i soldi li ho." Rise da solo, pensando a quanto fosse ironico il destino. "Che io sia dannato, ci sono cascato in pieno, ho sprecato tutto il tempo che ho avuto a disposizione per colpa di quella puttana." Si sentiva un perfetto idiota.

Lasciò il palazzo e andò nella piazza principale di Arthemys, sperando che Corvo fosse lì. Su un palco si stavano esibendo dei mangiafuoco in mirabolanti acrobazie.

"Di tutti vostri morti non vi interessa niente?" Avrebbe voluto urlare.

Qualcosa non gli tornava. La popolazione, a parte il primo giorno, si era dimostrata fin troppo accondiscendente verso i nuovi padroni della città: non una rivolta o un omicidio da quando Squalo era diventato il nuovo lord.

"O è stato molto furbo a organizzare tutte queste feste... oppure c'è qualcosa di molto più pericoloso sotto." Da quando era entrato in città, si sentiva schiacciato da una sensazione di pericolo. Continuava a camminare a rilento, tra la folla che esplodeva in urla di acclamazione ogni volta che l'acrobata spegneva in gola la fiamma.

Si sentì trattenere da una spalla, era pronto a prendere il coltello che teneva appeso alla cintura, quando riconobbe Corvo, il suo volto era smagrito, gli era cresciuta una lunga barba leggermente brizzolata.

«Non salutate i vecchi amici, capitano?» Urlò il quartiermastro abbracciandolo.

Falco rispose con una decisa pacca sulla schiena. «Corvo! Siano lodati gli Dèi! Finalmente riesco a incontrarti.»

«Lo dite a me? Sono giorni che provo a parlarvi, ma Squalo mi ha tenuto impegnato tutto il tempo al tavolo da guerra per decidere la prossima mossa. Ho provato a mandarvi dei messaggi ai banchetti, ma eravate troppo preso da quella puttana di Sharuke.»

"Mi segava anche mentre mangiavo…"

Erano costretti a parlarsi nelle orecchie a causa del chiasso della folla.

"Devo liberarmi di quella donna."

«Com'è essere seduti a destra di Squalo mentre mangia?» chiese Ygg'xor. «Non sputacchia con quei denti aguzzi?»

«Orribile, capitano, orribile.» Corvo assunse un'espressione disgustata. «Sputacchia in continuazione. Ieri sera, a cena, mi ha sputato un pezzo di carne dritto in un occhio.»

Falco non trattenne le risate. «Almeno un lato positivo di essere confinato in fondo al tavolo c'è.» Tornò serio. «Corvo, è importante, devo parlarti in privato.»

«Non c'è posto migliore di questo, capitan Falco. Tutto quello che viene detto a palazzo Squalo lo sa. Al termine dei festeggiamenti, farà fuori tutta la nobiltà e chi ritiene alleato di lord Excaver. E sapete cosa mi preoccupa? Che il popolo sembra felice, hanno abbracciato subito la fede nei titani.»

«La cosa preoccupa molto anche me. Sai dove ha intenzione di mandarmi Squalo?»

«Stavamo pensando di affidarvi Primo Poggio, preferite un'altra città?»

«Quindi non te lo ha detto.»

«Cosa?»

«Che finiti questi festeggiamenti tu tornerai a Nuovo Sole, e io verrò spedito ad assediare Baluardo.»

«No, è impossibile.» Dal volto del vecchio amico, Falco capì che anche Corvo veniva tenuto all'oscuro delle cose importanti.

Un giocoliere faceva vorticare tre palle infuocate senza bruciarsi. La folla esplose in un urlo d'ovazione.

«No.» Corvo scosse la testa, incredulo. «Avevamo concordato che saremmo rimasti qui fino alla fine dell'inverno e poi saremmo partiti per Baluardo. Non ha senso partire ora, non abbiamo risorse per sostenere un esercito in un'impresa simile.»

"E, guarda caso, stiamo sprecando molte più provviste di quanto necessario in questi festeggiamenti."

«L'ultima volta che io ho avuto il piacere di parlare con *dentiaguzzi*, mi ha illustrato il suo piano geniale di mandarmi a congelare le chiappe a Baluardo.» Falco distolse lo sguardo verso i giocolieri. «Corvo, te ne devi andare da qui, vai a Gorthia, vai da Re Berser, o vai tra gli Infedeli... scappa, finché puoi.»

«Non vado da nessuna parte senza di voi, capitano.»

«Senti, c'è un mio diario nella cabina del capitano, sulla *Regina della Notte* a Primo Poggio, cerca di recuperarlo, lì troverai le informazioni che ti servono per contattare gli Infedeli, loro ti potranno aiutare. Chiedi di un certo Roel, è un arswyd molto importante lì. Intesi?»

«Capitano...»

«Corvo» lo anticipò, «ne abbiamo passate tante insieme... questa volta dovrò cavarmela da solo. È una situazione in cui mi sono infilato io. Tu pensa a te stesso, non avevi un fratello da queste parti?»

«Sono passati più di vent'anni, se ce l'avessi di fronte non lo riconoscerei nemmeno.»

Altre fiamme illuminarono la piazza.

«Beh... non mi interessa, di te Squalo si fida, io sono controllato giorno e notte.» Si guardò intorno. "Potrei essere controllato anche adesso." «Tu hai la possibilità di fuggire lungo la strada per Nuovo Sole. Non sprecarla, è un ordine, quartiermastro.»

«Ricevuto, capitano.»

Delle lacrime rigarono il volto del quartiermastro, era una scena quasi comica, un uomo grande, forte e barbuto che piangeva come una ragazzina.

Falco non aveva mai visto Corvo piangere, abbracciò il ragazzo con cui aveva formato la sua sgangherata ciurma anni prima.

«Non ti fare strane idee» gli disse. «Non voglio mica scoparti.»

Corvo scoppiò a ridere.

«Uncino, voglio che lo prenda tu.»

«Capitano, io non posso, è il vostro falco...»

«Dove vado io rischia solo di farsi ammazzare, portalo al sicuro.»

«D'accordo, me ne prenderò cura fino al vostro ritorno. Come sempre.»

«Addio, Corvo, abbi cura di te.» Anche Ygg'xor si stava per mettere a piangere, sentiva gli occhi bruciare.

«Andiamo, capitano! Vi siete rammollito in tutti questi anni, una volta mi avreste dato una pacca sulla spalla e avreste detto: *Corvo, ricordati che se crepi il tuo oro è mio.*»

Falco sorrise.

"Altri tempi."

«Corvo, quasi mi scordavo, ecco questo è tuo.» Gli porse il sacchetto con le monete d'oro, ne tolse una manciata che si fece scivolare in tasca. «A me non servono più. Non penso che mi apriranno le porte di Baluardo pagando, purtroppo. Quello funziona solo con le puttane.»

Corvo lo accettò con riluttanza.

«Ci rivedremo, capitano.»

Falco gli diede un ultimo e affettuoso schiaffo.

«Salvati, Corvo.» Lo strinse a sé ancora una volta, poi si voltò e se ne andò senza girarsi, faceva troppo male.

«Dove siete stato, mio padrone?» chiese Sah'wa non appena rientrò nella stanza, si alzò dal letto e gli andò incontro nuda, i seni che ballonzolavano a ogni passo, gli diede un lungo bacio con la lingua.

Falco si staccò. «Sono andato a salutare Uncino, non lo porto con me a Baluardo» disse spogliandosi.

Sah'wa si alzò sulle punte, i seni rimbalzarono e lei notò subito che li aveva fissati, Falco lo capì dal suo sguardo.

«Il mio signore vuole...» E si passò le mani sulle virtù coperte da una folta peluria.

«No, Sah'wa, basta per oggi. Voglio dormire.» Ygg'xor si lasciò cadere nel letto, esausto.

Lei gli montò sopra e lo prese nuovamente dentro di sé, Falco si perse nel suo caldo e umido alveo. I suoi pensieri dissolti.

Si trovava nel prato dove, la mattina della conquista della città, si era recato per bruciare il corpo della ragazzina.

La salma avvolta nel lenzuolo bianco si muoveva.

Ygg'xor aprì il lembo sporco di sangue. Il viso della bambina senza occhi gli si parò davanti. Era bianco, candido come la neve. Lo accarezzò, era gelido.

«Lasciami stare!» gridò indietreggiando, terrorizzato. La bambina si alzò con movimenti rigidi, come una marionetta.

«Voltati» gli ordinò. «Voltati, e guarda cosa hai fatto. Tu ci hai costretto!»

Falco si voltò.

Arthemys era in fiamme, le possenti mura si sgretolavano facendo cadere ammassi di pietre per il pendio della collina.

Falco si accorse di star tremando di paura.

«Io non ho fatto niente, è stato Squalo, è stato il Re Prescelto! Perché mi fai questo? Cosa vuoi da me?»

«Tutto è partito da te. È tutta colpa tua, dovrai pagare, un giorno.» La voce apparteneva ad una donna, anche se a parlare era la bambina con i capelli neri.

«E allora uccidimi. Voglio trovare la pace, non ne posso più.» Era esasperato.

«Il tuo tempo non è ancora giunto, hai ancora molto da fare, Falco. Devi prima uccidermi.» Ygg'xor strinse l'elsa della spada e la sfoderò, non ricordava di averla avuta alla cinta quando aveva tolto il lenzuolo. La bambina si avvicinò, gli arrivava a malapena alla vita, eppure lo terrorizzava.

«Chi sei tu?» le chiese.

«Io sono la discendente di un antico popolo, tu mi hai uccisa. Tu appartieni a noi.»

«Chi siete voi?» Falco stava sudando freddo.

«Il vostro popolo non si ricorda chi siamo, non tutti,

almeno. Eppure, abbiamo combattuto fianco a fianco per secoli, fino alla fine dei nostri giorni.»

«Siete gli Dèi?»

La bambina rimase in silenzio.

«Io so cosa succederà. Tu mi ucciderai.»

«Cosa? Io non lo farò...»

Il suo braccio si mosse contro la sua volontà, chiuse gli occhi quando capì che non poteva opporsi. Sentì la testa della bambina cadere al suolo con un tonfo.

«Io... non sono stato io, lo giuro!» gridò.

«Non sono stato io!» ripeté, urlò così forte fino a che i polmoni non gli bruciarono per lo sforzo.

Ma in quella pianura non era rimasto più nessuno a sentirlo.

20 - KAHYRA

Camminavano da un'eternità, eppure il paesaggio non mutava mai. Quel posto era un'infinita distesa di terra, la linea dell'orizzonte rimaneva piatta. I piedi le bruciavano dal dolore, aveva caldo a tutto il corpo tranne che ai piedi, che si sentiva gelare.

"Devo comprare dei calzoni più spessi."

«Dove siamo?» chiese a Owis.

«Siamo vicini al ramo sinistro del Fiume della Foresta. La guerra civile che è scoppiata qui a Oltremare sta complicando le cose, siamo costretti a prendere la strada più lunga» le rispose. «Voglio arrivare a Morporth e poi da lì prendere una nave che risalga il Sennik e attraversi il Mare Interno.»

«Non ho idea di tu cosa stia dicendo.»

«Fidatemi di me allora.»

Kahyra schiacciò una zanzara che le si era posata sul collo. Si massaggiò il braccio che Cento le aveva storto sulla barca nel suo tentativo di ribellione, le faceva ancora nonostante fosse passata più di una settimana.

"Ma quanto vivono le zanzare a Oltremare? A casa mia se ne vanno con l'autunno..."

Le mancava la sua vecchia vita a Gorthia, aveva delle

315

certezze, suo padre, il suo ruolo.

Era stanca di essere sballottata da un posto all'altro in balia di eventi più grandi di lei.

"Non salirò mai più su una barca."

«Ma dove siamo diretti?» ritentò. «Intendo, dopo Morporth.»

Owis guardò Rize, che annuì.

«Penso che sia inutile nascondertelo, ormai» disse «Andiamo a Heimgrad.»

«Mi prendete per stupida?» Kahyra aggrottò la fronte. «Lo sanno tutti che Heimgrad è solo una leggenda. Nemmeno gli Infedeli avrebbero le capacità per costruire una città sott'acqua.»

«No, mia principessa, Heimgrad esiste» le disse Rize. «Io non ci sono stato, ma dicono che sia magnifica, costruita interamente nella foresta...» Lasciò cadere la frase a metà e si perse con lo sguardo nel vuoto, lo faceva spesso; Kahyra si era abituata, non ci fece nemmeno caso.

«Non mi stai prendendo per stupida, quindi?»

«No» rispose serio Owis.

«E cosa ci andiamo a fare a Heimgrad?»

«Andiamo a far sedere quel tuo bel sederino sul trono.»

«Non ti azzardare a rivolgerti così a me.» Lo guardò in tralice. «Di cosa stai parlando?»

«Lo vedrai... non penserai di essere finita da Cento per puro caso, vero?»

«Ma se ho rischiato di essere stuprata e sbudellata prima che mi trovasse.»

«Il piano non è stato dei più perfetti, ci è sfuggito di mano, lo riconosco. Comunque, il Trono Eterno di Heimgrad è rimasto senza un sovrano per molto tempo, chi meglio di te potrà riportare la città alla sua antica gloria?»

"Avevano un piano per portarmi qui? Mio padre, Sven, Asyl... chi era d'accordo?"

Non riusciva a capire di chi potesse fidarsi.

"Owis pensa che io sia una di loro." Kahyra non poteva sopportare di essere con gli assassini di suo padre, ma era da sola in un luogo sconosciuto e in fondo non erano poi così male.

"Sono perfino sopportabili, a parte Cento, ma ormai ci siamo separati..."

La mattina si svegliò dolorante alla schiena e al collo, durante la notte aveva sudato freddo.

Rimosse il residuo dell'incubo dalla propria mente.

«Tutto bene, Kahyra?» le domandò Owis avvicinandosi, lo allontanò con un cenno della mano.

«Tutto bene.»

Dopo una breve colazione a base di carne essiccata si rimisero in viaggio, Kahyra non si sentiva più i piedi, ricoperti di calli e vesciche. Gli stivali si erano rotti sulle punte e il freddo le s'infilava dentro.

Era una mattina glaciale. Anche sotto gli spessi guanti che le aveva dato Owis le dita delle mani erano congelate. Il mantello fradicio non la riparava più dal freddo e camminava avvolta nella coperta di pelle d'orso che usava per dormire. La nebbia ricopriva la pianura, rendendo difficile vedere a pochi metri di distanza.

Per fortuna Owis sembrava sapere dove stessero andando. Con il sole coperto dalle nubi, Kahyra aveva perso il senso dell'orientamento.

Il grigiore aveva ammantato ogni cosa.

«Non potremmo fermarci in un villaggio questa

sera?» propose.

«No. Anche se qui nessuno sa chi sei in realtà, fortuna che ti sei imbruttita nel viaggio.»

"Una vera fortuna..."

«Non possiamo rischiare di venire coinvolti in qualche scontro» proseguì Owis, «attraversiamo il fiume e poi, forse, potremmo fermarci a riposare. Non credere, anche io non ne posso più di stare al freddo.»

«E quanto manca a questo fiume?» chiese lei, speranzosa.

«Altri tre giorni.»

A Kahyra quelle parole fecero attorcigliare le viscere. Il solo pensiero di continuare la marcia mangiando carne essiccata le fece venire il voltastomaco.

«Vorrei mangiare qualcos'altro che non sia sempre la solita carne essiccata.»

«Vostra altezza, ci scusiamo se le pietanze non sono di vostro gradimento.» Owis si esibì in una falsa riverenza.

«Rize, cosa offre la casa?»

Rize sghignazzò. «Un bel cazzo di niente, con contorno di carne essiccata.»

«Potremmo fermarci in un villaggio a comprare qualcosa.» Kahyra ignorò le scemenze dei due e usò il tono più dolce possibile, congiunse le mani e fece gli occhi dolci.

«E va bene...» sospirò Owis, «è inutile che fai la dolce, so benissimo che lo fai solo per corrompermi.» Fece un gesto con la mano come per scacciare una zanzara. «Chi me l'ha fatto fare? Rize, trova un villaggio da queste parti e ruba quello che riesci.»

Il ragazzo non disse niente, lasciò il sentiero in terra battuta e partì nella pianura col suo andamento ciondolante. Kahyra lo osservò allontanarsi, fino a quando scomparve nella nebbia.

«Non preoccuparti, entro stasera sarà di ritorno» la rassicurò Owis continuando la marcia. «Non sembra, ma è un ragazzo che sa il fatto suo.»

Non si fermarono per pranzare, Owis le diede una striscia di carne per attutire la fame.

Bevve poco, l'acqua scarseggiava e la loro scorta cominciava ad affievolirsi.

Le temperature erano basse e non sentiva il bisogno di bere nonostante stesse sudando. Le labbra le bruciavano da morire, tagliate in più punti, sentiva il sapore metallico del sangue quando le inumidiva con la lingua.

«Devi bere» disse Owis, porgendole la borraccia.

«No, sto bene.»

«Finire disidratati nel freddo è più comune di quello che si pensa.»

Kahyra accettò la borraccia e bevve due sorsi.

Un pensiero si fece largo nella sua mente come un sussurro.

Doran.

"Chissà cosa pensa di me, il modo in cui mi ha guardata. Lui mi ha aiutata e io l'avrei lasciato morire... forse aveva ragione Cento, sono solo una stronza."

Ripensando all'arswyd dall'occhio blu, cercò con la mano destra l'elsa di Vendetta. Owis le lasciava portare le morfospade, in caso fossero stati attaccati.

Kahyra gli era grata, solo con un'arma in mano si sentiva al sicuro.

Ripensò anche a Sven, a come l'aveva tradita.

"E se anche mio padre mi avesse tradita? Magari mi ha venduta agli Infedeli. Il piano di cui parlava Owis..."

Il buio calò su di loro dopo altre ore di cammino.

«Per oggi basta, fermiamoci qui» disse Owis. «Penso che potremmo anche accendere un fuoco, siamo a chilometri dal villaggio più vicino, nel bel mezzo del nulla.»

«E come lo accendiamo un fuoco senza nemmeno un po' di legna?» Kahyra era sempre più stanca di quella pianura infinita.

«Lascia fare a me, sono un uomo dalle mille risorse» rispose lui con aria di sfida, le fece l'occhiolino.

Rimasero al buio e al freddo per altre due ore, i denti che battevano e le braccia strette al petto insieme alle gambe per cercare di scaldarsi un po'.

«Allora...» spezzò il silenzio Kahyra. «Uomo dalle mille risorse, dov'è il mio fuoco?»

«Speravo ce lo portasse Rize.» La voce di Owis la raggiunse da qualche parte alla sua sinistra, ma nel buio non riusciva nemmeno a vederlo.

«Allora è lui l'uomo dalle mille risorse.»

«Sì... ma lui lavora per me, quindi tecnicamente l'uomo dalle mille risorse sono io.»

"Perché mi ritrovo sempre con dei completi imbecilli?"

«Moriremo qui, vero?» Non vedeva a un palmo dal proprio naso. «Sì, moriremo qui.»

«Andiamo, non essere tragica. Rize è un ragazzo in gamba, ci troverà, sempre se non ci trovano prima i puma.»

«I puma?» Kahyra aveva sentito parlare di quei terribili felini che abitavano le Grandi Pianure, le loro pellicce erano molto ricercate a Gorthia.

«Scherzavo, i puma non cacciano di notte... credo... vabbè non lo so. Se senti un ruggito, hai sempre la spada.»

"Questo mi è di grande consolazione."

«Come fai ad essere così sicuro che ci troverà? Siamo nel bel mezzo del nulla. Abbiamo lasciato il sentiero e l'erba alta copre le nostre tracce, come può averci seguito? È buio!» Era furibonda.

«Fidati, ne sono sicuro.»

«Come eri sicuro del fuoco.»

«Eccomi» una voce dal buio la fece rabbrividire.

Silenzioso, arrivò Rize.

«Rize! Pensavo ti fossi perso!» Owis esultò di gioia.

«Mi sono fermato a giocare a carte e a dadi» rispose il ragazzo come se nulla fosse. «Ho vinto un bel gruzzoletto a Kort.»

Kahyra sguainò Vendetta.

"Se solo ci vedessi qualcosa, lo sgozzerei."

«Idiota! Mentre ti divertivi, noi eravamo qua a morire di freddo!»

Era davvero intenzionata a tagliarli la gola, magari quell'espressione vacua gli sarebbe finalmente sparita dal viso lentigginoso e butterato.

Rize si limitò al silenzio.

Fu Owis a parlare. «Calmati, Kahyra, ci ha portato un'intera borsa piena di ceppi di legna da ardere! E l'altra è ricolma di frutta e verdura, c'è persino un piccolo calderone! Ma come hai fatto, Rize?»

«Te l'ho detto che ho giocato a Kort...» rispose come se fosse stato ovvio. «Se cerchi bene, trovi anche due borracce piene d'acqua.»

"Come ha fatto a portare un peso simile per tutta quella strada?" Si sentì in colpa, rinfoderò la spada. «Ti chiedo scusa, Rize.»

Sentì il rumore di legno sfregato, una scintilla nel

buio, in breve un fuoco scoppiettava tra i ceppi.

Kahyra si crogiolò nel tepore della fiamma. Si tolse la coperta fradicia dalle spalle e la mise ad asciugare, distese le mani sopra il braciere per togliere il senso di congelamento.

Rize riempì il calderone con l'acqua di una borraccia mentre Owis tagliava la verdura.

L'odore le fece venire l'acquolina in bocca.

Quando fu pronto si passarono a turno il calderone, la zuppa era la cosa più buona che Kahyra avesse più mangiato dopo le alici fritte. Calda e gustosa, le scese giù per lo stomaco e la riempì di calore, poteva sentire le forze che ritornavano a poco a poco.

Si sdraiò accanto al fuoco e si avvolse nella coperta, tornata asciutta.

Le nuvole in cielo si erano diradate, si poteva vedere la luce di migliaia di stelle. Alzò una mano, le sembrava di poterle stringere.

Formavano una forma strana, un araldo dei titani con le ali...

"Ma dove l'avevo già visto?"

Kahyra si sforzò di ricordare, le tornarono in mente gli studi sulle costellazioni che aveva fatto con il sacerdote Ilius, nessuna corrispondeva a quella che stava osservando.

"La sera prima di partire da Corthia!" Quella volta aveva pensato che fosse un'allucinazione causata dall'erbasecca, ma quella strana figura era lì, e lei non era di certo drogata.

«Owis, cos'è quella figura in cielo?»

Attese, per qualche secondo, nessuna risposta.

«Owis?»

Un rumore sovrastò il frinire dei grilli e lo scoppiettio

del fuoco, era Owis che russava.

"Per una volta che mi serviva."

«Io lo chiamo il cavallo alato» rispose al suo posto Rize.

«Dici? A me non sembra un cavallo, la coda è troppo lunga, il collo pure e il corpo è troppo grosso... quelle stelle poi sembrano formare delle zanne, a me sembra una specie di araldo con le ali. Hai mai visto un araldo?»

«Io lo chiamo il cavallo alato» ripeté Rize.

«Sì, ho capito ma... Niente, lascia perdere, ci vediamo domani.» Kahyra si mise sul fianco destro, il calore del fuoco a scaldarle il viso.

"Chissà cosa rappresenta quella costellazione." Fu il suo ultimo pensiero prima di addormentarsi.

Era seduta su un trono.

Indossava un elegante abito bianco e un mantello color porpora, sul capo sentiva il peso di una corona, provò a toccarla, le sue mani non si staccarono dai braccioli d'oro massiccio. L'intera stanza scintillava d'oro: le pareti, le colonne centrali, il pavimento, i candelabri, persino gli arazzi alle pareti erano intessuti con fili d'oro.

"Cos'è questo posto?"

La porta in fondo alla sala, si aprì. Uomini e donne di ogni età si riversarono all'interno, disponendosi in due file. Erano vestiti con lunghi abiti eleganti, farsetti ricamati e lunghi cappelli con piume variopinte; il loro portamento era nobile.

"Così è perfetto, finalmente è tutto mio" disse una voce dentro la sua testa.

Gli invitati indossavano un mantello, ognuno con sopra il simbolo della propria casata, come ai banchetti con i lord di Gorthia a cui aveva partecipato con suo padre.

Uno di loro, un ragazzo giovane con un bel viso e riccioli biondi che gli ricadevano sulle spalle, si fece avanti e si inchinò al suo cospetto.

Aveva gli occhi blu da arswyd.

Le persone nella sala si inchinarono, lo sguardo fisso a terra.

«Alzati, cavaliere» disse Kahyra, senza poter controllare le proprie azioni.

«Imperatrice, i lord e le lady di tutta Warest sono qui per giurarvi obbedienza e lealtà» proclamò con tono solenne il cavaliere.

Kahyra si alzò senza volerlo e aprì le braccia.

«Io, Kahyra Temnel, figlia del Lord Sacerdote Keyran, dichiaro che Gorthia, Oltremare e le Isole dei Titani, da oggi fanno parte di un unico grande impero. L'impero di Warest. Io sarò la guida di questa nuova era, un'era di ordine, un'era di rinascita.»

Sbatté le palpebre.

Le pareti cedettero su loro stesse, lasciando spazio a una cripta oscura, i candelabri facevano meno luce. Il trono alle sue spalle era una pila di cadaveri carbonizzati, disposti in forma di scranno.

"Una cripta?"

La pelle degli invitati si sciolse, lasciando spazio alle ossa. Il cavaliere biondo era svanito, al suo posto vi era uno scheletro con indosso una tunica bianca.

«Non dovresti essere qui. Tu dovresti essere morta» disse lo scheletro con la tunica, la sua voce sembrava provenire da molto lontano.

«Non dovresti essere qui. Tu non puoi essere qui, non era stato deciso così.» La cripta rimbombava, non era più un'unica voce a parlare, ma centinaia.

Kahyra sguainò le spade: Sole e Vendetta, pronta a fronteggiare quell'orda di morti viventi.

"Tu dovresti essere morta." Il suono le risuonava in testa.

Gli scheletri erano troppi, per ognuno che ne distruggeva subito un altro prendeva il suo posto. Le furono addosso. Iniziarono a mangiarle la pelle della pancia con le mascelle scricchiolanti.

Kahyra gridò di dolore. La pelle le veniva strappata via, pezzo dopo pezzo.

«Kahyra, basta! È solo un sogno, smettila di urlare.» Owis la svegliò con uno schiaffo.

Sentiva ancora il corpo bruciare di dolore, si tastò la pancia con le mani per controllare di avere ancora la pelle.

Gli occhi sgranati, il cuore che le martellava nel petto, si accorse di star tremando.

«Va tutto bene» le sussurrò Owis accarezzandole la nuca, «va tutto bene.»

Non disse una parola per il resto del giorno seguente, si limitò a marciare, ignorando il dolore ai piedi e il freddo.

«Cos'è successo? Cosa hai sognato ieri?» le chiese Owis la sera. «Continuavi a urlare.»

Non rispose.

Mangiò e poi andò a sdraiarsi accanto al fuoco, nella sua calda coperta.

Guardò verso le stelle e la figura nel cielo era di nuovo lì, con la zampa anteriore sollevata.

«Cos'è quello?» chiese a Owis indicandogli la costellazione.

«Cosa?» L'uomo scrutò il cielo per qualche secondo, poi sbiancò di colpo.

«Owis? Tutto bene?»

«Quello, Kahyra, è un segno. Significa che per gli uomini è giunta la fine, il Re Prescelto non è pazzo, i titani stanno tornando davvero.» Tremò pronunciando quelle parole, Rize invece non pareva per nulla impressionato, stava triturando dell'erbasecca sopra un tagliere improvvisato. «Dobbiamo portarti a Heimgrad» proseguì Owis. «Cento aveva ragione, è tempo che i Tànenaid, i Dimenticati, tornino a Oltremare.»

21 - ERYN

I l sentiero in terra battuta saliva il versante della collina, stretto tra l'erba alta, la strada che collegava Arthemys e Baluardo, chiamata Via Antica, era in stato di totale abbandono, l'ultima volta che l'aveva percorsa Eryn ricordava chiaramente fosse lastricata con pietre levigate.

"Quanti anni saranno passati? La gente del posto deve aver rubato le pietre per costruire qualcosa."

Pax, steso sul dorso del mulo portato da Mylej, emetteva lamenti bassi e suoni gutturali, Eryn avrebbe potuto preparare qualche elisir per alleviare il dolore, ma si guardò bene dal dirlo ai suoi aguzzini.

Karmer chiudeva la fila, poteva percepire il suo sguardo.

"Mi stupreranno..." Si toccò il moncone del pollice della mano sinistra. "O peggio." Spostò lo sguardo verso ovest, dove il sole stava tramontando dietro le sagome delle mura e degli edifici della gigantesca città in cima all'altra valle. Le mura spesse e i merli squadrati erano inconfondibili.

«Quella laggiù è Baluardo?» chiese per avere una conferma.

«Sta' zitta!» urlò Mylej. «Nessuno ti ha dato il permesso di parlare.»

"Sì, è Baluardo."

La distanza non era poi molta, i Laghoaire erano fedeli alleati della sua famiglia da generazioni.

"Forse... Correndo veloce..."

«Non ci pensare» l'affiancò Karmer. «Ringrazia i tuoi Dèi se ancora cammini sulle tue gambe.»

«Sono anche i tuoi Dèi.»

Lui scosse la testa, si tolse l'elmo e se lo mise sottobraccio, i capelli biondi gli ricaddero fino alle spalle. «Non più ormai. Non credo più in niente.»

«E fai male, non avrai altro che morte.»

Karmer scoppiò a ridere. «Hai idea di cosa facessi prima, principessa?»

Eryn deglutì, non era sicura di volerlo sapere. «No» disse infine.

«Ero un cacciatore di taglie, ammazzavo gente per soldi.»

«Anche arswyd?»

«Nah...» Prese la borraccia dalla cinta e ne bevve un lungo sorso. «Me n'è capitato uno, una volta. Aveva entrambi gli occhi blu, una cosa tremenda.»

«E com'è finita?»

«Sono un cacciatore di taglie, mica uno scemo. Me ne sono andato.» Guardò Pax e scosse la testa, il soldato non aveva una bella cera. «Impara, ragazzina, quando non puoi vincere, scappa.»

"Ci ho già pensato."

«Certo, in questo caso non puoi neanche scappare...» Schioccò la lingua. «Che situazione di merda per te. Credimi, mi dispiace davvero molto, ma sono pagato per questo.»

«Karmer!» tuonò Mylej, si voltò e gli assestò un'occhiata fulminante.

«Sto solo facendo un po' di conversazione!» si schermì lui.

«Non devi, è una prigioniera.»

Karmer sporse il labbro inferiore. «Mylej è un po' una stronza» sussurrò, «ma paga bene.»

"Perché mi sta parlando così?"

Camminarono fino a che non divenne buio, Eryn non si sentiva più i piedi, e le parti che percepiva le dolevano, coperte com'erano da ferite e vesciche gonfie.

Si accamparono nei pressi del sentiero, tra l'erba alta, Mylej accese un piccolo fuoco su cui arrostì alcune bacche che tirò fuori da una borsa.

Eryn si tolse gli stivali e sgranchì le dita dei piedi, scrocchiarono, l'aria fresca le donò un po' di sollievo alle piante.

Karmer si alzò e le porse delle strisce di carne essiccata.

«Lei no» lo fermò Mylej.

«Ma deve mangiare.»

«Non mi interessa, guarda cos'ha fatto a Pax.»

«My...»

«Non voglio sentire storie.»

Karmer chinò il capo e si risedette accanto al fuoco.

Eryn, già debilitata dai morsi della fame, quella notte venne torturata ancora dalla donna dai capelli rossi: non le permise di dormire, ogni volta che prendeva sonno, le schizzava dell'acqua in faccia.

Fu la notte più lunga della sua vita.

Accolse l'alba come un dono degli Dèi, Mylej le tirò un calcio in pancia.

«Alzati, principessa.»

Fu tenuta a digiuno anche a pranzo, Karmer le passò un po' d'acqua e una striscia di carne essiccata durante la marcia, mentre Mylej non guardava. Lasciarono Baluardo alle loro spalle e s'inoltrarono lungo la strada che attraversava un bosco, fino a giungere a sera davanti a un cartello con su inciso: *Llanfair, 10 chilometri.*

"Forse c'è qualcuno fedele a mio padre!"

Ma, entrata sotto l'arco di legno al limitare del villaggio, le sue speranze vennero subito disattese: Llanfair era una vera e propria roccaforte di occhi gialli, i pochi uomini e le poche donne d'Oltremare camminavano per la strada con lo sguardo basso, come se fossero degli schiavi.

Gli occhi-gialli erano ovunque, tutti uomini, giovani, forti e in armatura.

"Un esercito d'invasione."

Le si gelò il sangue nelle vene.

"La fine che aspetta i sudditi di mio padre se gli occhi-gialli vincono questa guerra…"

Mentre avanzavano lungo la via principale, intorno a loro cominciò a formarsi una folla di curiosi, soprattutto gente del posto, che li seguiva bisbigliando, Eryn si sentiva sempre più a disagio.

«Che diavolo state facendo?» gridò una voce imperiosa. «Tornate a lavorare, abbiamo un maledetto assedio da preparare!»

Ma la folla non si disperse.

"Forse mi hanno riconosciuta?"

«Allora, si può sapere che cazzo succede?»

Un uomo spuntò tra la folla sulla strada davanti a loro. Indossava un cappello nero a punta e un lungo mantello di pelliccia d'ermellino, la sua barba brizzolata era ben curata, non aveva gli occhi gialli.

"Dev'essere qualcuno di importante. Forse l'aldermanno del posto?"

Mylej si fermò davanti all'uomo.

«Non mi riconosci? Sono Mylej, Ygg'xor, il Re Prescelto mi ha ordinato di andare ad Arthemys.»

«Oh perdonami» rispose lui, «non ti avevo proprio riconosciuta.»

«Falco?» Esclamò Karmer. «Che i titani mi fulmino! Sei tu che comandi l'esercito del Re Prescelto?»

Il comandante dell'esercito, chiamato Falco, si sporse oltre Mylej e aggrottò la fronte. «Karmer, se non ricordo male, il cacciatore di taglie...» Si passò le dita sul pizzo della barba.

«Ricordi bene.»

«Cosa cazzo ci fai con...?» Indicò col mento Eryn. «Chi è lei?»

«Lei non è nessuno» rispose Karmer, Falco non sembrava convinto, fissò Eryn per dei secondi che sembrarono interminabili.

«Vi conoscete?» chiese Mylej.

«Ha provato a riscuotere la taglia sulla mia testa qualche centinaio di volte» rispose Falco con sufficienza.

«Tre volte» specificò Karmer alzando le dita della mano. «E l'ultima volta ci sono quasi riuscito.»

«Se non fosse stato per la mia mossa geniale dell'alveare.»

«Quel cazzo di alveare.»

Falco e Karmer scoppiarono a ridere.

«Bei tempi, nemico mio» disse il comandante.

«Oh, puoi dirlo forte.»

«Basta con le cazzate» s'intromise Mylej, «hai un cerusico, Falco? Uno dei miei è ferito gravemente.»

Pax stava agonizzando sul mulo, aveva cessato di emettere lamenti da un pezzo e respirava gorgogliando. «Certo» assentì lui, «vieni con me. Karmer, non è stato un piacere rivederti... mia signora, spero che vi vada tutto per il meglio.» Si toccò la punta dello strano cappello a punta, poi andò via insieme a Mylej.

Eryn rimase con Karmer, che ruttò.

«Ti va di mangiare qualcosa, principessa?»

La locanda del posto era poco fornita, piena zeppa di soldati urlanti e ubriachi.

Delle urla di donne provenivano dai piani superiori dell'edificio. Urla di dolore.

Eryn rabbrividì.

Erano stati posti delle panche e dei tavoli di fortuna nella piazza davanti la locanda. «Non ti preoccupare» disse Karmer prendendo posto su una panca libera, dall'altro lato del tavolo un occhi-gialli dormiva con gli occhi semiaperti la testa sul tavolo stringendo ancora un boccale di birra.

«Tranquilla, Eryn, non ti accadrà nulla del genere.»

«Non è di me che mi preoccupo.» Si sedette accanto al cacciatore di taglie, per quanto lo detestasse, le sembrò meglio del soldato dagli occhi gialli del lato opposto.

Karmer storse la bocca. «Non va bene, se sei così altruista finisci con un palo nel culo in questo mondo.»

Eryn si limitò a sbuffare e a distogliere lo sguardo.

Un vecchio locandiere arrivò con una ciotola per mano con pane vecchio e zuppa e glieli servì senza fiatare, stava per andarsene ma Karmer lo afferrò per un braccio. «Hai della birra?»

«Finita, mio signore» rispose il locandiere con un filo di voce.

«Al piano di sopra...» disse allora Karmer. «Chi c'è?»

«Mia moglie e le mie tre figlie, mio signore...» Tirò su col naso, i suoi occhi erano gonfi e lucidi.» «Se... singhiozzò, se volete...»

«Non dire altro. Va', buonuomo.»

Il locandiere fece un rapido inchino e se ne andò tra le panche e i tavoli.

«Perché gli hai chiesto chi c'è di sopra?»

«Cazzi miei.»

«Vuoi andare a fartele?» lo accusò. «Mi fai schifo.»

«Sono cazzi, miei» ribadì Karmer.

Eryn sbuffò. Pucciò il pane nella zuppa e ne strappò un morso, sapeva di cuoio, ma il suo stomaco reclamava cibo, perciò non fece troppi complimenti e buttò giù tutto.

«Vacci piano, rischi di vomitare» la riprese Karmer.

«Cosa?» chiese lei con la bocca piena.

«Mangia piano, principessa, o vomiti tutto.»

Lei annuì e mangiò con meno foga.

«Che schifo di posto» commentò il cacciatore di taglie. «Mai visto un villaggio così di merda, gli occhigialli non hanno un minimo di buongusto.» Alzò gli occhi verso il secondo piano della locanda. «E non hanno un minimo di pietà.»

«Pax?» cambiò argomento Eryn, non voleva parlare di quello. «Se la caverà?»

«Credo di no, è messo troppo male, quel tizio a Nimaver era uno davvero tosto. Avrei fatto fatica anche io contro di lui.»

«Perché hai tradito la tua gente?»

Karmer alzò gli occhi al cielo. «Andiamo, non rompere le palle. Non ho tradito nessuno, la mia spada è sempre stata al servizio del miglior offerente.»

«Sei tu che hai intercettato la nostra spedizione verso Virki?»

Karmer le sorrise. «Sì.»

«Come hai fatto?»

«Il bastardo di lord Tulwick. Era il mio contatto.»

Eryn si sforzò di ricordare chi fosse ma non le sovvenne il nome.

"Ho sempre avuto problemi con i nomi dei bastardi."

«Ma è morto anche lui, o no?»

«Certo» disse come se gli avesse appena fatto una domanda molto stupida, «lasciare testimoni o complici non è una cosa molto furba.»

Eryn sorrise. «Credo che avrò qualcosa da imparare da te, sai.»

«Più di quanto potessi imparare da Ceaser.»

A sentire quel nome pronunciato da Karmer, il cuore le balzò in gola. «Lo conoscevi?»

«Per nomea, non è uno molto sveglio.»

«Non dire così!»

Karmer scoppiò a ridere. «Tranquilla, principessa, dicevo per dire.»

«Come facevi a conoscerlo?»

«Ho avuto a che fare con la guardia reale un paio di volte per alcuni... lavori, lui era tra quelli che mi hanno interrogato.»

«E sei finito in prigione?»

«No, non a Makhan, almeno. Non sono così stupido.»

Karmer guardò verso la strada, fece un cenno col capo e si alzò pulendosi la bocca nella manica della giubba.

«Andiamo, principessa, si dorme.»

Le urla della moglie e delle figlie del locandiere proseguirono per tutto il giorno.

Non c'era spazio per dormire nella locanda e neppure negli altri edifici, sembrava che l'intero esercito degli occhi-gialli si fosse riunito in quel villaggio dimenticato dagli Dèi.

Karmer e lei si accamparono appena fuori l'arco di legno, sotto una quercia, si poteva vedere il cielo stellato tra i rami spogli.

«Pensavi che con Pax fosse più facile?» le chiese lui mentre preparava il loro giaciglio con le coperte d'orso. «Che fosse più docile?»

«Sì...» ammise lei.

«Devi imparare meglio a giudicare le persone, quello era un gran figlio di puttana. Ho goduto quanto l'ho visto stramazzare.» Rise. «Così impara a fottermi la taglia.»

«Non... non sei arrabbiato?»

«Io?» Karmer si volse verso di lei con aria sorpresa, gli occhi grigi spalancati. «Ma figurati, un concorrente in meno.» Sollevò un lembo delle coperte. «Ecco, mettiti sotto.»

Eryn obbedì e s'infilò sotto mettendosi sul fianco per non sfregare le ferite. «Tu mi avresti lasciata scappare?»

«Ovviamente no, ma non ti avrei mai trascinata sulla schiena.» Scosse la testa. «Era un vero figlio di puttana sadico.»

«Già...»

«Dormi, principessa.»

«Tu non dormi?»

«No, ho ancora una cosa da fare.»

Il cacciatore di taglie si allontanò, Eryn sentì i suoi passi scrocchiare sul sottobosco secco.

Si perse a guardare le stelle, non si sentiva di dormire da sola, lì, al limitare del bosco.

"Se c'è un altro di quei maledetti spiriti antichi?"

Gli occhi neri senza pupilla, le zanne ricurve...

Sentì un rumore.

Si alzò sul gomito di scatto.

«Karmer?»

Lo scricchiolio di un bastoncino spezzato.

Il sangue le si gelò nelle vene.

«Karmer?» ripeté, questa volta a voce più bassa.

Scrutò l'oscurità tra i tronchi degli alberi, il cuore che le martellava all'impazzata nel petto.

Le sembrò di scorgere una figura umanoide, alta, le braccia oblunghe... non era solo una, ne contò quattro, cinque... poi perse il conto.

Non osò muovere un solo muscolo.

Sbatté le palpebre e le creature erano andate via.

Si mise seduta e si tolse le coperte di dosso, pronta a scappare da un momento all'altro, incurante dell'aria gelida che l'avvolse.

"Cosa sono? Spiriti antichi? Perché non mi hanno attaccato?"

«Che cazzo fai così?» La voce di Karmer la fece trasalire.

«Karmer!»

«Sono io, principessa, hai imparato il mio nome.»

«Ci sono delle creature nel bosco.»

«Ma va?» Alzò gli occhi al cielo. «Altre notizie incredibili?»

«Dico, creature umanoidi! Mostri!»

«Senti, vuoi morire assiderata?» L'uomo inarcò un sopracciglio. «Vuoi metterti sotto o no?»

«Sì, scusa.» Si sdraiò di nuovo e si tirò le coperte fino all'orecchio. «Posso farti un'ultima domanda?»

Le stelle in cielo brillavano come non mai. C'era un

senso di pace assoluto in quella radura.

"Forse mi sono immaginata tutto..."

Karmer si sdraiò accanto a lei sotto le coperte.

«Dimmi, prima che mi addormenti.»

«Tu mi vuoi? In quel senso intendo, ho visto come mi guardi... Ti prego, se lo vuoi fare, non farmi male...»

«Cosa?» Scoppiò a ridere. «Sei pazza, principessa? Sei poco più che una ragazzina, e non hai le forme giuste, dormi tranquilla, non hai nulla da temere da me.»

Eryn si morse l'interno della guancia, si girò sul fianco, non riusciva a stare troppo sulla schiena.

"Forse mi sono sbagliata sul suo conto."

«Buonanotte, Karmer.»

«Dormi, principessa.»

«Muoviamoci, Falco ci ha gentilmente concesso due cavalli.» Mylej li condusse nelle scuderie, dove li stavano aspettando due cavalli già sellati e con bisacce cariche di provviste.

«Pax?» chiese Eryn, Mylej non rispose. Karmer la prese dal colletto e la caricò di peso sul cavallo davanti a lui. «Non fare domande di cui non vuoi sapere la risposta» le sussurrò.

Fuori dalle scuderie c'era un gran fermento, Falco e altri tre uomini d'Oltremare stavano litigando con un gruppetto di occhi gialli.

«Che succede?» chiese Karmer.

«A quanto pare stanotte le figlie del locandiere hanno sgozzato chi se le stava scopando e poi sono fuggite con i genitori» rispose fredda Mylej. «Cazzi loro. Muoviamoci.»

Lasciarono Llanfair e tornarono a seguire la strada in mezzo al bosco, una volta giunti a una radura, Mylej fermò il cavallo.

«Che fai?» chiese Karmer.

«Falla scendere.»

«Perché?»

«Falla scendere e vai a fare un giro con i cavalli.» Gli porse le redini del suo. «È un ordine, Karmer.»

«D'accordo» rispose mesto lui, prese le redini del cavallo di Mylej e sparì tra la vegetazione.

Eryn rimase sola con la donna.

«Cosa succede?»

L'ultima cosa che vide fu il pugno di Mylej diretto verso il suo viso.

Riprese i sensi che il cielo sopra di lei si tingeva dei colori del crepuscolo.

«Ben svegliata.»

Aveva la testa che le scoppiava, faceva fatica a respirare, le costole le mandavano una fitta di dolore ogni volta che tentata di immagazzinare più aria.

«Respira piano, passerà» le disse Karmer. «Per fortuna sono tornato in tempo, ti avrebbe ammazzata.»

Eryn non rispose, l'uomo le inumidì le labbra con le dita bagnate e le fece bere due sorsi d'acqua che lei risputò misti a sangue.

Con la lingua sentiva uno spazio vuoto tra i molari a destra dell'arcata inferiore.

"Mi ha picchiata a morte."

«Sei una principessa tosta» commentò Karmer. «Mi dispiace che sia accaduto a te.»

Eryn poggiò la nuca sul suo petto e non si mosse più.

Mylej volle cavalcare anche in piena notte.

Cominciò a piovere e loro continuarono a cavalcare.

Karmer borbottò qualcosa tra sé e sé, Eryn non capì

cosa, il cacciatore di taglie non le parlava più.

All'alba, in cima a una collina, scorse le mura e i tetti delle case e dei palazzi di Arthemys che tante volte aveva visto durante i viaggi con suo padre.

Entrarono in città senza che nessuno li fermasse, Mylej cavalcava per prima, Eryn e Karmer dietro.

La città sembrava in festa, c'erano musicanti e acrobati a ogni angolo della strada, folle che sghignazzano e banchettavano lungo i portici della via centrale.

Nessuno badò a loro.

"Che avranno da festeggiare tanto?"

«Karmer...» sussurrò, aveva paura che Mylej potesse sentirla anche in mezzo a tutto quel fracasso.

«Dimmi.»

Prese fiato, una costola le mandò una scarica di dolore.

«Perché festeggiano?»

«Sono convinti che gli Excaver volessero tradire il re e che abbiano avuto la giusta punizione da lord Shines, che ha mandato lord Squalo a liberarli dopo che erano riusciti a respingere l'assedio degli occhi-gialli.»

Eryn era confusa. «E perché?»

«Perché dei sobillatori di Shines hanno detto loro che era così.»

«Ma non vedono che tra la gente di Squalo ci sono anche occhi-gialli?»

«Da quello che so, pensano siano alleati di Shines questi occhi-gialli... E non farmi così tante domande, mica so tutto quello che succede!»

Lo stomaco le brontolò, aveva la nausea, ebbe una vertigine e stava per cadere di lato, Karmer la tenne in sella.

«Stai bene?»

«Sì...» disse con un filo di voce. «Ho avuto solo un mancamento.»

«Ci siamo, tra poco ci separeremo.»

Attraversarono il ponte che superava il ramo est del Fiume della Foresta e si ritrovarono nella piazza principale di Arthemys, una delle più grandi d'Oltremare: rettangolare, delimitata da portici e con una strada che la tagliava in due, in fondo ad essa il palazzo di lord Excaver, alto quattro piani e con una torre che sovrastava qualsiasi altro edificio della città...

"Tranne la Torre dei Sacerdoti... Ma dov'è?"

Si stupì nel non vedere una delle più grandi opere di ingegneria della loro epoca.

"Forse era prima del ponte."

Si volse e dove si aspettava di vedere la Torre dei Sacerdoti c'era solo un cumulo di macerie.

"L'hanno fatta crollare..."

Era senza fiato.

Karmer le diede un colpetto sulla spalla, stavano per arrivare nella piazza del palazzo.

«Tra poco ci separeremo, principessa.»

«Cosa? Come? Non rimani con me?»

Si era sbagliata a giudicare Karmer, si era rivelato molto più umano di quanto si aspettasse.

«No, non rimarrò» disse lui. «Solo un folle rimarrebbe a Oltremare in questo momento.»

«E dove andrai?»

«Pensavo nelle Terre Lontane, l'impero Dornic mi sembra un buon posto dove sparire.»

«Portami con te» lo supplicò lei, il pianto le strinse la gola.

«Non posso, principessa, mi dispiace.»

Mylej fece fermare il cavallo davanti al palazzo e Karmer con lei.

«Falla scendere» ordinò la donna dai capelli rossi.

Karmer scese da cavallo e l'aiutò a smontare di sella, le sue mani forti la ressero per le spalle quando fu colpita da un'altra vertigine.

Le porte del palazzo si aprirono e uscì l'uomo più brutto che Eryn avesse mai visto, accompagnato da un manipolo di guardie.

L'uomo baciò Mylej sulla bocca, le disse qualcosa sottovoce, poi annuì e si volse verso Eryn.

«Buongiorno, lord Squalo» disse Karmer, il suo saluto non venne ricambiato.

"Che fine hanno fatto gli Excaver?"

«È lei?» chiese il lord, la voce roca.

«È lei...» Mylej la andò a prendere, la strattonò per un braccio e la spinse in avanti, Eryn incespicò e cadde a terra ai piedi di quello che avevano chiamato lord Squalo.

L'uomo le si chinò davanti e la scrutò. «Non sembra una principessa...»

Eryn tenne la testa bassa, era ferita, piegata nel corpo e nello spirito, non aveva la forza neppure per rialzarsi e rimase in ginocchio, con le mani scorticate per la caduta. Mylej le tirò un calcio alle reni e lei nemmeno urlò più. «Sbattetela nella torre e lasciatela lì a marcire.»

Passarono i giorni e il dolore fisico si attutì, quello psicologico invece si acuì.

Si sentiva come se avesse vissuto tre vite diverse: da principessa, da donna di paese e da prigioniera; non riusciva più a capire chi fosse davvero e si sentiva addosso il triplo dei propri anni.

Cominciò a sentirsi più in forze, veniva nutrita e pulita e le venivano anche portati dei libri da leggere, roba perlopiù futile: manuali di cucina e per forgiare armi, un tomo di erbe curative che lesse con passione e un altro che conteneva gli alberi genealogici di tutte le casate d'Oltremare, era aggiornato a trent'anni prima. Trovò anche suo padre e sua madre, erano così giovani nella miniatura che li rappresentava, poco più che ragazzi, un sorriso le si allargò sul volto.

"Non dev'essere Mylej che comanda qui, altrimenti non sarei trattata così bene."

La stanza in cui veniva tenuta prigioniera era circolare. Le mura in pietra della torre erano piene di spifferi, per fortuna la stanza era piccola e stretta e non faceva mai troppo freddo. Il suo giaciglio era un cumulo di paglia in un angolo e le era stato fornito uno scrittoio e alcuni tomi da leggere, una serva le aveva perfino portato una candela per la sera.

"Almeno ho una bella vista."

L'unica finestra della torre, anche se piccola, si affacciava verso ovest e le permetteva di vedere la città e la valle sottostante. Osservò la piazza sotto di lei, occupata da un cumulo di macerie di quella che era la Torre dei Sacerdoti.

"Chissà quante persone sono rimaste seppellite lì sotto..."

Spostò lo sguardo oltre le mura, verso l'orizzonte, dove le truppe dei Valverk prendevano posizione al lato ovest della città, riconobbe gli stendardi con il loro stemma del grifone, l'aquila dei Valqueverk, la rondine dei Morrigen, il cavalluccio marino dei Boyle e la quercia dei Forsyth e la lancia degli Agnew, insieme a una moltitudine di stendardi che non riconobbe.

"Gli occhi-gialli non possono resistere a lungo contro un dispiegamento di forze simile..."

I soldati dei Ribelli, visti da lassù, erano come migliaia di formiche operose che schizzavano impazzite da una parte all'altra dell'accampamento. Da quando l'esercito del suo promesso sposo era arrivato, cinque giorni prima, Eryn passava le giornate alla finestra a guardare la disposizione delle tende e la costruzione di torri d'assedio, arieti e catapulte.

Aveva capito poco di quello che succedeva in quello che era stato il regno di suo padre, sapeva solo che gli uomini delle Isole dei Titani avevano conquistato Arthemys e che l'esercito dei ribelli era andato a liberare la città. Aveva udito le due guardie che conversavano fuori dalla sua porta dire che a guidare l'assedio c'era Relon, l'uomo che suo padre avrebbe voluto farle sposare.

"Forse, se riuscisse a liberare la città, potrei diventare la sua sposa. Se solo sapesse che sono qui... manderebbe qualcuno per farmi fuggire..."

Bussarono alla porta.

Senza attendere una sua risposta, entrarono due servette che portavano una tinozza piena di acqua fumante. Non le riconobbe, ogni volta erano diverse. Dietro di loro entrò Mylej, Eryn la guardò negli occhi, colma di rabbia.

Si toccò il moncone del pollice sinistro con la mano destra, da quando Mylej gliel'aveva tagliato era diventata un'abitudine per lei.

«Squalo ti vuole nella sala del lord, hai dieci minuti per prepararti. Ti aspetto qui fuori, vedi di muoverti.»

Mylej richiuse la porta alle proprie spalle.

Portava ancora i segni del giorno del pestaggio sul corpo. Lividi che le dolevano non appena li toccava, e la gamba destra ogni tanto le cedeva senza motivo. Le cicatrici delle frustate sulla schiena erano un altro ricordo indelebile di quello che le avevano fatto.

Lasciò che le serve le tolsero la veste da camera, furono delicate, ma le fecero male comunque. Tutto il corpo le doleva, non riusciva nemmeno a ricordare qual era l'ultima volta che si era sentita bene.

La fecero sedere su uno sgabello e cominciarono a lavarle i capelli con delle spugne profumate.

"In ogni caso, non potrò scegliere come vivere il resto della mia vita. Che sia con Relon Valverk o con il Re Prescelto, sarò solamente stata la pedina di uomini che mi vogliono per il mio diritto di nascita."

Sospirò, le cicatrici sulla schiena le bruciarono.

"L'unico che mi ha voluto per come sono è lontano migliaia di chilometri, o morto."

Le serve le lavarono via le lacrime dal viso, e le spalmarono un unguento dall'odore fresco sulla schiena, poi le fecero indossare un corpetto sotto a uno splendido abito da cerimonia turchese con ricami dorati.

Le annodarono i capelli in una treccia, le fecero indossare un lungo vestito vermiglio di satin e le misero un po' di trucco sul viso per coprire i lividi. Eryn si specchiò nell'acqua della tinozza: le sembrava di essere tornata a Makhan durante le feste, con il suo bel vestito, i capelli ben ordinati... Aveva nostalgia di casa, avrebbe voluto piangere, ma non voleva rovinare il trucco, in quel momento si sentì di nuovo una principessa.

Lasciò l'angusta stanza della torre e seguì Mylej lungo

i tortuosi gradini a chiocciola, che portavano al quarto piano del palazzo. La donna dai capelli rossi rimase in silenzio, camminava un paio di passi avanti.

"Cosa vorrà da me quel mostro di Squalo?"

Lord Squalo era orripilante. Con quei denti a punta che faceva sbattere ogni volta che apriva bocca, e le cicatrici sulla faccia... Si augurò che almeno il Re Prescelto non fosse così.

Finiti i gradini il corridoio si aprì, iniziarono a incontrare anche membri della servitù.

Due guardie aprirono le porte che conducevano alla sala del lord, Eryn entrò, seguita da Mylej.

Era già stata in quella sala, anni prima, e nulla era cambiato.

L'alto soffitto affrescato, gli splendidi candelabri in cristallo dotati di luci fredde, simili a quelli che aveva lei nelle sue stanze a Makhan. I capitelli delle colonne che raccontavano guerre di secoli prima. Le venne in mente suo padre, che le parlava di quelle battaglie... e lord Dondubann Excaver, che si vantava delle scoperte della Torre dei Sacerdoti davanti alla corte raccolta proprio in quella sala.

"È stato tanto tempo fa..."

Percorse la sala col groppo in gola, fino ad arrivare davanti al trono del signore di Arthemys, la città le cui mura non erano mai crollate. Squalo sedeva su quel trono.

"Le mura non erano crollate, fino ad adesso." Si inginocchiò.

«Mio signore, eccovi la principessa Eryn come avete richiesto» disse Mylej.

«Alzatevi pure» disse l'uomo che chiamavano Squalo, aveva una voce bassa, fastidiosa, come se il suono gli raschiasse in gola.

«Sono qui per servirvi» disse Eryn, sforzandosi di ricordarsi le buone maniere di corte, la prima volta che Squalo l'aveva vista era poco più che una stracciona malmenata. In quel momento, si presentava a lui come una principessa, doveva essere perfetta, ne andava della sua vita.

«Come siete ben educata, mi perdonerete se non ricambio l'inchino, non sono abituato a farlo.»

«Posso sapere cosa desiderate?» chiese.

Mylej le tirò uno schiaffò.

«Brutta insolente! Parlerai solamente se il nostro signore ti darà il permesso.»

Eryn rimase zitta con la guancia che bruciava, istintivamente strinse il moncherino del proprio pollice.

«Mylej, andiamo, un po' di dolcezza» la riprese Squalo.

«Stai parlando con una futura regina.» Si alzò dal trono e scese i gradini fino ad arrivare davanti a Eryn. Da vicino era ancora più inquietante.

«Principessa» disse l'uomo, «vi ho fatta chiamare per informarvi che presto il nostro re arriverà, spazzando via quella massa di idioti che infesta le nostre mura.»

"O forse sarà Relon a spazzare via voi" sperò Eryn.

«Una volta posto fine all'assedio» continuò Squalo, «si svolgerà la cerimonia del vostro matrimonio con il Re Prescelto. Scacceremo via per sempre quell'usurpatore di vostro zio e darete un erede al nostro re. Sarà l'inizio di una nuova dinastia, di sangue purissimo e prescelta dai titani!»

«Non vedo l'ora, mio signore» cercò di sembrare contenta, reprimendo il terrore che le scorreva in corpo.

«Ma non vi ho chiamata qui solo per questo, venite.»

Le porse la mano e la aiutò ad alzarsi con una delicatezza che la sorprese. La portò fuori dalla sala, attraversarono il corridoio e scesero infinite rampe di scale. La condusse su una balconata all'altezza del primo piano, che si affacciava sulla piazza della città, fu accolta da un boato.

La folla acclamava lord Squalo come se fosse il loro salvatore.

Su un palco in legno posto in centro alla piazza, un boia stava affilando l'ascia.

Il respiro le si fermò vedendo una decina di prigionieri in catene.

"Vuole vedere se riesco ad assistere a un'esecuzione senza vomitare? Cos'è? Una prova?"

Squalo le indicò una sedia imbottita vicino al parapetto, le fece cenno di sedersi e prese posto accanto a lei. Mylej rimase dietro, in piedi. Eryn poteva percepire il suo fiato sul collo.

«Perché siamo qui, lord Squalo?»

«Questi sono i precedenti nobili, mia principessa. Volevo mostrarvi i vostri nemici cadere per mano della vera giustizia» rispose Squalo.

Fu solo allora che notò che i prigionieri erano gli Excaver. Poteva vedere lord Dondubann davanti ai suoi cinque figli, e a seguire le loro mogli e promesse tali.

Non li aveva riconosciuti, abituata a vederli sempre perfetti e con addosso abiti raffinati.

"Devo aver avuto quell'aspetto mentre venivo qui."

Conosceva la figlia del lord, Honora Excaver, avevano la stessa età e quando andava ad Arthemys giocavano insieme. Le venne in mente quando avevano rubato la torta dalle cucine ed erano salite fin su nella torre abbandonata per mangiarla, la stessa torre dove lei era rinchiusa, lo realizzò in quel momento.

"Stanno giustiziando delle brave persone." Si costrinse a non piangere, non voleva dare quella soddisfazione ai suoi aguzzini.

«Guardate che fine fanno i nemici della giusta causa!» Squalo sorrise, snudando quei denti aguzzi orribili.

Il boia slegò una pergamena. «Per aver complottato contro Re Nemil Riddell Terzo e aver appoggiato suo fratello l'Usurpatore...» Si schiarì la voce con un colpo di tosse. «...il nuovo lord di Arthemys, Lord Squalo, vi condanna a morte.»

"Che farsa, dice di fare giustizia per mio padre, scommetto che nemmeno lo conoscevi. Che gli Dèi possano bruciare la tua anima, lurido mostro."

Eryn non poté far altro che rimanere a guardare quello che fu lord Dondubann Excaver appoggiare la testa sul ceppo.

«Hai delle ultime parole?» chiese il boia.

«Verrà il giorno in cui pagherete per questo!»

Eryn si costrinse a guardare mentre l'ascia tagliava di netto la testa al lord. Il capo rotolò giù dal palco, seguito dalle urla di festa della folla. Una delle donne in catene scoppiò a piangere, era la moglie di lord Dondubann.

Per quanto si sforzasse, non riusciva a ricordare il suo nome, Eryn si sentì in colpa per questo.

Strinse i braccioli della sedia imbottita e rimase immobile, guardò in silenzio i figli della casata Excaver che venivano giustiziati senza distogliere lo sguardo. Squalo applaudiva dopo ogni testa caduta.

Quando arrivò il turno di Honora, l'ascia sembrava aver perso affilatura, o forse era il boia che era stanco.

Il primo colpo non bastò.

L'ascia si conficcò nel collo a metà. La ragazza strillò,

un grido straziante. Le viscere di Eryn si rimescolarono. Il boia estrasse l'ascia, la caricò dietro la schiena e l'abbatté ancora. La testa di Honora si staccò, ma non del tutto, rimase attaccata, a penzoloni sul ceppo, come un lembo strappato di un macabro abito.

Solo col terzo colpo la decapitazione fu completa.

La folla era in delirio.

"Idioti, erano i vostri lord... di cosa mi sorprendo? Hanno dimenticato in fretta persino mio padre."

L'esecuzione dell'ultimo prigioniero fu straziante, il piccolo Alistair aveva poco più di dieci anni, Eryn l'aveva visto poco dopo la sua nascita.

Il bambino tremava, piangeva. Appoggiò il cranio contro il ceppo sporco del sangue dei suoi genitori.

«Aiuto!» pianse. «Vi prego, aiutatemi!»

Gli occhi del piccolo Alistair incontrarono i suoi per un breve istante.

Il boia calò l'ascia.

Eryn sentì un vuoto dentro di sé.

"Una casata millenaria cancellata nel giro di pochi minuti."

Rimase con lo sguardo attonito, cercò di pensare a qualcosa di allegro... cercò di rifugiarsi nelle braccia di Ceaser, ma quel bambino urlante era sempre davanti ai suoi occhi.

«Puoi portarla via» ordinò Squalo.

Mylej la sollevò con la forza e la scortò spintonandola fino alla sua prigione.

Non aveva fatto niente.

Non aveva mosso un dito, non si sentiva esente da colpe per quella strage.

"Dèi, fate in modo che paghino per quello che hanno fatto, non potete lasciare liberi dei mostri simili."

Mylej la spinse dentro la stanza facendola cadere, poi chiuse la porta e girò il chiavistello. Eryn si rialzò sui gomiti scorticati e andò alla finestra, a guardare l'accampamento dei Valverk che si allargava sempre di più.

Gli stendardi con i grifoni rossi su fondo dorato garrivano al vento.

"Vi prego, fate presto."

CONTINUA...

◆ ◆ ◆

Grazie per aver letto questo romanzo.
Sono uno scrittore indipendente, senza il supporto di
case editrici per marketing ed editing; perciò, se il mio
romanzo ti è piaciuto e vuoi supportarmi, ricordati di
lasciare una valutazione o una recensione su Amazon,
o scrivimi su uno dei miei social per farmelo sapere.
Per me è un contributo enorme.

Il Lascito II: Il Tormento del Falco.

L'offensiva degli occhi-gialli è stata un
successo, ora il prossimo obiettivo è Baluardo,
l'antica capitale del Regno d'Oltremare.

Con l'inverno ormai alle porte e una nuova

minaccia in arrivo, il capitano Falco riuscirà nell'impresa di conquistare la città che non è caduta nemmeno contro i titani?

Doran e Kahyra raggiungeranno gli Infedeli o le insidie del mondo li fermeranno?

Cos'ha Eryn di tanto speciale da essere desiderata da tutte le fazioni?

CASATE

◆ ◆ ◆

Potete saltare questa sezione <u>premendo qui</u>.

Ho deciso di raggruppare le casate più importanti d'Oltremare e i rispettivi membri, in modo che abbiate tutto più comodo da consultare:

CASATA REALE RIDDELL
Della capitale Makhan, stemma:
Fenice oro su fondo nero.

Regnanti:
Re Nemil Riddell Terzo del Suo Nome
Regina Lisandre Shines (seconda moglie)

Figlia dalla seconda moglie:
Eryn

Dopo la morte di Nemil e Lisandre:
Re Berser Riddell Primo del Suo Nome
Regina Mariagan (Mary)

CASATA VALVERK
Della città di Rogh, stemma: grifone rosso su fondo oro.

Regnanti:

Re Ribelle Evlan Valverk
Regina Ribelle Adenora Shines

Figli:
Relon Valverk
Rogh Valverk
Glenn Valverk

Parentele strette:
Ser Mynydd Valverk, fratello di Evlan

CASATA VALQUEVERK
Della città di Poivers, stemma: aquila nera su fondo argento.

Regnanti:
Lord Reimstan Valqueverk
Lady Fiona Ferston (seconda moglie)

Figli dalla prima moglie:
Cinad Valqueverk
Quinn Valqueverk

Figlia dalla seconda moglie:
Elenoir Valqueverk

CASATA CHRANE
Della città di Virki, stemma: Ragno nero su fondo porpora.

Regnanti:
Lord Charles Chrane
Lady Cathleen

Figli:
Auryn Chrane
Brandon Chrane
Anya Chrane
Enid Chrane

CASATA LAGHOAIRE
Della città di Baluardo, stemma:
istrice oro su fondo verde.

Regnanti:
Lord Glyn Laghoaire
Lady Minerve Haldane (seconda moglie)

Figlio:
Cormìac (dalla prima moglie)

CASATA TULWICK
Della città di Morporth, stemma:
cigno argento su fondo rosso.

Regnanti:
Lord Jamie Tulwick
Lady Moyra Gavick

Figli:
Avel Tulwick
Randal Tulwick

Bastardo:
Ser Airone

CASATA MORRIGEN

Della città di Sarwan, stemma: rondine bianca su fondo azzurro.

Regnanti:
Lord Nibel Morrigen
Lady Maeve Haldane (seconda moglie)

Figlia dalla prima moglie:
Freya Morrigen

Figlio dalla seconda moglie:
Ulrick Morrigen

Parentele Strette:
Lady Eilena Morrigen, sorella (deceduta)
Ser Craig Morrigen, fratello (deceduto)

Bastardi:
Ser Tordo
Ser Merlo
Ser Allocco

CASATA SHINES

Della città di Zana, stemma: granchio arancione su fondo bianco.

Regnanti:
Lord Rubin Shines

Parentele Strette:
Lady Lisandre Shines, sorella (deceduta)
Lady Adenora Shines, sorella (deceduta)

CASATA GRYAN
Della città di Ultimo Passo, stemma: cavallo rampante rosso su fondo bianco.

Regnanti:
Lord Arthur Gryan

Parentele Strette:
Sacerdote Gabbiano, fratello maggiore (prima di rinunciare ai propri titoli: Lance Gryan)

CASATA BURNELL
Della città di Nuovo Sole, stemma: vipera viola su fondo oro.

Regnanti:
Lord Edward (Gwir) Burnell
Lady Drusilla Guthrie

Figli:
Marrec Burnell
Doran Burnell
Aonghas Burnell
Rozenn Burnell

CASATA GORTHERYAN
Della città di Città Cava, stemma: cervo verde su fondo argento.

Regnanti:
Lord Cilian Gortheryan
Lady Anya Onfril

Figli:

Eileen Gortheryan
Reia Gortheryan
Lenora Gortheryan

CASATA EXCAVER
Della città di Arthemys, stemma: idra a sette teste argento su fondo nero.

Regnanti:
Lord Dondubann Excaver
Lady Leanna Veriar

Figli:
Sylien Excaver
Gwenael Excaver
Honora Excaver
Bran Excaver
Alistair Excaver

CASATA VON VARDEN DEL PRINCIPATO DI FLOREA
Della capitale Florea, stemma: volpe arancione su fondo porpora.

Regnanti:
Principe Victoryn von Varden
Principessa Morgana von Keigh

Figli:
Valerian von Varden
Victoria von Varden

Parentele strette:
Principe Vaughan von Varden (fratello)

ALTRE OPERE

◆ ◆ ◆

Tutte le mie opere sono racchiuse in "Protowrite" la mia etichetta che racchiude tutti i miei romanzi, di qualsiasi genere siano, tutti scritti seguendo la mia filosofia di narrativa.

Amo il fantasy e le sue sfumature, ma non mi piace focalizzarmi su un solo genere, se vi è piaciuto "Il Lascito I: La Caccia del Falco", potete continuare la saga o leggere la serie di racconti prequel "Il Lascito del Bardo".

Se avete anche voglia di provare qualcosa di nuovo, sempre con il mio stile, potete dare un'occhiata ai prossimi romanzi...

Oniverso Serie:

Una serie di romanzi di genere diverso, ma ambientati in un universo dove una droga, la Nac-B, permette di astrarsi dal mondo reale e vivere la vita che si ha sempre desiderato, ma anche il paradiso nasconde i suoi demoni...

Metempsicosi (Thriller)

Adele (Romance)

Il Lascito Saga:

Il Lascito I: La Caccia del Falco

Il Lascito del Bardo Serie:

Trent'anni prima dell'omicidio del Lord Sacerdote Keyran Temnel, gli Hawl vivono lo Scisma a causa del Lascito: una fazione vuole usare i sangue di ddrag per far schiudere le uova, un'altra li vuole proteggere.

Condannato a uccidere il proprio figlio che voleva uccidere il suo stesso sangue, l'arswyd Roel fugge con sua nipote Cassandra e con il piccolo Connor, i tre arrivano a Lumenia, una delle nazioni dell'Earest, le Terre Lontane.

Roel intraprenderà un'avventura dopo l'altra, alla ricerca del modo di proteggere le persone che ama una volta per tutte.

1.	Arswyd
2.	Amor Fu
3.	Goezia
4.	La Volpe

CONTATTI

Seguitemi per avere notizie e anteprime sui miei prossimi lavori, se vi piacciono gli aforismi, o se volete contattarmi per informazioni, pubblicità o collaborazioni:

Instagram: *Calvin_Idol*
Facebook: *Stefano Caruso - Protowrite*
Blog: *Protowrite.wordpress.com*
Mail: stefano.caruso100@outlook.it

COPYRIGHT

◆ ◆ ◆

Printed in Great Britain
by Amazon

24741373R00209